소식(蘇軾)의
인생 역정과 사풍(詞風)

류종목 지음

박문사

소식(蘇軾)의 사(詞)는 판본에 따라 수록되어 있는 작품 수에 상당한 차이가 있어서 원(元)나라 연우(延祐) 7년(1320)에 섭증(葉曾)의 운간남부초당(雲間南阜草堂)에서 편찬한 ≪동파악부(東坡樂府)≫에는 284수, 명(明)나라 사람 모진(毛晉, 1599-1659)의 급고각(汲古閣)에서 편찬한 ≪송육십명가사(宋六十名家詞)≫본 ≪동파사(東坡詞)≫에는 328수, 청(淸)나라 사람 주조모(朱祖謀, 1857-1931)가 편찬한 ≪강촌총서(疆村叢書)≫본 ≪동파악부(東坡樂府)≫에는 337수, 용유생[龍楡生, 일명 용목훈(龍沐勛), 1902-1966]이 편찬한 ≪동파악부전(東坡樂府箋)≫에는 344수, 당규장(唐圭璋, 1901-1990)이 편찬한 ≪전송사(全宋詞)≫본 ≪소식사(蘇軾詞)≫에는 349수, 조수명(曹樹銘, 1904 - ?)이 편찬한 ≪소동파사(蘇東坡詞)≫에는 319수가 수록되어 있다. 이들 판본은 저마다 각 작품의 창작 시기에 대한 관점에도 차이가 있어서 창작 시기를 확정하기 어려운 작품이 적지 않은데 이 가운데 조수명(曹樹銘)이 편찬한 ≪소동파사(蘇東坡詞)≫가 이전의 각종 판본을 두루 검토한 후 종합적으로 정리한 데다 자신의 견해를 보충하기도 하여, 이 연구를 시작한 1987년 현재 완성도와 신뢰도가 가장 높은 판본이라고 판단되었다.

이 책[≪소식(蘇軾)의 인생 역정과 사풍(詞風)≫]은 조수명(曹樹銘)의 ≪소동파사(蘇東坡詞)≫를 저본으로 삼아 여기에 수록되어 있는 소식 사 가운데 창작 시기가 밝혀져 있는 사, 즉 편년사(編年詞)를 대상으로 소식 의 인생 역정에 따른 그의 사풍 변천 과정을 분석해 본 것이다. 다만, 그가 중앙관(中央官)으로서 개봉(開封)에서 재임한 시기의 사는 분석 대상에서 제외했다.

소식이 중앙관으로서 개봉에 머문 기간은 모두 다섯 차례에 걸친 8년 반이었다. 첫 번째는 봉상부첨판(鳳翔府簽判)의 임기를 마치고 개봉으로 돌아온 영종(英宗) 치평 2년(1065) 1월부터 부친의 영구를 모시고 고향을 향해 길을 떠난 치평 3년(1066) 6월까지의 1년 반이었다. 이 기간 동안 그는 판등문고원(判登聞鼓院)과 직사관(直史館)을 역임했다. 두 번째는 부친의 삼년상을 마치고 고향에서 돌아온 신종(神宗) 희령(熙寧) 2년 (1069) 2월부터 왕안석(王安石) 일파와의 정치적 충돌을 피해 자청하여 항 주통판(杭州通判)으로 나간 희령 4년(1071) 7월까지의 2년 반이었다. 이 기간 동안 그는 판관고원겸판상서사부(判官告院兼判尙書祠部)와 개봉부 추관(開封府推官)을 역임했다. 세 번째는 황주(黃州)·여주(汝州) 유배에 서 사면되고 예부낭중(禮部郎中)에 임명되어 개봉으로 복귀한 철종(哲宗) 원풍 8년(1085) 12월부터 자청하여 항주지주(杭州知州)로 나간 철종 원우 4년(1089) 4월까지의 3년 4개월이었다. 이 기간 동안 그는 예부낭중을 비 롯하여 기거사인(起居舍人)·중서사인(中書舍人)·한림학사지제고(翰林 學士知制誥) 등의 요직을 두루 역임했다. 네 번째는 한림학사승지(翰林學

土承旨)에 임명되어 개봉으로 복귀한 철종 원우 6년(1091) 5월부터 영주지주(潁州知州)로 나간 원우 6년(1091) 8월까지의 3개월이었다. 다섯 번째는 병부상서겸시독(兵部尙書兼侍讀)에 임명되어 개봉으로 복귀한 원우 7년(1092) 9월부터 정주지주(定州知州)에 임명되어 개봉을 떠난 원우 8년(1093) 9월까지의 1년이었다. 이 기간 동안 그는 병부상서겸시독과 단명전학사겸한림시독학사수예부상서(端明殿學士兼翰林侍讀學士守禮部尙書)를 역임했다.

이처럼 소식은 다섯 차례에 걸쳐 8년 반 동안 중앙관으로 재임했는데 이 기간에 그는 사를 7수밖에 짓지 않았다. 한유(韓愈)가 〈맹동야를 전송하며(送孟東野序)〉에서 "대체로 사물은 평형을 잃으면 소리를 낸다"라고 했거니와, 소식이 중앙관으로 재임한 8년 반 동안 사를 7수밖에 짓지 않은 것은 정치적으로 마음의 평형을 잃을 일이 비교적 적었고 따라서 소리를 낼 일이 별로 없었기 때문일 수도 있고, 낯선 지역에서의 지방관 생활을 통하여 새로이 경험한 경물이나 정취가 없고 이에 따라 감정의 격발이 없었기 때문일 수도 있을 것이다. 어쨌든 이 7수는 소식의 사풍 변천 양상을 개괄함에 있어서 무시해도 좋을 정도로 비중이 작기 때문에 분석 대상에서 제외했다.

소식의 생애는 중앙관으로 재임한 8년 반 이외에는 모두 지방관 생활 또는 유배 생활로 점철되어 있는바 이 책에서는 소식의 중요한 정치 생애에 따라 각 시기의 사풍이 어떠했는지를 살펴보았다. 구체적으로 말하자면 소식의 정치 생애를, 정쟁을 피해 자청하여 항주통판(杭州通判)으로 나가 있었던 시기, 이어서 밀주(密州)·서주(徐州)·호주(湖州)의 지주(知州)로 재임한 시기, 오대시안(烏臺詩案)이 발생하여 처음으로 황주(黃州)

에서 유배 생활을 한 시기, 섭정인 선인태후(宣仁太后) 고씨[高氏, 영종(英宗)의 황후]의 신임과 총애를 듬뿍 받으며 중앙관 생활을 하다가 다시 지방으로 나가 항주지주(杭州知州)로 재임한 시기, 잠시 조정으로 소환되었다가 금방 다시 나가 영주(穎州)와 양주(揚州)의 지주로 재임한 시기, 늘그막에 또 혜주(惠州)·담주(儋州)라는 아열대지방과 열대지방에서 유배 생활을 한 시기 등 여섯 시기로 나누어서 각 시기의 사풍이 어떠한 양상을 지니고 있는지 살펴보았다. 이 여섯 시기가 각각 나름대로의 동질성을 지니고 있다고 생각했기 때문이다.

이 책이 소식의 사와 그의 문학세계를 이해하고자 하는 분들에게 적으나마 도움이 되기를 희망하며 부족한 부분에 대해서는 독자 제현의 애정 어린 질정을 기다린다.

끝으로 적극적인 권유와 독려로 이 책의 출간을 가능하게 해 주신 도서출판 박문사의 권석동 이사님과 윤석현 사장님, 그리고 편집하느라 수고해 주신 안지윤 과장님께 깊이 감사 드린다.

2017년 8월

류종목

차 례

제1장

서론

제1절 | 소식의 사관(詞觀)

소식의 사관(詞觀)을 이해하려면 먼저 그의 문학관을 알아야 한다. 그
러므로 먼저 작사 태도와 관련이 있는 그의 문학관을 간략히 살펴보고자
한다.

소식은 열두 살 때부터 부친 소순(蘇洵, 1009-1066)의 가르침을 받았기
때문에 그의 문학관은 부친의 영향을 많이 받았다. 이 사실은 동생 소철
(蘇轍, 1039-1112)이 쓴 소식의 묘지명에도 언급되어 있고[1] 〈남행전집서
(南行前集敍)〉에서 소식 자신이 스스로 밝히기도 했다.

---

1) 소철(蘇轍)의 《난성집(欒城集)》 〈후집(後集)〉 권22 〈망형자첨단명묘지명(亡兄子
瞻端明墓誌銘)〉에 "공(소식)은 글을 하늘에서 얻었다. 어릴 때 나와 함께 선친을 스승
으로 삼아 공부하면서, 처음으로 가의와 육지의 글이 고금의 치란을 논함에 공허한
말이 아님을 좋아했다(公之於文, 得之於天. 少與轍皆師先君, 初好賈誼·陸贄書, 論
古今治亂, 不爲空言)"라고 했다.

대체로 옛날에 지은 글들은 글을 잘 지을 줄 알아서 훌륭하게 된 것이 아니라 글을 짓지 않을 수 없게 된 다음에 지어서 훌륭하게 된 것이다. 산천에 구름과 안개가 있고 초목에 꽃과 열매가 있는 것은 그 속이 가득히 차서 그것이 바깥으로 삐져나온 것이다. 그러고 싶지 않다고 한들 그것이 가능하겠는가? 어릴 적부터 가친께서 글을 논하기를, 옛날의 성인(聖人)은 스스로 그만두려고 해도 그만둘 수 없는 바가 있은 다음에 문장을 지었다고 하시는 것을 들었다. 그러므로 나와 동생 철은 글을 아주 많이 지었지만 감히 글을 지으려는 의도를 가져 본 적이 없다.(夫昔之爲文者, 非能爲之爲工, 乃不能不爲之爲工也. 山川之有雲霧, 草木之有華實, 充滿勃鬱而見於外. 夫雖欲無有, 其可得耶? 自少聞家君之論文, 以爲古之聖人有所不能自已而作者. 故軾與弟轍, 爲文至多, 而未嘗敢有作文之意.)[2]

훌륭한 글은 의도적으로 훌륭하게 지으려고 애를 써서 얻어지는 것이 아니라 머릿속에 학문이 가득 차거나 가슴속에 감정이 복받쳐서 겉으로 드러내려고 애쓰지 않아도 자신도 모르는 사이에 드러나서 짓지 않을 수가 없게 된 다음에 할 수 없이 지을 때 얻어지는 것이니 옛날 성인들의 글은 이렇게 지어진 것이다. 이것이 소식 형제가 어릴 적부터 부친 소순에게서 들은 문학론이다. 소식은 부친의 문학론을 충실히 따랐다고 자술하고 있는 만큼 이것은 바로 소식 자신의 가장 기본적인 문학관이라 하겠는데 이것은 자연성문론(自然成文論)으로 발전하게 된다. 그는 〈문설(文說)〉에서 자신의 글을 물의 흐름에 비유하여 자연스럽게 쓰여짐을 역설한 바 있다.

---

2) ≪소동파전집(蘇東坡全集)≫[대북(臺北): 세계서국(世界書局), 1985] 〈전집(前集)〉 권24.

나의 글은, 만 섬이나 되는 많은 샘물이 땅을 가리지 않고 여기저기서 마구 솟아 나와 평지에서는 막힘없이 콸콸 흘러서 하루에 천 리를 가는 것도 어렵지 않고 굽이진 바위를 만나면 그 모양대로 구부러져 형체를 이루지만 어째서 그렇게 되는지는 자신도 알 수 없는 것과 같다. 알 수 있는 것은 항상 가야만 할 곳으로 가고 항상 멈추지 않을 수 없는 곳에서 멈춘다는 것이다. 단지 이러할 뿐이다. 그 밖의 것은 나 자신도 알 수가 없다.(吾文如萬斛泉源, 不擇地而出, 在平地滔滔汩汩, 雖一日千里無難. 及其與山石曲折, 隨物賦形, 而不可知也. 所可知者, 常行於所當行, 常止於不可不止, 如是而已. 其他雖吾亦不能知也.)[3]

땅 밑에 만 섬이나 되는, 그래서 어디로든지 뚫고 나오지 않을 수 없는 상태인, 많은 샘물이 들어 있어서 그것이 밖으로 솟아 나와서는 자연물을 따라 자연스럽게 흘러가는 것처럼 자신의 글도 가슴속이나 머릿속에 하고 싶은 말이 꽉 차서 자신도 모르게 새어 나와서는 억지를 쓰지 않고 자연스럽게 쓰여 진다는 뜻이다. 이것은 자신의 성죽재흉(成竹在胸)의 화론(畫論)과도 일치한다.

대나무가 처음 생길 때에는 한 치의 싹에 불과하나 마디와 잎이 그 속에 다 갖추어져 있다. 매미의 배나 뱀의 비늘 모양에서부터 칼을 열 길이나 되게 뽑아 놓은 모양에 이르기까지 이 모든 것이 생기면서부터 있는 것이다. 그런데 오늘날 대나무를 그리는 사람들은 한 마디 한 마디 그리고 한 잎 한 잎 그려 모으니 어찌 더 이상 참다운 대나무가 존재하겠는가? 그러므로 대나무를 그림에 있어서는 반드시 마음속에 완성된 상태의 대나무를 구상한 다음,

---

3) ≪경진동파문집사략(經進東坡文集事略)≫[양가락(楊家駱), 대북(臺北): 세계서국(世界書局), 1975] 권57.

붓을 잡고 오랫동안 그것을 응시하다가 그리고 싶은 부분이 보이면 얼른 일어나 붓을 휘둘러 단숨에 끝내야 한다. 자기가 본 것을 쫓기를 마치 토끼가 나타난 것을 보고 매가 덮치듯 해야지 조금이라도 늦추면 그리려는 대상이 사라져 버린다. 여가가 나에게 이렇게 가르쳤다.(竹之始生, 一寸之萌芽耳, 而節葉具焉. 自蜩腹蛇蚹, 以至於劍拔十尋者, 生而有之也. 今畫者, 乃節節而爲之, 葉葉而累之, 豈復有竹乎! 故畫竹必先得成竹於胸中, 執筆熟視, 乃見其所欲畫者, 急起從之, 振筆直遂, 以追其所見, 如兎起鶻落, 少縱則逝矣. 與可之敎予如此.)[4]

먼저 묘사의 대상을 머릿속으로 구상한 다음 핵심적인 부분을 잘 포착해서는 망아(忘我)의 경지에서 마치 신들린 듯이 일필휘지로 망설임 없이 죽 그려 나가야 한다는 말이다.[5] 이처럼 문예 창작을 위해서는 먼저 묘사 대상을 포착한 다음에 그 묘사 대상을 완전히 파악해야 한다. 그렇게 되면 작품은 자연스럽게 이루어지는 것이니 억지로 애를 쓰지 말고 붓 가는 대로 내버려 두면 되는 것이다. 이것이 소식의 성죽재흉론(成竹在胸論)이요 자연성문론(自然成文論)인데 이 자연론은 그가 만년까지도 견지했던[6]

---

4) 〈운당곡언죽기(篔簹谷偃竹記)〉[《경진동파문집사략(經進東坡文集事略)》 권49].
5) 소식은 〈건주숭경선원신경장기(虔州崇慶禪院新經藏記)〉[《소동파전집(蘇東坡全集)》 〈속집(續集)〉 권12]에서 "입이 소리를 잊는 경지에 이르른 뒤라야 말을 잘할 수 있고, 손이 붓을 잊은 뒤라야 글씨를 잘 쓸 수 있다(口必至於忘聲而後能言, 手必至於忘筆而後能書)"라고 하여 자신의 목소리를 의식하면 말이 잘 되지 않고 붓을 의식하면 손이 떨려서 글씨가 잘 되지 않으므로 완전히 자신을 잊고 집중해야 한다고 한 적도 있다.
6) 소식은 담주(儋州)에서 북쪽으로 돌아오는 도중에 쓴 〈사민사 추관에게 보내는 편지(與謝民師推官書)〉[《소동파전집(蘇東坡全集)》 〈속집(續集)〉 권11]에서도 "보내 주신 편지와 시·부·잡문을 익히 보았는데, 대체로 떠다니는 구름이나 흘러가는 물과 같아서 조금도 정해진 틀이 없고 다만 항상 가야만 할 곳으로 가고 항상 멈추지 않을 수 없는 곳에서 멈추어 문장의 결이 자연스럽고 표현이 자재로웠습니다(所示書敎及

그의 문예 이론의 근간으로서 민택(敏澤)의 지적처럼 노장(老莊)이 제창한 자연미의 영향을 받은 것임에 틀림없다.[7]

소식의 문학관 가운데 또 하나의 중요한 내용은 실용론(實用論)이다. 그는 〈교 사인에게 드리는 답장(答喬舍人啓)〉에서 "문장은 문채(文采)를 말엽으로 삼고 체용(體用)을 근본으로 삼으니 나라가 흥하려면 근본을 귀하게 여기고 말엽을 천하게 여깁니다"[8]라고 하여 문장이 문채와 체용의 두 가지로 구성된다고 보고 체용을 중시하는 입장을 표명했는데 체용은 문장의 서정적 내용과 효용성을 포괄한다고 볼 수 있겠지만 그는 특히 문장의 효용성 즉 실용성을 중시했다. 그렇기 때문에 그는 굶주리는 백성들을 보고도 구제하지 못하는 자신의 무능함을 한탄하여 〈공낭중이 말을 타고 오는 도중 형림에서 부친 시에 화답하여(和孔郎中荊林馬上見寄)〉[9]라는 시에서

秋禾不滿眼,	가을에 거둘 벼는 눈에도 차지 않고
宿麥種亦稀.	가을에 심은 보리는 종자조차 부족한데
永愧此邦人,	이 고을 사람들에게 항상 부끄럽게도
芒刺在膚肌.	그들은 피부에 까끄라기 박혔건만

詩賦雜文, 觀之熟矣. 大略如行雲流水, 初無定質, 但常行於所當行, 常止於不可不止, 文理自然, 恣態橫生"라고 했으니 만년까지도 이러한 관점을 유지했음을 알 수 있다.
7) 민택(敏澤), 《중국문학이론비평사(中國文學理論批評史)》, 북경(北京): 인민문학출판사(人民文學出版社), 1981, 505쪽 참조.
8) "文章以華采爲末, 而以體用爲本, 國之將興也, 貴其本而賤其末."(《소동파전집(蘇東坡全集)》〈속집(續集)〉 권10).
9) 《소식시집(蘇軾詩集)》(왕문고(王文誥) 집주(輯註)/공범례(孔凡禮) 점교(點校), 북경(北京): 중화서국(中華書局), 1987] 권4.

平生五千卷,　　내가 평생 읽어 놓은 책 오천 권이

一字不救飢.　　한 자도 굶주림을 구제하지 못했지요.

라고 읊기도 했고, "유학자의 병폐는 탁상공론의 글이 많고 실용성이 적은 것이다"10)라고 하며 한대(漢代) 이래로 유학자들의 글이 아름다운 문채를 중시하고 실생활에서의 활용에 적합하지 않음을 비판하기도 했다.11)

그는 유괄(兪括)의 의론문(議論文)에 대하여

이제 보여 주신 의론문을 보니 동한 이하의 10편이 모두 옛것을 참작하여 오늘날의 것을 조절하려 하고 제세의 실용에 뜻을 두었군요. 이것은 제가 평생 동안 친구들과 도를 배우는 모든 군자들에게 기대했던 바로 그런 것입 니다.(今覽所示議論, 自東漢已下十篇, 皆欲酌古以御今, 有意乎濟世之實 用,……此正平生所望於朋友, 與凡學道之君子也.)12)

라고 극찬했는데 그 이유는 제세(濟世)의 실용, 즉 세상을 구제하는 데 실제로 쓰일 것에 뜻을 두었기 때문이다. 또 〈부역선생문집서(鳧繹先生文

---

10) "儒者之病, 多空文而少實用."[《소동파전집(蘇東坡全集)》〈후집(後集)〉권14〈왕상 에게 보내는 답장(答王庠書)〉].

11) 그는 〈책략 제1(策略第一)〉[《소동파전집(蘇東坡全集)》〈응조집(應詔集)〉권1]에서 "그러므로 전국시대에는 그들(선비들)의 언어와 문장이 모두 성인의 도에 미치지는 못했지만 모두가 탁월하여 세상에 쓰일 수 있었으니, 그들의 언어와 문장이 모두 자신 의 진실한 생각에서 나왔기 때문이다. 그런데 한나라 이래로 세상의 유학자들은 자신 을 잊고 옛 사람을 따라 관리 임용 시험에 대비하는 학문에 힘쓰니 그들의 말이 비록 성인의 도에 위배되지는 않는다 하더라도 모두 아름다운 문채만 넘쳐나고 실용에는 적합하지 않다(故戰國之際, 其言語文章, 雖不能盡通於聖人, 而皆卓然盡於可用, 出 於其意之所謂誠然者. 自漢以來, 世之儒者, 忘己以徇人, 務爲射策決科之學, 其言雖 不叛於聖人, 而皆泛濫於辭章, 不適於用)"라고 했다.

12) 〈유괄에게 보내는 답장(答兪括)〉[《경진동파문집사략(經進東坡文集事略)》권47].

集紋≫에서

　옛날에 나의 선친께서 경사로 가서 여러 경사대부들과 교유하다가 돌아
와서 나에게, "이 이후로 문장은 날로 아름다워지겠지만 도는 장차 보기 힘들
어질 것이다. 선비들이 먼 것만 흠모하고 가까운 것은 소홀히 하며 꽃을 귀하
게 여기고 열매는 천대하니 나에게는 이미 그 조짐이 보인다"라고 하시고는
노(魯) 지방 사람 부역[鳧繹, 안태초(顏太初)] 선생의 시문 10편을 보여 주시
면서, "얘야, 이것을 알아 두어라. 앞으로 수십 년 동안 천하에 다시는 이런
글을 짓는 사람이 없을 것이다. 선생의 시문은 모두 하고자 하는 바가 있어서
지은 것으로 날카롭고 굳세고 적확하고 절실하며, 그의 말은 꼭 당시의 잘못
을 꿰뚫고 있다. 정확하기는 오곡이 틀림없이 배고픔을 고치는 것과 같고
단호하기는 약석(藥石)이 틀림없이 병을 물리치는 것과 같다.……"라고 하
셨다. 그 뒤 20여 년이 지난 지금 선친은 이미 돌아가셨건만 그 말씀은 남아
있다.(昔先君適京師, 與卿士大夫遊, 歸以語軾曰: "自今以往, 文章其日工,
而道將散矣. 士慕遠而忽近, 貴華而賤實, 吾已見其兆矣." 以魯人鳧繹先生
之詩文十篇示軾曰: "小子識之. 後數十年, 天下無復爲斯文者也. 先生之詩
文, 皆有爲而作, 精悍確苦, 言必中當世之過. 鑿鑿乎如五穀必可以療飢, 斷
斷乎如藥石必可以伐病.……." 其後二十餘年, 先君旣沒, 而其言存.)[13]

라고 안태초의 시문이 하고자 하는 바가 있어서 지은 것이고 그 내용이
늘 당시의 잘못을 비판하고 있는 점을 높이 평가하기도 했다.
　일찍이 공자(孔子)가 '흥관군원(興觀群怨)'의 공용주의적(功用主義的)
시론을 제기한 뒤로[14] 유가(儒家)는 대체로 이 공용주의의 문학관을 견지

---

13) ≪경진동파문집사략(經進東坡文集事略)≫ 권56.
14) ≪논어(論語)·양화(陽貨)≫에 의하면 공자는 제자들에게 "너희들은 왜 ≪시경≫을

해 왔는데, 목적의식 없이 형식미만 추구하는 시문을 배척하고 무언가 실용적인 목적을 전제로 써야 한다는 소식의 실용주의적 문학관도 역시 이러한 유가의 문학관에 바탕을 둔 것이라 하겠다.

소식은 또 시를 겉과 안으로 구분하여 설명하려고 시도했다. 그는 도연명(陶淵明)의 시를 매우 좋아했는데 동생 소철에게 보낸 편지에서 그 이유를 이렇게 설명했다.

> 나는 시인들 중에 특별히 좋아하는 사람이 없는데 유독 도연명의 시만은 좋아한다. 도연명은 시를 지은 것이 많지 않지만 그의 시는 겉으로 보기에는 질박하면서도 사실은 아름답고 겉으로 보기에는 여위었으면서도 사실은 살쪄서 조식(曹植)·유정(劉楨)·포조(鮑照)·사조(謝朓)·이백(李白)·두보(杜甫) 이래의 여러 시인들이 모두 도연명에게 미치지 못했다.(吾於詩人無所甚好, 獨好淵明之詩. 淵明作詩不多, 然其詩質而實綺, 癯而實腴, 自曹·劉·鮑·謝·李·杜諸人, 皆莫及也.)15)

겉으로 보기에는 질박하고 여위었지만 안으로는 사실상 아름답고 살진 것, 이것이 도연명 시의 경지이며 또한 소식이 최고의 이상으로 여긴 시의 경지이다. 여기서 겉은 바로 '변(邊)'이고 안은 바로 '중(中)'이니 이것이 곧 소식의 중변론(中邊論)이다. 이 중변론에 관한 그의 견해는 〈한유와 유종원의 시에 대한 비평(評韓柳詩)〉에 더욱 잘 나타나 있다.

배우지 않느냐? ≪시경≫은 그것으로 감흥을 일으킬 수도 있고, 인정과 풍속을 살필 수도 있고, 여러 사람이 한데 모일 수도 있고, 위정자에 대하여 원망을 할 수도 있다(小子何莫學夫詩? 詩可以興, 可以觀, 可以群, 可以怨)"라고 하여 '흥관군원(興觀群怨)'의 시론을 제기한 바 있다.
15) 소철(蘇轍), 〈도연명 시에 대한 추화시의 서문(追和陶淵明詩引)〉[≪소동파전집(蘇東坡全集)≫ 〈속집(續集)〉 권3].

유자후[柳子厚, 유종원(柳宗元)]의 시는 도연명의 아래 위소주[韋蘇州, 위응물(韋應物)]의 위에 있다. 퇴지[退之, 한유(韓愈)]는 호방하고 기험(奇險)한 점은 그를 능가하지만 온려(溫麗)하고 정심(精深)한 점은 그에게 미치지 못한다. 고담(枯澹)한 것을 귀하게 여긴다는 것은 그것이 겉은 메마르면서도 안은 기름지고, 담담한 것 같으면서도 사실은 아름답다는 말이니 도연명과 유자후 같은 사람의 시가 그러하다. 만약 안과 겉이 다 고담하다면 이것 역시 무슨 이야기할 가치가 있겠는가? 부처님이 "사람이 꿀을 먹는 것과 같아서 안과 겉이 모두 달다"라고 했거니와 사람이 오미자를 먹음에 있어서 그것이 달고 쓰다는 것은 누구나 다 알지만 안쪽의 맛과 겉쪽의 맛을 분별해 낼 수 있는 사람은 백 명에 한두 명도 없다.(柳子厚詩在陶淵明下 · 韋蘇州上. 退之豪放奇險則過之, 而溫麗精深不及也. 所貴乎枯澹者, 謂其外枯而中膏, 似澹而實美, 淵明 · 子厚之流是也. 若中邊皆枯澹, 亦何足道. 佛云: '如人食蜜, 中邊皆甛.' 人食五味, 知其甘苦者皆是, 能分別其中邊者, 百無一二也.)[16]

겉은 기름지거나 아름다운 것보다 메마르고 담담한 것이 좋다. 그러므로 소식에게 있어서 시를 지을 때 기이하고 새로운 말을 만들기 위해 억지로 애를 쓰는 것은 결점으로 간주되었다.[17] 그러나 안에는 반드시 기름지고 살진 내용이 있어야지 안마저 고담하면 시라고 할 것도 없다는 것이 그의 생각이었다.

그는 〈사공도의 시를 읽고(書司空圖詩)〉에서 "사공표성(사공도)은 스스로 자신의 시를 논하여 맛 바깥에서 맛을 얻었다고 하였다"[18]라고 하기

---

16) ≪동파제발(東坡題跋)≫[양가락(楊家駱), ≪송인제발(宋人題跋)≫, 대북(臺北): 세계서국(世界書局), 1974] 권2.
17) 그는 〈유자후의 시에 부쳐(題柳子厚詩)〉[≪동파제발(東坡題跋)≫ 권2]에서 "기이한 것을 좋아하고 새로운 것에 힘쓰는 것이 바로 시의 병폐이다(好奇務新, 乃詩之病)"라고 했다.

도 하고 또 〈황자사의 시집을 읽고(書黃子思詩集後)〉에서 "매실은 실 뿐이고 소금은 짤 뿐이다. 음식에는 (조미료인) 소금과 매실이 없을 수 없으나 좋은 맛은 항상 짠 맛과 신 맛의 바깥에 있다"[19]라는 사공도의 말에 동조하고 있어서, 이 안쪽에 숨어 있는 기름지고 살진 맛은 바로 사공도의 '맛 바깥의 맛(味外味)'과 같은 성질의 것임을 짐작할 수 있고 또 '중변(中邊)'이라는 용어 자체가 불가어(佛家語)를 빌려 쓴 것이므로 그의 중변론은 불교의 영향을 많이 받았음을 알 수 있다.

이상에서 본 소식의 문학관은 하나의 구심점을 가지고 있다. 그것은 작품의 내용을 중시한다는 것이다. 즉, 작자에게 내용이 충만해야만이 작품이 자연스럽게 쓰여질 수 있으며, 그 내용은 현실 생활에 도움이 되는 실용적인 것이어야 하고, 그것은 화려하게 포장될 필요 없이 겉으로는 메마른 듯하되 속으로 살지고 아름다워야 한다는 것이다. 그리고 내용중시론자인 그에게는 당연한 귀결이겠지만 그는 누구보다도 시문의 개성을 중시했다. 그리하여 과거제도의 영향으로 문장이 개성을 잃고 천편일률적인 내용이 될까 우려하기도 했고[20] 다른 사람들이 자신과 동화되기를 바라는 왕안석(王安石)의 태도를 경계하기도 했다.[21] 개성을 중시하는 그의

---

18) "司空圖表聖自論其詩, 以爲得味於味外."[《동파제발(東坡題跋)》 권2].

19) "梅止於酸, 鹽止於鹹. 飮食不可無鹽梅, 而其美常在鹹酸之外."[《소동파전집(蘇東坡全集)》 〈후집(後集)〉 권9].

20) 〈의진사대어시책일도병인장(擬進士對御試策一道幷引狀)〉[《소동파전집(蘇東坡全集)》 〈후집(後集)〉 권10]에서 그는 "제가 속으로 슬퍼하고 있습니다만, 과거시험장에서 작성하는 글은 풍속에 얽매여 있는바, 급제하는 것은 천하 사람들이 다 그것을 표준으로 삼을 것이고 낙제하는 것은 천하 사람들이 다 그것을 경계로 삼을 것입니다[臣竊悲之, 科場之文, 風俗所繫, 所收者天下莫不以爲法, 所棄者天下莫不以爲戒]"라고 했다.

21) 소식은 〈장문잠에게 보내는 답장(答張文潛書)〉[《소동파전집(蘇東坡全集)》 〈전집(前集)〉 권30]에서 "글이 쇠퇴한 것이 오늘날과 같은 적이 없었네. 그 근원은 실로 왕씨(왕안석)에게서 나왔으니 왕씨의 글이 꼭 좋지 않은 것은 아니지만 문제는 다른

태도에 대하여 심지어 어떤 사람은

> 소동파는 시의 풍격을 서로 모방하거나 남이 자신의 시를 흉내내는 것을
> 좋아하지 아니했다. 그 아우 철(轍), 아들 과(過)로부터 그를 따르며 배우던
> 제자들에게까지 각자의 개성에 따라 좋아하는 바를 배우고 익히도록 권장했
> 던 것이다. 소동파의 문인들이 대단히 많지만 황정견(黃庭堅)·진사도(陳師
> 道) 등 강서시파(江西詩派)가 동파의 정수를 계승하고 있다. 동파 문하에서
> 동파를 벗어난 강서시파와 같은 독특한 시파가 형성될 수 있었던 것은 동파
> 가 자신의 문학을 전수하기만 하고 자신의 문학을 모방하는 문학의 유파를
> 만들도록 강요하지 않았기 때문이다.[22]

라고 했을 만큼 소식은 작품의 개성을 중요시했던 것이다.

내용을 중요시했다는 것이 소식 창작론의 구심점이다. 그러나 이것은
그가 문학작품의 형식미를 부정했다는 뜻은 아니다. 그는 공자의 말을 빌
려 사달론(辭達論)을 제기했다.

사람으로 하여금 자기와 같게 하려는 데에 있네. 공자께서 다른 사람으로 하여금 자신
과 같게 하지 못한 이후로 안연의 어짊과 자로의 용맹스러움도 다른 사람에게 옮길
수 없었거늘 왕씨는 자신의 학문으로 천하를 동화시키려고 하고 있네. 좋은 땅은 어느
곳이나 마찬가지로 만물이 나게 하지만 그 땅에서 나는 것은 같지 않네. 황폐하고
소금기 많은 땅에는 눈에 보이는 것이 온통 누런 띠풀과 하얀 갈대뿐이거니와 이것이
비로 왕씨의 동일성이라네(文字之衰, 未有如今日者也. 其源實出於王氏, 王氏之文,
未必不善也, 而患在於好使人同己. 自孔子不能使人同, 顏淵之仁·子路之勇, 不能
以相移, 而王氏欲以其學同天下. 地之美者同於生物, 不同於所生. 惟荒瘠斥鹵之地,
彌望皆黃茅白葦. 此則王氏之同也)"라고 하여, 각자의 개성을 무시하고 다른 사람들
이 다 자신과 같아지기를 바라는 왕안석의 사고방식을 신랄하게 비판했다.

22) 고월천(高越天), 〈송시시평(宋詩試評)〉[《중국시계간(中國詩季刊)》 1권 4기]. 홍우
흠(洪瑀欽), 《소동파 문학의 배경》, 경산(慶山): 영남대학교출판부(嶺南大學校出
版部), 1983, 163쪽 참조.

전후하여 보여 주신 저술과 문장은 모두 옛날 작자의 풍력(風力)이 있어 마음 속으로 말하고자 하는 바를 대략적으로 잘 나타내었습니다. 공자께서 말씀하시기를, "문사(文辭)는 뜻을 전달하면 그만이다"라고 하셨거니와 문사는 뜻을 전달하는 선에서 그쳐야 합니다. 더 보텔 것이 있을 수 없습니다.(前後所示著述文字, 皆有古作者風力, 大略能道意所欲言者. 孔子曰 : "辭達而已矣." 辭至於達止矣, 不可以有加矣.)[23]

문사는 뜻, 즉 작자의 생각이나 감정을 전달하는 목적을 달성하면 그것으로 기능을 다했다는 의미이다. 그러나, 이것은 결코 문장의 형식미가 불필요하다는 뜻은 아니고, 다만 전달의 임무를 효율적으로 수행할 수 있으면 될 뿐 그 이상이어서도 그 이하여서도 안 된다는 뜻이다. 형식미가 없으면 본래의 목적인 전달, 즉 '달(達)'의 임무를 효율적으로 수행할 수가 없는 것이다.

'사달(辭達)'의 이러한 의미를 명확하게 하기 위해서 그는 〈사민사에게 보내는 답장(答謝民師書)〉에서 다음과 같이 설명해 놓고 있다.

공자께서 말씀하시기를, "말에 문채가 없으면 멀리까지 미치지 못한다"라고 하시고 또, "문사는 뜻을 전달하면 그만이다"라고도 하셨습니다. 대체로 뜻을 전달하는 데서 그친다고 하면 문채가 없는 것같이 여겨질지 모르지만 그것은 전혀 그렇지 않습니다. 사물을 파악하는 오묘함은 바람을 묶고 그림자를 붙잡는 것과 같아서 그 사물이 마음속에 분명하게 와 닿도록 할 수 있는 사람이 아마 천 명 만 명 중에 한 명도 없을 것인데 하물며 입과 손에

---

23) 〈왕상에게 보내는 답장(答王庠書)〉[《소동파전집(蘇東坡全集)》 〈후집(後集)〉 권14. 이 밖에 〈건주통판인 유괄 봉의랑에게 보내는 답장(答虔倅俞括奉議書)〉[《소동파전집(蘇東坡全集)》 〈후집(後集)〉 권14에서도 그는 '사달론(辭達論)'을 제기했다.

분명하게 되도록 할 수 있는 것이야 더 말 할 필요가 있겠습니까? 이것을 사달(辭達)이라고 합니다. 문사가 뜻을 전달할 수 있을 정도가 되면 문채는 이루 다 쓸 수 없을 정도가 될 것입니다.(孔子曰: "言之不文, 行之不遠." 又曰: "辭達而已矣." 夫言止於達意, 卽疑若不文, 是大不然. 求物之妙, 如繫風捕景, 能使是物了然於心者, 蓋千萬人而不一遇也, 而況能使了然於口與手乎? 是之謂辭達. 辭至於能達, 則文不可勝用矣.)[24]

이것은 생각이나 감정의 전달이라는 문장의 근본 기능을 다하게 되려면 형식미는 이미 그 속에 충분히 갖추어진 셈이라는 논리로서 내용이 우선적으로 중요하지만 그것의 효율적인 전달을 위해서는 기본적인 형식미도 필요하다는 논리이며 내용이 없으면 자연히 전달의 필요성도 없어지는 것이므로 내용은 없으면서 형식미만 추구하는 것은 아무런 의미도 없다는 말이다.

이러한 소식의 문학관은 직접 간접으로 그의 사에 대한 인식의 형성에 영향을 미쳤을 것이고 그의 작사 태도를 결정하는 직접적인 요인이 되었을 것이다.

사에 관하여 소식은 사론(詞論)이라고 할 만한 체계적 이론을 제시한 적은 없다. 다만 다른 사람의 시나 사를 비평하는 도중에 언뜻언뜻 자신의 사에 대한 인식을 간접적으로 내비치는 문장이 몇 편 있을 뿐이다. 먼저 장선(張先, 990-1078)의 시를 평한 〈장자야의 시집을 읽고(題張子野詩集後)〉를 보자.

---

24) ≪경진동파문집사략(經進東坡文集事略)≫ 권46.

장자야는 시를 쓰는 솜씨가 노련하고 절묘했으며 가사는 그의 여기(餘技)였을 뿐이다. 〈화주 서계(華州西溪)〉에 "부평초 갈라진 곳에 산 그림자 보이고, 작은 배 돌아갈 제 풀 소리가 들린다"라고 했다.……이런 시는 모두 옛날 사람에 필적할 만한데 세상에서는 오직 그의 가사만 칭송한다.(張子野詩筆老妙, 歌詞乃其餘技耳. 〈華州西溪〉云: '浮萍破處見山影, 小艇歸時聞草聲.'……若此之類, 皆可以追配古人, 而世俗但稱其歌詞.)25)

주정화(朱靖華)는 소식이 사를 시여(詩餘)로 간주하는 것을 극력 반대했다고 했고26) 오웅화(吳熊和)는 남송 때 보편적으로 쓰였던 '시여'라는 명칭이 바로 소식에게서 비롯되었다고 했는데27) 위의 글에서 소식은 장선의 사가 시의 여기였다고 했으므로 '여기'라는 명칭이 여기서 비롯되었을 가능성이 있다. 또 윗글은 장선의 시와 사를 대비시켜 이야기하면서 전반적으로 그의 시를 사보다 높이 평가하려는 논조임이 분명하므로 "가사는 그의 여기였을 뿐이다"라는 표현 자체에는 폄의가 없지 않다고 하겠다. 다만 소식은 장선이 사보다는 시에 더욱 정력을 쏟았고 따라서 그의 시가 더욱 뛰어남을 강조하려는 의도일 뿐 사라는 장르 자체를 후세인들이 생각하는 것과 같은 폄하된 의미의 시여로 보았다고는 할 수 없다.

여기서 한 가지 주목해야 될 점은 당시 사단(詞壇)의 거두였고 소식 자신의 사에 지대한 영향을 미친 장선의 사를 두고 소식이 시의 여기라고

---

25) 《동파제발(東坡題跋)》 권3.
26) 주정화(朱靖華), 〈사체 혁명을 촉진한 소식의 '이시위사'(蘇軾'以詩爲詞'促成詞體革命)〉[소식연구학회(蘇軾硏究學會), 《동파사논총(東坡詞論叢)》, 성도(成都): 사천인민출판사(四川人民出版社), 1982], 4쪽 참조.
27) 오웅화(吳熊和), 《당송사통론(唐宋詞通論)》, 항주(杭州): 절강고적출판사(浙江古籍出版社), 1985, 290쪽 참조.

서슴없이 이야기했다는 사실이다. 장선에게 있어서의 사가 시의 여기였다고 느껴졌을 정도이면 소식 자신의 사도 물론 시의 여기로 생각했을 것이다. 그러므로 "동파선생은 문장의 여사(餘事)로 시를 지었고 그것이 넘쳐서 사를 지었다"[28]라고 한 왕작(王灼)의 말이나, 소식은 일생의 정력을 기울인 유영(柳永)과는 달리 여사로서 사를 지었다고 한 송상봉(宋翔鳳)의 말은[29] 모두 사실과 부합한다고 생각된다. 그러나 소식이 말한 시의 여기는 시문에 비해서 부차적인 존재라는 것이지 결코 정통문학의 대열에 오를 수 없는 소도말예(小道末藝)라는 뜻은 아니었던 것 같다.

그는 오히려 사가 시와 같은 속성을 지닌 것으로 파악하고 그렇게 지어진 사를 높이 평가했다. 예컨대, 채승희(蔡承禧)에게 보낸 편지에서

보내 주신 새 사는 옛사람의 장단구(長短句) 시였습니다. 그것을 얻게 되어 놀랍도록 기뻐서 나도 힘껏 뒤를 따를까 합니다.(頒示新詞, 此古人長短句詩也. 得之驚喜, 試勉繼之.)[30]

라고 하여 채승희(蔡承禧)의 사가 옛사람의 장단구 시와 같음을 기뻐하면서 자신도 힘껏 시도해 보겠다는 의지를 표명했고, 〈진계상에게 보내는 답장(答陳季常)〉에서는

---

28) "東坡先生, 以文章餘事作詩, 溢而作詞曲."[송(宋) 왕작(王灼), 《벽계만지(碧鷄漫志)》권2].
29) 청나라 사람 송상봉(宋翔鳳)은 《악부여론(樂府餘論)》에서 "유둔전은 일생의 정력을 여기에 쏟았기 때문에 소동파 같은 사람들이 여사로 지은 것과 같지 않다(以屯田一生精力在是, 不似東坡輩以餘事爲之也)"라고 했다.
30) 〈채경번에게(與蔡景繁十四首)〉 제4수《소동파전집(蘇東坡全集)》〈속집(續集)〉권5].

또 부쳐 주신 새 사는 잘 읽어 보았는데 한 구절 한 구절이 참으로 기발하여 시인의 웅장함이지 소사(小詞)가 아니더군요.(又惠新詞, 句句警拔, 詩人之雄, 非小詞也.)31)

라고 하여 진조(陳慥)의 사가 시인의 웅장함을 지니고 있음을 칭송하였다.

이상의 논의를 통하여 우리는 소식이 사를 시문의 여기로 인식했음을 부인할 수는 없다고 하더라도 그가 말한 여기는 왕작(王灼)이 "문장의 여사로 시를 지었다(以文章餘事作詩)"라고 했을 때의 '여사(餘事)'와 같은 의미로 결코 사라는 장르 자체의 품격을 경시한 말이 아님은 물론, 오히려 시적 속성을 지닌 사를 이상형으로 여겼음을 알 수 있다. 그는 "시와 그림은 본래 한 가지 이치이다"32)라고 하여 시화일률론(詩畫一律論)을 제기했는데 이 시화일률론을 확대해서 해석하면 시문과 사 또한 한 가지 이치라고 할 수 있을 것이며, 게다가 위에서 본 바와 같이 그는 사의 시적 속성을 중시했으므로 앞에서 살펴본 그의 각종 창작이론들이 사의 경우에도 적용되었다고 보아야 할 것이다.

---

31) ≪소동파전집(蘇東坡全集)≫ ⟨속집(續集)⟩ 권5.
32) "詩畫本一律."[≪소식시집(蘇軾詩集)≫ 권29 ⟨언릉 왕주부가 그린 절지화에 부쳐(書鄢陵王主簿所畫折枝二首)⟩ 제1수].

∙ ∙ ∙

제2절 | 사의 풍격 분류법

사의 풍격은 학자에 따라 제각기 분류 방법이 달라서 장언(張綖)은 '완약(婉約)'과 '호방(豪放)'의 두 가지로[33], 풍후(馮煦)는 '강(剛)'과 '유(柔)'의 두 가지로 나누었고[34], 곽인(郭麐)은 '풍류화미(風流華美)'·'함정유염(含情幽艷)'·'독표청기(獨標淸綺)'·'웅사고창(雄詞高唱)'의 넷으로[35], 사장

---

33) 명나라 사람 장언(張綖)은 ≪시여도보(詩餘圖譜)·범례(凡例)≫에서 "사의 문체는 대략 두 가지가 있으니 하나는 완약이고 하나는 호방이다(按詞體大略有二: 一體婉約, 一體豪放)"라고 했다. 왕수조(王水照), ≪당송문학논집(唐宋文學論集)≫, 제남(濟南): 제로서사(齊魯書社), 1984, 297쪽 참조.

34) 청나라 사람 풍후(馮煦)는 〈동파악부서(東坡樂府序)〉[청(淸) 주조모(朱祖謀), ≪강촌총서(彊村叢書)≫본 ≪동파악부(東坡樂府)≫]에서 "사에는 두 가지 유형이 있으니 '강(剛)'과 '유(柔)'이다(詞有二派, 曰剛與柔)"라고 했다.

35) 청나라 사람 곽인(郭麐)은 ≪영분관사화(靈芬館詞話)≫ 권1에서 "사의 문체는 대략 네 가지가 있으니 풍류화미(風流華美)한 것으로 ……화간파의 여러 사인이 그 예이다.……함정유염(含情幽艷)한 것이니 진관(秦觀)·주방언(周邦彥)·하주(賀鑄)·조보지(晁補)之가 그 예이다.……강기(姜夔)·장염(張炎) 등은 화려한 것을 일소하고 독표청기(獨標淸綺)했다.……소동파에 이르러 한 시대를 대표하는 재주를 마음껏 발

정(謝章鋌)은 '완려(婉麗)'·'호탕(豪宕)'·'순필(醇疋)'·'두정(餖飣)'의 넷으로 나누었으며36), 첨안태(詹安泰)는 '진솔명랑(眞率明朗)'·'고광청웅(高曠淸雄)'·'완약청신(婉約淸新)'·'기염준수(奇艶俊秀)'·'전려정공(典麗精工)'·'호매분방(豪邁奔放)'·'소아청경(騷雅淸勁)'·'밀려험삽(密麗險澁)' 등의 8종류로 나누었다.37) 곽인(郭麐)과 양기생(楊夔生)은 또 사공도(司空圖)의 〈이십사시품(二十四詩品)〉을 본떠 4언 12구로 구성된 〈사품(詞品)〉을 지어서 각각 '유수(幽秀)'·'고초(高超)'·'웅방(雄放)'·'위곡(委曲)'·'청취(淸脆)'·'신운(神韻)'·'감개(感慨)'·'기려(奇麗)'·'함축(含蓄)'·'포초(逋峭)'·'농염(穠艶)'·'명준(名儁)'의 12종류와, '경일(輕逸)'·'면막(綿邈)'·'독조(獨造)'·'처긴(凄緊)'·'미완(微婉)'·'한아(閒雅)'·'고한(高寒)'·'징담(澄澹)'·'소준(疎俊)'·'고수(孤瘦)'·'정련(精鍊)'·'영활(靈活)'의 12종류로 나누기도 했다.38)

이와 같은 여러 가지 풍격 분류 방법 중에서 장연의 분류법인 '완약과

휘함으로써……웅사고창(雄詞高唱)하여 별도로 하나의 종파를 이루었는데……신기질(辛棄疾)과 유과(劉過)는 지나치게 거칠었다.……갈래의 원천을 거슬러 올라가 보면 이 네 가지에서 벗어나지 않는다(詞之爲體大略有四: 風流華美……花間諸人是也……; 含情幽艶, 秦·周·賀·晁諸人是也; ……姜·張諸子, 一洗華靡, 獨標淸綺……; 至東坡以橫絶一代之才,……雄詞高唱, 別爲一宗, 辛·劉則粗豪太甚矣.……溯其派別, 不出四者)"라고 했다.

36) 청나라 사람 사장정(謝章鋌)은 《도기산장집(賭棋山莊集)·사화(詞話)》 권9에서 "송사는 세 갈래가 있으니 완려(婉麗)요 호탕(豪宕)이요 순필(醇疋)인데 지금은 또 한 갈래를 더하였으니 두정(餖飣)이라고 한다(宋詞三派, 曰婉麗, 曰豪宕, 曰醇疋, 今則又益一派, 曰餖飣)"라고 했다.

37) 첨안태(詹安泰), 《송사산론(宋詞散論)》, 광주(廣州): 광동인민출판사(廣東人民出版社), 1982, 53-60쪽 참조.

38) 청나라 사람 오형조(吳衡照)의 《연자거사화(蓮子居詞話)》 권3에 "오강 사람 곽상백(郭麐)과 금궤 사람 양백기(楊夔生)는 사공표성(司空圖)의 전례를 본떠서 〈사품〉 각 12조를 지었는바 여러 사람의 장점을 다 갖추었다(吳江郭祥伯·金匱楊伯夔, 倣司空表聖之例, 撰〈詞品〉各十二則, 奄有衆妙)"라고 한 뒤, 두 사람의 〈사품〉을 소개했다.

'호방'의 이분법이 보편적으로 받아들여져 온 방법인데 이러한 두 가지의 대조적인 풍격은 송대에도 이미 상당한 정도로 인식되고 있었던 것 같다. 유문표(兪文豹)가 ≪취검록(吹劍錄)≫에서

> 동파가 한림원에 있을 때 막객 중에 노래 잘하는 이가 있어서 "나의 사는 유칠(柳永)의 사와 비교해 보면 어떤가?" 하고 묻자 그 막객이 대답했다. "유 낭중(유영)의 사는 십칠팔 세 된 소녀가 홍아판(紅牙板)을 잡고 '버드나무 너머에 새벽 바람 불고 달 지겠지(楊柳外曉風殘月)'³⁹⁾ 하고 노래 부르기에 나 적합할 따름이고, 학사님(소식)의 사는 반드시 관서(關西)의 우람한 사나 이가 동비파(銅琵琶)와 철작판(鐵綽板)에 맞추어 '장강(長江)은 동쪽으로 흘 러가면서(大江東去)'⁴⁰⁾ 하고 불러야 합니다." 동파가 이 말을 듣고 포복절도 했다.(東坡在玉堂日, 有幕士善歌, 因問: "我詞何如柳七?" 對曰: "柳郎中詞, 只合十七八女郎, 執紅牙板, 歌'楊柳外曉風殘月'; 學士詞, 須關西大漢, 銅琵琶·鐵綽板, 唱'大江東去'", 坡爲之絶倒.)⁴¹⁾

라고 소개한 소식의 일화나, 유극장(劉克莊)이 "방옹[放翁, 육유(陸游)]과 가헌[稼軒, 신기질(辛棄疾)]은 섬세하고 고운 것을 일소하고 수식을 일삼 지 않았다"⁴²⁾라고 하고, 장염(張炎)이 "신기질(辛棄疾)과 유개지[劉改之, 유과(劉過)]의 작품은 호기사(豪氣詞)이지 아사(雅詞)가 아니다"⁴³⁾라고 한 말들이 그 방증이다. 그러므로 사의 풍격을 '완약'과 '호방'으로 나누는 것

---

39) 송(宋) 유영(柳永)의 〈우림령(雨霖鈴)〉(寒蟬淒切) 가운데 한 구절이다.
40) 송(宋) 소식(蘇軾)의 〈염노교(念奴嬌)〉(大江東去) 가운데 한 구절이다.
41) 청(淸) 장종숙(張宗橚), ≪사림기사(詞林紀事)≫ 권5.
42) "放翁·稼軒一掃織艶, 不事斧鑿."[청(淸) 왕혁청(王奕淸), ≪어선역대시여(御選歷代 詩餘)≫ 권118 〈사화(詞話)〉].
43) "辛棄疾·劉改之作豪氣詞, 非雅詞也."[송(宋) 장염(張炎), ≪사원(詞源)≫ 권하(卷下)].

은 송대 이래의 전통적인 분류법인데 이것을 명대에 와서 장연이 구체적으로 체계화한 것이라고 할 수 있다.

소식의 사는 역대의 많은 비평가들에 의하여 호방하다는 평가를 받아왔으니, 소식 사의 호방성에 대한 평가는 일찍이 동시대 사람에게서부터 제기되었다.

> 동파거사의 사는 세상에 보이는 것이 몇백 수 있는데 혹자는 음률에 있어서 조화가 좀 안 된다고 하지만 거사의 사는 호매하고 분방함이 특출하여 워낙 곡조 안에 묶어 둘 수 없는 것이다.(東坡居士曲, 世所見者幾百首, 或謂於音律小不諧, 居士詞橫放傑出, 自是曲子內縛不住者.)44)

> 한퇴지(韓愈)는 문장을 짓는 태도와 기법으로 시를 짓고 소자첨(소식)은 시를 짓는 태도와 기법으로 사를 지어서 교방 뇌대사의 춤과 같으니 천하의 훌륭함을 다 했으되 요컨대 본색은 아니다.(退之以文爲詩, 子瞻以詩爲詞, 如敎坊雷大使之舞, 雖極天下之工, 要非本色.)45)

이상은 각각 소식의 문하생이었던 황정견(黃庭堅, 1045-1105)과 진사도(陳師道, 1053-1102)의 평이다.

명나라의 왕세정(王世貞, 1526-1590)에 이르러서도 이러한 관점은 견지

---

44) 원(元)나라 사람 마단림(馬端臨)의 ≪문헌통고(文獻通考)≫ 권246 〈동파사 2권(東坡詞二卷)〉에 인용되어 있는 북송 사람 황정견(黃庭堅)의 말이다. 청나라 사람 장종숙(張宗橚)의 ≪사림기사(詞林紀事)≫ 권5에는 북송 사람 조보지(晁補之)가 이와 비슷한 말을 했다는 기록이 있대제1장 주55 참죄. 유전되는 도중에 착오가 발생했을 수도 있지만 황정견과 조보지가 둘 다 소문사학사(蘇門四學士)의 한 사람이었으니 소식의 문하생들 사이에 이 말이 널리 퍼져 있었을 가능성도 있다.
45) 송(宋) 진사도(陳師道), ≪후산시화(後山詩話)≫.

되었다.

　　소학사(소식)의 이 사는 역시 웅장하고 감개가 천고에 남아 과연 동장군
으로 하여금 장강(長江)에서 연주케 하면 틀림없이 강물을 들끓게 할 수 있
을 것이다.(學士此詞, 亦自雄壯, 感慨千古, 果令銅將軍於大江奏之, 必能使
江波鼎沸.)[46]

　　명나라 사평가 장연(張綖, 1513 전후) 같은 사람은 아예 소식의 사는
대부분이 호방하다고 선언하기까지 했다.

　　완약한 것은 언어와 정감이 함축적이기를 추구하고 호방한 것은 기상이
넓고 크기를 추구한다. 사를 짓는 사람에게도 달려 있으니 예컨대 진소유(秦
觀)의 작품은 대개 완약하고 소자첨(소식)의 작품은 대개 호방하다.(婉約者
欲其辭情蘊藉, 豪放者欲其氣象恢弘. 蓋亦存乎其人, 如秦少游之作, 多是
婉約, 蘇子瞻之作, 多是豪放.)[47]

　　장연은 이처럼 송대부터 지식인의 의식 속에 잠재해 있던 소식 사의
호방성에 대한 인식을 구체화한 후 소식 사는 호방한 것이 많다고 함으로
써, 두 가지의 풍격 중에서 호방풍격이 소식 사를 대표한다고 정식으로
천명했는데, 이러한 견해는 그 뒤로도 대부분의 사평가(詞評家)들에게 받
아들여져 소식을 호방사풍의 개척자요 대표자라고 보는 것이 거의 공론화
되어 있다.

---

46) 명(明) 왕세정(王世貞), ≪엄주사부고(弇州四部稿)≫ 권152 〈예원치언부록1(藝苑巵
言附録一)〉.
47) 명(明) 장연(張綖), ≪시여도보(詩餘圖譜) · 범례(凡例)≫. 제1장 주33 참조.

그러나 소식 사를 간단히 호방하다고 규정하는 데에는 무리가 있으니 적지 않은 사평가들이 이 점에 관해서 이미 지적한 바 있다. 예컨대, 청나라 사람 풍후(馮煦, 1843-1927)는 "세상 사람들이 단지 호방하다고만 하는데 그것은 소식과 신기질을 아는 것이 아니다"[48]라고 하여 '호방'이라는 말로써 소식 사와 신기질 사의 풍격을 다 포괄할 수 없음을 지적했고, 오매(吳梅, 1884-1939)는

> 동파공의 사는 호방한 것과 정밀한 것이 둘 다 장점을 발휘하고 있다고 하겠다. 세상 사람들이 오로지 호방한 면만 가지고 논하여 마침내 철박판과 동비파에 맞추어 부르기에나 적합하다는 비판이 있게 되었지만 이는 동파공의 완약한 면이 온정균(溫庭筠)이나 위장(韋莊)에 뒤지지 않는다는 사실을 모르는 것이다.(余謂公詞豪放縝密, 兩擅其長. 世人第就豪放處論, 遂有鐵板銅琶之誚, 不知公婉約處, 何讓溫韋.)[49]

라고 하여 소식이 호방사와 완약사에 다 뛰어났다고 했다. 또 증조장(曾棗莊)은 "현존하는 동파 사의 절대다수는 여전히 완약사에 속한다"[50]라고 하여 소식의 사가 대부분 완약하다고 평가했고, 명나라 사람 유언(兪彦, 1601 전후)은 "그의 호방사는 역시 〈염노교(念奴嬌)〉(大江東去) 한 수뿐이다"[51]라고 극언하기까지 했다.

---

48) "世第以豪放目之, 非知蘇辛者也."[청(淸) 풍후(馮煦), 〈동파악부서(東坡樂府序)〉].
49) 오매(吳梅), 《사학통론(詞學通論)》, 대북(臺北): 대만상무인서관(臺灣商務印書館), 1977, 74쪽.
50) 증조장(曾棗莊), 〈소식의 완약사(蘇軾的婉約詞)〉[《문학평론(文學評論)》 1981년 제5기, 중국사회과학출판사(中國社會科學出版社), 1981.10.], 112쪽.
51) "其豪放亦止〈大江東去〉一詞."[《원원사화(爰園詞話)》].

이러한 정황으로 미루어 보아도 알 수 있지만 실지로 소식 사를 다 읽어 보면 호방하다고 느껴지는 작품은 극소수에 불과하다. 소식 사의 풍격을 호방하다고 하면 대부분의 소식 사가 〈염노교(念奴嬌)〉(大江東去)와 같은 부류의 작품인 것으로 받아들여지기 쉬운데 이것은 사실과 부합하지 않으므로 소식 사를 호방하다고 규정하는 데에는 많은 문제점이 있는 것이다.

그러면 소식 사를 완약하다고 규정할 수 있는가? 이것은 더욱이나 소식 사의 풍격을 나타내는 정확한 표현이 되지 못한다. 여기에 전통적 풍격 분류 방법인 이분법의 문제가 있다. 그래서 이소(李素)는 소식 사의 풍격을 '호방(豪放)'·'완약(婉約)'·'청려(淸麗)'·'장미(壯美)'·'소랑(疏朗)'·'혼후(渾厚)'의 혼합과 조화라고 했고,52) 조수명(曹樹銘)은 '호방(豪放)'·'완약(婉約)'·'포서(鋪敍)'·'한적(閒適)'·'백묘(白描)'·'소쇄(瀟灑)'·'희학(戲謔)'으로 나누어서 서술해 보기도 했지만53), 분류 기준의 이율배반으로 인하여 표현기법이나 내용 분류의 유형이 섞여 있을 뿐만 아니라 지나치게 번쇄하기도 하여 소식 사의 풍격을 거시적으로 이해하는 데에는 오히려 비능률적이라고 생각된다. 이러한 세분법은 정밀성을 기할 수 있어서 개별 작품의 분석에나 적합할 것이다. 그러므로 소식 사의 풍격을 거시적 관점에서 일목요연하게 이해하면서도 보다 실체에 가깝게 파악하기 위해서는 이분법과 세분법을 조화한 제삼의 분류법이 필요하다고 생각된다.

먼저 '호방'과 '완약'의 의미를 살펴보면, 이들은 원래 사람의 품성이나 태도·말씨 등을 나타내는 말로서 기백이 크고 구속을 받지 않는다는 뜻

---

52) 이소(李素), 〈소동파의 사에 대한 천견(淺談蘇東坡的詞)〉[≪해란(海瀾)≫ 제10기, 홍콩, 1956.8.], 22쪽 참조.
53) 조수명(曹樹銘), ≪소동파사(蘇東坡詞)≫, 대북(臺北): 대만상무인서관(臺灣商務印書館), 1983, 88-90쪽 참조.

과 부드럽고 공손하다는 뜻을 지니고 있었다.54) 그러던 것이 나중에 문학
작품의 풍격을 나타내는 말로 쓰이게 되면서 '호방'은 호쾌하고 자유분방
하여 거리낌이 없고 구속을 받지 않는다는 뜻으로, '완약'은 부드럽고 집약
적이어서 함축성이 크다는 뜻으로 쓰인 것 같으며 이의 구분은 송대부터
이미 사의 음악적 성분과도 관계가 있는 것으로 인식되었던 것 같다. 다음
에 몇 가지 증거를 제시한다.

거사(소식)의 사는 사람들이 음률에 맞지 않는 것이 많다고들 하는데 그
의 사는 호매하고 분방함이 특출하여 워낙 곡조 속에 묶어 둘 수 없는 것이
다.(居士詞, 人謂多不諧音律. 然橫放傑出, 自是曲子內縛不住者.)55)

세상 사람들이 말하기를 동파는 노래를 부를 줄 모르기 때문에 그가 지은
사는 음률에 맞지 않는 경우가 많다고들 하지만 조이도[晁以道, 조열지(晁說
之)]가 "소성(1094-1097) 초에 변수(汴水) 가에서 동파와 작별했는데 술이 얼

---

54) ≪북사(北史)≫ 권43 〈장이전(張彛傳)〉에는 "장이는 젊을 때부터 호방하여 조정을
출입할 때 보무도 당당하게 높은 곳을 보고 걸으며 조금도 거리끼는 바가 없었다(彛
少而豪放, 出入殿庭, 步眄高上, 無所顧忌)"라고 하여 '호방(豪放)'을 장이의 거침없는
태도를 나타내는 말로 사용했고, 황정견(黃庭堅)은 "이태백(李白)은 호방하여 사람
중의 봉황이요 기린이었다(太白豪放, 人中鳳凰麒麟)"[송(宋) 위경지(魏慶之), ≪시인
옥설(詩人玉屑)≫ 권14]라고 하여 '호방(豪放)'을 이백의 호쾌한 기상을 나타내는 말
로 사용했으며, ≪국어(國語)≫ 권19 〈오어(吳語)〉에는 "그[월(越)]나라 대부 문종(文
種)]는 대왕님[오왕(吳王) 부차(夫差)]께서 무력을 숭상하고 이기기를 좋아하신다는
사실을 잘 알기 때문에 말씨를 부드럽고 공손하게 함으로써 대왕님의 마음을 느슨하
게 하여 대왕님으로 하여금 중원의 여러 나라에 탐닉함으로써 자신을 상하게 하려는
것입니다(夫固知君王之蓋威以好勝也, 故婉約其辭, 以從逸王志, 使淫樂於諸夏之
國, 以自傷也)"라고 하여 '완약(婉約)'을 부드럽고 공손한 말씨를 나타내는 말로 사용
했다.
55) 청나라 사람 장종숙(張宗橚)의 ≪사림기사(詞林紀事)≫ 권5에 인용된 북송 사람 조보
지(晁補之)의 말이다. 제1장 주44 참조.

큰해지자 스스로 〈양관곡(陽關曲)〉을 노래 불렀다"라고 한 것을 보면 공은 노래를 부를 줄 모른 것이 아니라 성격이 호방하여 마르고 잘라서 성률(聲律)에 맞추기를 좋아하지 않은 것이다.(世言東坡不能歌, 故所作樂府, 多不協律. 晁以道謂: "紹聖初, 與東坡別于汴上, 東坡酒酣自歌〈陽關曲〉", 則公非不能歌, 但豪放不喜剪裁, 以就聲律耳.)56)

조보지는 소식 사의 유난히 호매하고 분방한 풍격이 음률과 어울리지 않은 사실을 지적하고 육유는 소식의 호방한 성격이 음률 따지기를 거부한 사실을 지적하여 '호방'과 음률의 상관 관계를 암시했다.

사의 풍격을 '호방'과 '완약'의 두 가지로 나눈 장연의 경우에도 ≪시여도보(詩餘圖譜)≫를 편찬할 때 법식(法式)이 될 만한 사를 수록함에 있어서 완약한 것을 위주로 고르고 사의 내용이 훌륭한지 어떤지를 따질 겨를도 없이 음률이 맞는 것만 고른 경우도 있다고 자술했는데57) 이것은 '완약'이 음률과 밀접한 관계에 있음을 인식하고 한 말임에 틀림없는 것이다.

오늘날에 와서도 유영제(劉永濟)는 "사가 '완약'을 정종으로 삼는 이유는 사실은 완약파 사인(詞人) 미성[美成, 주방언(周邦彦)]·백석[白石, 강기(姜夔)]·옥전[玉田, 장염(張炎)] 등이 모두 음악을 잘 알아서 그들의 사가 모두 음률에 잘 맞으며 사는 본래 송의 악부이고 악부시는 모두 음률에 맞아야 하기 때문이다. 정종설(正宗說)은 여기에 근거를 두고 있다. 만약

---

56) 청나라 사람 왕혁청(王奕清)의 ≪어선역대시여(御選歷代詩餘)≫ 권115에 인용된 남송 사람 육유(陸游)의 말이다.
57) 장연(張綖)은 ≪시여도보(詩餘圖譜)·범례(凡例)≫에서 "이제 여기에 수록하여 법식으로 삼는 것은 필시 완약하여 웬만큼 사의 체제에 적합한 것이며, 또 음률이 곡조에 들어맞는 것만 취했을 뿐 가사가 훌륭한 것을 고를 겨를이 없었던 경우도 있으니 보는 사람은 이 점을 잘 알기 바란다(今所錄爲式者, 必是婉約, 庶得詞體, 又有惟取音節中調, 不暇擇其詞之工者, 覽者詳之)"라고 했다. 제1장 주33 참조.

사의 품격과 내용으로 말한다면 두 유파는 우열을 따져서는 안 된다"[58]라고 해서 '완약'과 '호방'의 분류가 협률(協律) 여부와 밀접하게 관련되어 있음을 주장했고, 용유생(龍楡生)은 "후인들은 그것을 '호방'과 '완약'의 두 유파로 나누었는데 꼭 합당하다고 할 수는 없지만 대체로 일리가 있는 것이기도 하다. 이 두 파가 나누어진 중요한 관건은 역시 가창 방면의 성분에 달려 있는 바가 많다"[59]라고 하여 '완약'과 '호방'이 주로 음악적 성분에 의하여 나누어진다는 사실을 직접적으로 지적했다.

이들의 논지를 종합해 보면 완약사는 음률이 잘 맞고 호방사는 음률이 잘 맞지 않는다는 인식은 송대 이래로 오늘날에 이르기까지 많은 사평가들의 공통된 인식임을 알 수 있다. 그러나 '완약'과 '호방'이 단지 음악적 성분만으로 구분될 수는 없는데 이것은 '완약'과 '호방'을 처음으로 이름 붙인 장연이 "완약한 것은 언어와 정감이 함축적이기를 추구하고 호방한 것은 기상이 넓고 크기를 추구한다"[60]라며 이미 지적했던 바이기도 하다.

요컨대, 완약사는 부드럽고 함축적일 뿐 아니라 음률에도 잘 맞는 사이고, 호방사는 호쾌하고 웅장한 기상이 있을 뿐 아니라 자유분방하여 음률의 구속을 거부한 사라고 할 수 있겠다.

소식 사는 맑고 담담한 가운데 달관한 듯 초연한 작품이 주류를 이루는데 이런 작품들은 거침이 없고 시원스럽다는 측면에서 보면 호방풍격에 가깝지만 기상이 웅장하지는 않다는 측면에서 보면 호방하다고 할 수 없

---

58) 유영제(劉永濟), ≪사론(詞論)≫, 상해(上海): 상해고적출판사(上海古籍出版社), 1981, 53쪽.
59) 용유생(龍楡生), 〈송사 발전의 몇 단계(宋詞發展的幾個階段)〉[화동사범대학중문계 고전문학연구실(華東師範大學中文系古典文學硏究室), ≪사학연구논문집(詞學硏究論文集)≫], 178쪽.
60) 제1장 주47 참조.

다. 그렇다고 여성적이거나 감상적인 것도 아니고 음률을 충분히 고려한 것도 아니기 때문에 완약풍격에 귀속시킬 수도 없다. 그러므로 소식 사의 풍격을 거시적 관점에서 보다 효율적으로, 그리고 소식 사의 실체에 보다 가깝게 이해하기 위해서는 '호방'과 '완약'이라는 전통적 분류에다 '청려광달(淸麗曠達)', 즉 '청광(淸曠)' 풍격을 하나 더 설정하여 분석하는 것이 효율적이고 합리적이라고 생각된다.

소식의 청광사풍에 대한 인식은 청대부터 이미 있어 왔다.

> 동파 사는 웅장한 자태와 초일(超逸)한 기세가 옛 사람을 훨씬 능가하여 신선이 세속을 벗어난 자태를 갖추고 있다.(東坡詞雄姿逸氣, 高軼古人, 具神仙出世之姿.)[61]

> 동파 사는 신선이 세속을 벗어난 자태를 갖추고 있는데 방외의 백옥섬 같은 사람들도 애석하게도 여기에는 미치지 못한다.(東坡詞具神仙出世之姿, 方外白玉蟾諸家, 惜未詣此.)[62]

> 사평가들이 소식과 신기질을 병칭하는데 사실은 신기질은 오히려 사람의 경지이고 소식은 거의 신선의 경지인 것 같다.(詞家蘇辛幷稱, 其實辛猶人境也, 蘇其殆仙乎.)[63]

> 소식과 신기질을 병칭하지만 두 사람은 절대로 비슷하지 않다. 기백이 크기로는 소식이 신기질만 못하고 기풍이 고상하기로는 신기질이 소식에게

---

61) 청(淸) 강순이(江順詒), ≪사학집성(詞學集成)≫ 권5.
62) 청(淸) 유희재(劉熙載), ≪예개(藝槪)≫ 권4 〈사곡개(詞曲槪)〉.
63) 청(淸) 왕붕운(王鵬運), ≪반당미간고(半塘未刊稿)≫.

훨씬 못 미친다.(蘇辛幷稱, 然兩人絶不相似. 魄力之大, 蘇不如辛; 氣體之高, 辛不逮蘇遠矣.)[64]

동파의 사는 광달(曠達)하고 가헌의 사는 호쾌하다.(東坡之詞曠, 稼軒之詞豪.)[65]

동파 사는 비록 어떤 때는 청려하고 느긋하며 어떤 때는 호매하고 분방함이 특출하지만 전체적인 풍격은 근대의 사평가 왕붕운(王鵬運)이 지적한 '청웅(淸雄)'이라는 두 글자로 개괄하는 것이 가장 합당하다. 세상 사람들이 항상 '호방'이라는 말로 동파 사를 품평하는데 참으로 전체를 개괄하기에는 아직 부족하다.(坡詞雖有時淸麗舒徐, 有時橫放傑出, 而其全部風格, 當以近代詞家王鵬運拈出'淸雄'二字, 最爲恰當. 世恒以'豪放'目東坡, 固猶未足以槪其全也.)[66]

이상과 같은 이유로 이 책에서는 완약·호방·청광의 삼분법에 입각하여, 소식의 사 가운데 창작 연대가 밝혀져 있는 사, 즉 편년사를 대상으로 그의 사풍이 관직생활의 부침과 인생역정의 변화에 따라 어떻게 변천했는지 살펴보기로 한다.

---

64) 청(淸) 진정작(陳廷焯), ≪백우재사화(白雨齋詞話)≫ 권1.
65) 청(淸) 왕국유(王國維), ≪인간사화(人間詞話)≫ 권상(卷上).
66) 용목훈(龍沐勛), 〈동파악부종론(東坡樂府綜論)〉[≪사학계간(詞學季刊)≫ 제2권제3호, 1935], 5쪽.

제2장

항주통판(杭州通判) 시기의 사풍

항주통판(杭州通判) 시기의 사풍

＊＊＊

항주통판(杭州通判) 시기란 소식이 처음 항주통판으로 부임하여 항주 [지금의 절강성(浙江省) 항주]에서 지내던 시기를 가리킨다. 왕안석(王安石, 1021-1086)의 개혁정치에 반대한 그는 신종 희령(熙寧) 4년(1071) 정월에 〈학교와 과거에 관하여 논하는 상주문(議學校貢擧狀)〉1)을 올려 시부(詩賦)로써 관리를 선발하던 지금까지의 방법을 바꾸어 경의논책(經義論策)으로 선발하려고 하던 왕안석의 정책에 반대한 것을 비롯하여2) 같은

---

1) ≪소동파전집(蘇東坡全集)≫ 〈주의집(奏議集)〉 권1.
2) ≪송사(宋史)·소식전(蘇軾傳)≫에 "희령 2년(1069)에 조정으로 돌아오자 왕안석이 정권을 장악하고 있었는데 그는 평소에 소식의 주장이 자신과 다른 점을 싫어했기 때문에 소식을 판관고원(判官告院)에 임명했다. 희령 4년(1071)에 왕안석이 과거제도를 변경하고 학교를 세우려고 하므로 황제께서 양제[내제(內制)와 외제(外制), 즉 한림학사(翰林學士)와 중서사인(中書舍人)]와 삼관소문관(昭文館)·집현원(集賢院)·사관(史館)에 조서를 내려 논의하게 했다. 소식이 주의(奏議)를 올렸다.……주의가 올라가자 신종이 깨달은 바가 있어서 말했다. '내가 본래 이것을 의아하게 생각하고 있었는데 소식의 주의를 받고 보니 의미가 분명해졌다.'……소식이 물러가 같은 반열

해 2월에 〈황제께 올리는 상소문(上皇帝書)〉[3], 3월에 〈다시 황제께 올리는 상소문(再上皇帝書)〉[4]를 올려 계속 왕안석의 개혁정치를 통렬하게 비판했다. 뒤이어 그는 진사 시험에서 "진나라 무제는 오나라를 평정함에 있어서 독단적인 태도를 취하여 승리했으나 전진(前秦)의 부견은 진나라를 정벌할 때 독단하여 망했고, 제나라 소백(桓公)은 관중에게 일임하여 패자가 되었으나 연왕 쾌는 자지(子之)에게 일임하여 망했다. 같은 일인데도 결과가 다른 까닭이 무엇인가?"[5]라는 문제를 내어 왕안석을 격노하게 했다. 이에 왕안석은 어사 사경온(謝景溫)에게 소식의 죄과를 들추어 내어 논하게 했으나 뜻을 이루지 못했다. 그러나, 소식은 마침내 이러한 중앙정부의 정치적 소용돌이에서 벗어나기 위해 외직을 자청하기에 이르렀다.[6]

의 관리들에게 말했다. 왕안석이 불쾌해져서 소식을 권개봉부추관(權開封府推官)으로 임명하여 업무에 시달리게 하려고 했다(熙寧二年還朝, 王安石執政, 素惡其議論異己, 以判官告院. 四年, 安石欲變科舉興學校, 詔兩制三館議. 軾上議…… 議上, 神宗悟曰: '吾固疑此, 得軾議, 意釋然矣.' ……軾退, 言於同列. 安石不悅, 命權開封府推官, 將困之以事)"라고 했다.

3) ≪소동파전집(蘇東坡全集)≫ 〈주의집(奏議集)〉 권1.
4) ≪소동파전집(蘇東坡全集)≫ 〈주의집(奏議集)〉 권1.
5) "晉武平吳以獨斷而克, 苻堅伐晉以獨斷而亡; 齊小白專任管仲而霸, 燕噲專任子之而敗, 事同而功異, 何也?[송(宋) 왕칭(王稱), ≪동도사략(東都事略)≫ 권93상(上)].
6) ≪송사(宋史)·소식전(蘇軾傳)≫에 "소식은 왕안석이 신종을 보좌함에 권력을 독단적으로 전횡하는 것을 본지라 진사 시험에서 책문(策問)을 출제하여 '진나라 무제는 오나라를 평정함에 있어서 독단적인 태도를 취하여 승리했으나 전진(前秦)의 부견은 진나라를 정벌할 때 독단하여 망했고, 제나라 환공은 관중에게 일임하여 패자가 되었으나 연왕 쾌는 자지에게 일임하여 망했다. 같은 일인데도 결과가 다른 까닭이 무엇인가?'라고 물었다. 그러자 왕안석이 더욱 노하여 어사 사경온으로 하여금 그의 과오를 논하는 상소문을 올리게 하고 철저하게 조사해 보게 했으나 아무런 과오도 찾아내지 못했다. 소식이 마침내 외직을 자청하여 항주통판이 되었다(軾見安石贊神宗以獨斷專任, 因試進士發策, 以'晉武平吳以獨斷而克, 苻堅伐晉以獨斷而亡; 齊桓專任管仲而霸, 燕噲專任子之而敗, 事同而功異'爲問. 安石滋怒, 使御史謝景溫論奏其過, 窮治無所得. 軾遂請外, 通判杭州)"라고 했다.

희령 4년(1071) 6월, 항주통판에 임명되어 12월 28일에 도임(到任)하게 되었다. 거기서 3년을 지낸 뒤 희령 7년(1074) 9월에 밀주지주(密州知州)로 전임하라는 명을 받고 11월에 밀주[지금의 산동성(山東省) 제성(諸城)]에 도착했다. 여기서 말하는 항주통판 시기는 바로 항주통판 도임 이후부터 밀주지주 도임 직전까지의 이 3년을 가리킨다.

이 시기는 정치적으로 보면 왕안석에게 패배하여 스스로 포기하고 물러난 실의의 시기이지만 문학적으로는 바로 마음의 평형을 잃어서 소리를 낸[7] 시기로 오히려 활발한 창작활동을 가능하게 했으며 사의 창작 또한 이때에 처음 시도된 것으로 보이는 중요한 시기라 할 수 있다.[8] 이 시기 소식 사의 풍격을 세밀하게 살펴보는 것은 사사상(詞史上) 획기적인 전환점을 이룬 것으로 평가되는 소식의 초기 사를 가늠해 보는 제일보가 된다는 점에서 의의가 크다고 생각된다.

이 연구는 조수명(曹樹銘)이 편찬한 《소동파사(蘇東坡詞)》[9] 중의 편년사(編年詞)를 분석 대상으로 삼는데, 조수명의 편년에 의하면 희령 5년(1072) 2수, 희령 6년(1073) 9수, 희령 7년(1074) 44수 등 총 55수가 이 무렵에 창작된 사인데 이중에는 항주에서 짓지 않은 것도 있기는 하나 극히 소수에 불과하므로 편의상 이 55수를 모두 항주통판 시기의 사로 간주한다.

---

7) 당나라 사람 한유(韓愈)의 〈맹동야를 전송하며(送孟東野序)〉에 "대체로 사물은 평형을 잃으면 소리를 낸다(大凡物不得其平則鳴)"라는 말이 있다.
8) 청나라 사람 주조모(朱祖謀)의 《강촌총서(彊村叢書)》본 《동파악부(東坡樂府)》 3권은 권1~2가 편년체로 되어 있고 권3은 편년이 불가능한 것인데 이에 의하면 편년 가능한 최초의 작품이 〈낭도사(浪淘沙)〉(昨日出東城)로 희령 5년(1072)의 작품이다. 편년하지 않은 작품 중에 이보다 이른 것이 없다고 단정할 수는 없겠으나 일단은 이것을 최초의 소식 사로 간주해도 무리가 없을 것이다.
9) 대북(臺北): 대만상무인서관(臺灣商務印書館), 1983년 12월 초판.

제1절 | 항주통판 시기의 제재별 사풍

　　청(淸)나라 사람 유희재(劉熙載, 1813-1881)는 소식 사를 두고 "동파의
사는 두보의 시와 매우 흡사한데 이것은 그에게 있어서는 제재로 삼을
수 없는 생각이 없고 말할 수 없는 일이 없었기 때문이다"[10]라고 했고,
요종운(廖從雲)은 "시가 될 수 있는 것은 모두 사의 제재로 채택될 수 있었
다"[11]라고 소식 사를 평가했다. 이러한 평가는 모두 소식 사가 내용면에서
남녀간의 비환이합(悲歡離合)이나 여인의 애틋한 연애감정이라는 전통적
인 사의 범주를 벗어나 무엇이든지 다 사의 제재로 삼음으로써 사의 영역
을 확대한 공로를 인정한 것이다.

　　그렇다면 그는 처음부터 이렇게 시를 짓듯이, 즉 '이시위사(以詩爲詞)'

---

10) "東坡詞頗似老杜詩, 以其無意不可入, 無事不可言也."[청(淸) 유희재(劉熙載), ≪예
　　개(藝概)≫ 권4 〈사곡개(詞曲槪)〉].
11) "擧凡可以爲詩者, 卽可以入詞."[요종운(廖從雲), ≪역대사평(歷代詞評)≫, 대북(臺
　　北): 대만상무인서관(臺灣商務印書館), 1981, 81쪽].

의 태도로 사를 지었는가? 아니면 그 역시 전통적인 태도를 취하다가 나중에야 이러한 태도를 취하게 되었는가? 그가 사를 짓기 시작한 항주통판 시기의 사를 검토해 보면 이에 대한 해답을 어느 정도 얻을 수 있을 것이다. 이 시기 소식 사의 제재별 풍격은 대체로 다음과 같이 다섯 가지로 나누어 살펴볼 수 있다.

1. 염정(艶情)과 주흥(酒興)

이 시기의 소식 사에는 화간사(花間詞)의 주류를 이루었던 염정사는 별로 보이지 않는다. 전체 55수 중에서 다음의 2수가 여기에 해당된다.

菩薩蠻

繡簾高捲傾城出. 鐙前瀲灩橫波溢. 皓齒發淸歌. 春愁入翠蛾.

悽音休怨亂. 我已無腸斷. 遺響下淸虛. 纍纍一串珠.

보살만

수 놓은 발 높이 걷고 경국지색이 나오더니

등불 앞에 추파가 넘실넘실 넘친다.

새하얀 이에선 맑은 노래 나오는데

검푸른 눈썹에는 봄 근심이 서려 있다.

슬픈 노래여 원망하는 소리 그만 내어라.

나는 이미 끊어질 애간장도 없단다.

맑디맑은 허공에서 내려오는 여운이

알알이 꿰어 놓은 구슬 꿰미 같도다.

이것은 미인이 등불 앞에 앉아서 약간 감상적인 자세로 고운 노래를
부르는 모습을 보고 생긴 자신의 애달픈 심정을 서술한 작품으로 화간사
중에서는 온정균(溫庭筠) 사보다 위장(韋莊) 사에 가까운 '담장(淡妝)'[12]
의 분위기가 느껴진다.

江城子

──陳直方妾勦, 錢塘人也. 求新詞, 爲作此. 錢塘人好唱〈陌上花緩緩曲〉,

余嘗作數絶以紀其事.──

玉人家在鳳凰山, 水雲間. 掩門閑. 門外行人, 立馬看弓彎.

十里春風誰指似, 斜日映, 繡簾斑.

多情好事與君還. 閔新鰈. 拭餘潸. 明月空江, 香霧著雲鬟.

陌上花開春盡也, 聞舊曲, 破朱顔.

강성자

──진직방의 첩 혜는 전당인인데 그녀가 나에게 새로운 가사를

---

12) 청나라 사람 주제(周濟)는 《개존재논사잡저(介存齋論詞雜著)》에서 "모장과 서시
는 천하의 미인이다. 진한 화장을 해도 예쁘고 옅은 화장을 해도 예쁘며, 허름한 옷을
입고 봉두난발을 해도 경국지색임을 감출 수 없다. 비경(溫庭筠)은 진한 화장을 한
미인이고 단기(韋莊)는 옅은 화장을 한 미인이며, 후주(李煜)는 허름한 옷을 입고 봉
두난발을 한 미인이다(毛嬙 · 西施, 天下美婦人也. 嚴妝佳, 淡妝亦佳, 麤服亂頭, 不
掩國色. 飛卿嚴妝也, 端己淡妝也, 後主則麤服亂頭矣)"라고 하여 만당오대 때의 사
인 온정균 · 위장 · 이욱을 각각 다른 개성을 지닌 미인에 비유했다.

지어 달라고 하기에 그녀를 위하여 이것을 짓는다.

전당인들은 〈맥상화완완곡〉을 잘 부르는데

나는 절구 몇 수를 지어서 그 일을 기록한 적이 있다.——

옥 같은 미인은 봉황산에 집이 있어

물과 구름 사이에서

대문이 한가로이 닫혀 있었네.

문밖에서 행인들이

말을 세우고 둥그스름한 미인의 발을 바라보지만

춘풍 부는 십 리에서 누구 발가락이 그녀와 닮았을까?

석양이 비쳐 들면

주렴 위의 자수 무늬가 그녀의 발에 비쳤네.

인정도 많고 일도 좋아해 그대를 따라 돌아가려는 그녀

갓 홀아비 된 사람을 가엾이 여겨

마르다 남은 눈물자국 다정스레 닦아 주네.

밝은 달이 텅 빈 강을 비추는 이 밤

향긋한 안개가 구름 같은 머리에 스미는데

길가에 꽃이 피니 봄날이 다 갔다는

옛 곡조를 들으며

홍조 띤 얼굴에 웃음을 활짝 짓네.

제서(題序)에서 밝혔듯이 이것은 친구의 애첩에게 써 준 사이다. 비록 기녀의 아름다운 자태를 묘사하기는 했으나 그녀가 바로 친구의 애첩이고 친구가 상처한 지 얼마 안 된 때였으므로[13] 단순한 기녀 묘사와는 격조가 다르다.

이 시기의 작품 중에서 위의 2수보다 더 진한 염정사는 발견되지 않을 뿐만 아니라 이 정도의 염정사도 더는 없다. 이것은 전체 작품 55수에 비하면 극히 적은 양이다.

이와는 성격이 다르지만 역시 술자리의 흥취를 읊은 것이 2수 있다.

采桑子

——潤州甘露寺多景樓, 天下之殊景也. 甲寅仲冬,
余同孫巨源·王正仲參會於此. 有胡琴者姿色尤好, 三公皆一時英秀.
景之秀·妓之妙, 眞爲希遇. 飮闌, 巨源請於余曰: "殘霞晩照, 非奇才不盡",
余作此詞.——

多情多感仍多病, 多景樓中. 尊酒相逢. 樂事回頭一笑空.
停杯且聽琵琶語, 細撚輕攏. 醉臉春融. 斜照江天一抹紅.

채상자

——윤주 감로사의 다경루는 천하의 절경이다. 갑인년(1074) 중동에 나는 손거원·왕정중 등과 여기서 만났다. 호금이란 자가 있었는데 자태가

---

13) 명나라 사람 전여성(田汝成)의 ≪서호유람지여(西湖遊覽志餘)≫ 권16에 "진직방의 첩인 혜는 본래 전당[지금의 절강성(浙江省) 항주(杭州)]의 기녀였는데 소자첨(소식)에게 새 가사를 요구하는지라 소자첨이 진직방이 막 본처를 잃었고 전당 사람들이 〈맥상화완완곡〉을 잘 부르기 때문에 그 일을 끌어다 장난을 쳤으니 그 사는 〈강신자(江神子)〉[즉 〈강성자(江城子)〉]이다(陳直方之妾秭, 本錢塘妓人也. 丐新詞于蘇子瞻, 子瞻因直方新喪正室, 而錢塘人好唱〈陌上花緩緩曲〉, 乃引其事以戲之, 其詞則 〈江神子〉也)"라고 했다.

아름답고 세 공은 모두 한때의 뛰어난 인물들이다.14) 경치가 빼어나고
기녀가 어여쁘니 참으로 보기 드문 만남이다. 술기운이 무르익자 손수가
나에게, "저녁놀과 낙조가 비친 풍경은 기재가 아니고는 빠짐없이 형용할
수 없겠소이다" 하고 청하는지라 이 사를 짓는다.——

다정다감하기에 병도 잘 나는 몸이

다경루에 올라와서

한 동이 술을 놓고 이렇게 서로 만나

즐겁던 일 돌아보며 공허함에 웃음 짓네.

술잔 멈추고 잠시 동안 비파소리 듣노라니

살금살금 뜯다가 살짝살짝 누르는데

술 취한 그 얼굴에 봄빛이 무르녹아

석양이 강가의 하늘에 붉은 노을을 그려 놨네.

하편(下片)에서 비파를 타는 기녀의 모습을 형용하고 있고 제서(題序)
에서 "기녀의 어여쁨(妓之妙)"을 강조하기까지 했으나 그것은 이 사의 주
안점이 아니다. 친구의 요청을 받고 당시의 주흥을 돋우기 위하여 지은
것이지만 술자리의 흥청거리는 분위기보다는 오히려 다소 감상적인 어조
로 자신의 신세를 묘사해 놓고 있다.

---

14) 제서(題序)에는 손거원(孫巨源)과 왕정중(王正仲)만 언급했는데 여기에 호완부(胡完
夫)를 합쳐서 삼공(三公)이 된다. 주조모(朱祖謀)의 ≪강촌총서(彊村叢書)≫본 ≪동
파악부(東坡樂府)≫ 권1 〈채상자(采桑子)〉 주(注)에 "완부는 호종유의 자인바, 제서
(題序)에서 '세 공은 모두 한때의 뛰어난 인물들이다'라고 한 것은 아마 왕씨・손씨・
호씨를 가리킬 것이다(案完夫爲胡宗愈字, 題云: '三公皆一時英秀', 蓋指王・孫與胡
也)"라고 했다.

減字木蘭花

銀箏旋品. 不用纏頭千尺錦. 妙思如泉. 一洗閒愁十五年.
爲公少止. 起舞屬公公莫起. 風裏銀山. 擺撼魚龍我自閒.

감자목란화

은쟁의 고운 소리 자꾸 음미하건만

비단 천 자를 상으로 줄 필요도 없도다.

오묘한 생각이 샘물처럼 솟아나

십오 년의 근심을 단번에 씻어 준다.

공을 위해 잠시 동안 머무르면서

일어나 춤추며 공에게 〈공막무〉부터 추자고 부탁하니

바람 속의 은빛 산은

어룡을 흔들건만 나는 홀로 느긋하다.

절로 춤이 나오는 아름다운 은쟁(銀箏)의 선율과 용솟음치는 은빛 파도
에도 동요하지 않는 사인(詞人)의 느긋한 마음이 내일 아침이면 다시 헤어
질 일을 생각하며 다소 걱정에 빠진 듯한 친구의 태도와 대조되어 극히
담백하게 묘사되어 있다.

이상에서 본 바와 같이 염정이나 주흥을 노래한 사일지라도 화간사나
북송 초기의 다른 완약사(婉約詞)에 비하여 농도가 옅고, 객관적인 묘사라
기보다는 작자의 감정이 개입된 주관적 서정이라는 성격을 다분히 지니고
있다고 하겠다. 뿐만 아니라 염정이나 주흥의 범주에 넣을 수 있는 작품도

4수에 불과하다.

2. 이별(離別)과 그리움

친구와의 만남과 헤어짐, 그리고 만남의 기쁨과 헤어진 뒤의 그리움, 즉 교우관계를 내용으로 하는 사는 이 시기에 있어서의 소식 사의 주종을 이룬다. 전체 작품 중에서 약 절반이 여기에 해당하는데 그중에서도 헤어질 때의 심정을 묘사한 것이 대부분이고 헤어진 뒤에 옛날 일을 생각하면서 친구를 그리워하는 내용을 읊은 것이 5수이며 만나는 기쁨을 노래한 작품은 2수뿐이다. 그의 사를 통하여 살펴보건대 당시 소식이 가까이 지내던 친구는 진양(陳襄) · 양회(楊繪) · 허준(許遵) · 손수(孫洙) · 풍경(馮京) · 진순유(陳舜兪) · 유근(柳瑾) 등이 있었는데 특히 진양(1017-1080) 및 양회(1027-1088)와의 이별을 읊은 사가 많다.

진양은 희령 5년(1072) 8월에 항주지주(杭州知州)로 부임하여 희령 7년(1074) 7월까지 소식과 함께 항주에서 관직 생활을 한 동료이다. 통판은 지주를 보좌하는 관리인데 소식은 당시 항주통판이었으니 이러한 동료 관계가 그와 진양을 친밀하게 하는 요인이 되었을 것이다.

行香子

──丹陽寄述古──

攜手江村. 梅雪飄裙. 情何限 · 處處消魂. 故人不見, 舊曲重聞.

向望湖樓, 孤山寺, 湧金門.

尋常行處, 題詩千首, 繡羅衫 · 與拂紅塵. 別來相憶, 知是何人. 有湖中月,江邊柳, 隴頭雲.

행향자

——단양에서 술고에게——

강 마을에서 손잡을 때

매화 눈이 바지에 휘날렸지요.

정이란 끝없는 것

가는 곳마다 그리움에 정신이 아찔하군요.

옛 친구는 안 보이지만

옛날의 그 곡조는 또다시 들리나니

망호루

고산사

그리고 용금문을 바라보고 섰겠군요.

늘 가던 곳에

써 놓은 시 천 수는

수놓은 비단 적삼으로

먼지를 닦아 주겠지요?15)

---

15) 송나라 사람 축목(祝穆)의 ≪고금사문유취(古今事文類聚)≫ 〈별집(別集)〉 권10 〈푸른 비단으로 시 감싸기(碧紗籠詩)〉에 "구래공(寇準)이 섬주를 다스릴 때 처사 위야와 함께 절에 가서 노닐며 옛날에 노닐던 곳을 돌아보니 시를 남긴 곳에 구래공의 시는 모두 푸른 비단으로 감싸 놓고 위야의 시는 먼지가 잔뜩 앉아 있었다. 그때 따라다니던 관기 가운데 재치 있는 아이가 얼른 붉은 소매로 먼지를 털었다. 그러자 위야가 구래공을 돌아보며 한 번 웃고는 시를 한 수 지어서 '……만약 항상 붉은 소매로 털어 준다면, 그것 또한 푸른 비단으로 감싸는 것보다 나으리'라고 했다(寇萊公典陝日, 與

헤어진 뒤 이처럼 그리움에 빠지나니

이것을 아는 사람 누구일까요?

호수 속의 저 달과

강가의 버드나무

그리고 언덕 위의 구름이지요.

　이것은 진양[陳襄, 자(字): 술고(述古)]이 소식 자신을 그리워하는 형식
으로 쓴 것이다. 송나라 사람 부조(傅藻)의 ≪동파기년록(東坡紀年錄)≫
에 의하면 소식은 희령 7년(1074) 정초에 일이 있어 단양(丹陽)에 들른 적
이 있는데 제서(題序)를 보면 이때 지은 작품임에 틀림없다. 이때 진양은
항주지주로서 항주에 있었고 소식 자신도 항주통판 재임 중으로 잠시 동
안 항주를 떠나 있었던 것인데 이처럼 그리움이 사무친 것을 보면 소식도
어지간히 '다정다감(多情多感)'16)한 성격이었던가 보다.

卜算子

──自京口還錢塘, 道中寄述古太守──

蜀客到江南, 長憶吳山好. 吳蜀風流自古同, 歸去應須早.

還與去年人, 共藉西湖草. 莫惜尊前子細看, 應是容顏老.

　處士魏野同遊僧寺, 觀覽舊遊, 有留題處, 公詩皆用碧紗籠之, 至野詩則塵蒙其上. 時
從行官妓之慧黠者, 輒以紅袖拂之. 野顧公笑, 因題詩云: '……若得常將紅袖拂, 也
應勝似碧紗籠.')"라는 일화가 소개되어 있는바, 이 구절은 이 일화를 원용한 것이다.
16) 〈채상자(采桑子)〉(多情多感仍多病)에서 소식 자신이 한 말이다. 본문 48쪽 참조.

복산자

──경구에서 전당으로 돌아가는 도중 진술고 태수께──

촉지방의 나그네가 강남에 와서

오산의 멋진 모습 늘 생각했답니다.

오와 촉은 예로부터 풍류가 한가지니

서둘러 돌아가야 할 것입니다.

돌아가 지난해의 정든 친구와

서호의 풀밭에 함께 앉아 놀렵니다.

술자리서 자세히 보는 것 두려워하지 맙시다

얼굴은 으레 누구나 늙게 마련이니까요.

이것 역시 앞의 사와 마찬가지로 잠시 항주를 떠났다가 돌아오면서 태수 진양에 대한 그리움을 토로한 것인데 늙어 감에 대한 안타까운 심정과 고향 생각이 간접적으로 그려져 있다.

헤어진 뒤에 그리워하는 것보다는 당장 헤어질 당시의 슬픔이 더욱 절박하게 시인의 가슴을 두들기게 된다.

菩薩蠻

──西湖席上代諸妓送陳述古──

娟娟缺月西南落. 相思撥斷琵琶索. 枕淚夢魂中. 覺來眉暈重.

華堂堆燭淚. 長笛吹新水. 醉客各西東. 應思陳孟公.

보살만

──서호의 송별연 석상에서 여러 기생들을 대신하여

진양을 송별하며──

저 고운 조각달은 서남쪽으로 지는데

임 생각에 자꾸만 비파 줄을 퉁깁니다.

꿈속에 흘린 눈물 베개를 적시고

깨어나니 두 눈은 침침하고 무겁네요.

화려한 방안에는 촛불이 쌓이고

장적에선 〈수조가〉의 새 가락이 들립니다.

취객은 각각 동과 서로 나뉠 터이니

그 옛날 진맹공이 생각날 밖에요.[17]

이것은 기녀들의 입장에서 진양과의 이별의 슬픔을 읊은 것이다. 하편 마지막 구절에서 진준의 고사를 빌려 무리한 방법을 써서라도 붙잡고 싶은 심정을 함축성 있게 잘 그려 내었다.

菩薩蠻

──西湖送述古──

秋風湖上蕭蕭雨. 使君欲去還留住. 今日漫留君. 明朝愁殺人.

---

17) 한나라 사람 진준(陳遵, 자(字): 맹공(孟公))은 친구와 술 마시기를 좋아하여 함께 술을 마시다가 손님의 수레 비녀장을 뽑아 우물에 던져 버림으로써 손님이 돌아가지 못하도록 붙잡았다고 한다. 《한서(漢書)》 권92 〈진준전(陳遵傳)〉 참조.

佳人千點淚. 灑向長河水. 不用斂雙蛾. 路人啼更多.

보살만
——서호에서 진술고를 보내며——
가을바람 호수 위에 찬비를 뿌리는데
태수께선 떠나려다 다시 또 머무시네.
오늘 그대 붙잡아도 쓸데없다네
내일이면 근심으로 애가 끊길 것이니.

가인은 눈물을 천 방울이나
기다란 강물 위에 뿌릴 테지만
더듬이 같은 두 눈썹을 찡그릴 것 없다네
길가에 늘어선 사람들이 더욱 많이 울 테니.

역시 가인을 빌려 눈물을 흘리게 하는 간접적인 방법으로 자신의 심정을 묘사하고 있다. 하편 마지막 구절에서는 길 가는 사람까지 울게 함으로써 자신의 슬픔을 표시할 뿐만 아니라 진양이 평소 항주 사람들로부터 존경과 사랑을 받고 있었음을 시사한다.

이상의 2수는 기녀의 입장에서 묘사하거나 제삼자의 입장에서 기녀와 노인(路人)의 슬픔을 그리는 형식으로 이별의 슬픔을 드러내었다. 그러나 자신의 입장에서 직접 서술하는 경우는 표현이 훨씬 우회적이고 담백해짐을 볼 수 있다.

虞美人

——有美堂贈述古——

湖山信是東南美. 一望彌千里. 使君能得幾回來. 便使尊前醉倒·更徘徊.

沙河塘裏鐙初上. 水調誰家唱. 夜闌風靜欲歸時. 惟有一江明月·碧琉璃.

우미인

——유미당에서 진술고에게——

호수와 산이 정말 동남지방의 멋진 경관

일망무제로 천 리에 뻗어 있지요.

태수께선 몇 번이나 여기에 오실 수 있겠어요?

취하여 쓰러질지라도

잠시 머무르셔요.

사하당에 등불이 막 켜지는데

누구네 집에서 〈수조가〉를 부를까요?

밤 깊어 바람 잘 때 돌아가려 하노라니

강에 가득한 밝은 달과

푸른 유리뿐이네요.

이 사는 진양이 항주를 떠나기 며칠 전에 유미당에서 속관들에게 베푼
연회석상에서 지은 것으로[18] 이별의 심경이 비교적 담담하게 그려져 있

___

18) 명나라 사람 모진(毛晉)의 ≪송육십명가사(宋六十名家詞)≫본 ≪동파사(東坡詞)≫
에는 제서(題序)가 "진술고(진양)가 항주태수로 재임하다가 임기가 만료되어 다른 사

다. 마지막 두 구절이 작품의 분위기를 청담(淸淡)하게 하면서도 친구와 헤어지는 슬픔을 두드러지게 하는 친탁효과(襯托效果)를 내고 있다.

清平樂
——送述古赴南都——
清淮濁汴. 更在江西岸. 紅旆到時黃葉亂. 霜入梁王故苑.
秋原何處携壺. 停驂訪古踟躕[19]. 雙廟遺風尚在, 漆園傲吏應無.

청평악
——남도로 부임해 가는 진술고를 보내며——
맑은 회수 흐린 변수 모두 지나서
다시 강의 서쪽에 가 계시겠네.
붉은 깃발 도착할 때 누런 낙엽 흩날리고
서리는 양효왕의 옛 동산에 들겠네.

가을 들판 어디론가 술병 들고 나가고
수레를 세우고 고적을 찾아 서성이겠지.

람이 교대하게 되었는데 교대하기 며칠 전에 유미당에서 속관들에게 연회를 베풀어 주었다. 이때 통판인 소자첨에게 사를 지으라고 청하자 자첨이 즉석에서 완성했는데 〈탄파우미인〉 곡조에 맞추어서 지었다(陳述古守杭, 已及瓜代, 未交前數日, 宴僚佐 於有美堂. 因請貳車蘇子瞻賦詞, 子瞻卽席而就, 寄〈攤破虞美人〉)"로 되어 있다.
19) 조수명(曹樹銘)의 ≪소동파사(蘇東坡詞)≫에는 "지주(蜘蛛)"로 되어 있으나 주조모 (朱祖謀)의 ≪강촌총서(彊村叢書)≫본 ≪동파악부(東坡樂府)≫와 용유생(龍楡生) 의 ≪동파악부전(東坡樂府箋)≫[대북(臺北): 화정서국(華正書局), 1983]에 의거하여 수정했다.

쌍묘의 유풍은 아직도 있으련만
콧대 높은 칠원리는 있을 리가 없겠지.

역시 비교적 차분한 어조로 진양이 항주를 떠나 남도에 부임한 뒤에 취할 행동을 묘사한 것이다. 다정한 친구였던 소식이 옆에 없으매 여기저기 방황도 해 보고 고적지도 탐방해 보고 하면서 쓸쓸함을 떨치고자 노력할 진양의 미래를 상상해 보는 방법을 씀으로써 이별의 슬픔을 함축성 있게 표현하고 있다.

南鄕子
──送述古──
回首亂山橫. 不見居人只見城. 誰似臨平山上塔, 亭亭. 迎客西來送客行.
歸路晚風淸. 一枕初寒夢不成. 今夜殘鐙斜照處, 熒熒. 秋雨晴時淚不晴.

남향자
──진술고를 보내며──
돌아보니 들쑥날쑥 산이 가로누웠는데
주민들은 안 보이고 성만 보인다.
그 누가 임평산의 저 탑을 닮아
혼자 우뚝 곧추 서서
오는 손님 맞이하고 가는 손님 전송하리?

귀로에 저녁 바람 시원할 테니

외로운 베개 서늘해져 잠 못 이루리.
오늘 밤 비스듬히 등불 비치는 곳에
불빛은 반짝이고
가을비는 그쳐도 눈물은 안 그치리.

마침내 그는 임평까지 따라가 진양을 전송하고 쓸쓸히 돌아온다. 하편에서는 외로움에 몸부림칠 진양의 심정을 상상하는 수법을 써서 자신의 상대방에 대한 그리움을 함축적으로 표현하고 있다.

항주통판 시기의 소식 사로서 진양과의 이별을 읊은 작품은 앞에서 본 〈보살만(菩薩蠻)〉(娟娟缺月西南落) 이하의 5수 이외에 〈강성자(江城子)〉(翠娥羞黛怯人看)와 〈소충정(訴衷情)〉(錢塘風景古來奇)의 2수가 더 있어 모두 7수이다. 소식이 이처럼 진양과의 이별을 가슴 아파했던 것은 단순히 항주의 지주와 통판이라는 동료 관계 때문만이 아니다. 그들의 사이를 그토록 친밀하게 만든 보다 근본적인 요인은 몇 년 전부터 착수된 왕안석의 정치개혁에 반대하여 두 사람이 함께 외직을 자청했다는 정치적 입장의 동질성이거나[20] 같은 일로 인하여 함께 피해를 보게 되었다는 동병상련식의 동류의식일 것이다.

진양이 떠난 뒤 그 후임으로 양회(楊繪)가 부임했는데 양회가 부임하고 얼마 안 있어서 소식은 밀주지주(密州知州)에 임명되어 항주를 떠나게 되었다. 그리고 양회도 부임한 지 3개월 만에 다시 조정으로의 소환령을 받았다.

---

20) 촌상철견(村上哲見), 〈동파사찰기(東坡詞札記)〉2(≪송사연구(宋詞硏究)≫, 동경(東京): 창문사(創文社), 1976], 347쪽 참조.

南鄕子

──和楊元素, 時移守密州.──

東武望餘杭. 雲海天涯兩渺茫. 何日功成名遂了, 還鄕. 醉笑陪公三萬場.

不用訴離觴. 痛飲從來別有腸. 今夜送歸鐙火冷, 河塘. 墮淚羊公却姓楊.

남향자

──양원소에게 화답하여 짓나니 당시 밀주태수로 옮기게 되었다.──

동무에서 저 멀리 여항을 바라보면

운해 너머 하늘 끝에 둘이 까마득하겠군요.

언제나 공명을 이루어 놓고

고향으로 돌아가

공을 모시고 삼만 차례 술에 취해 웃을까요?

이별의 술잔은 사양할 것 없어요

술배는 예로부터 따로 있으니까요.

돌아가시는 모습 전송하고 나면 등불도 싸늘할 이 밤

강둑에 서서

양공 대신 양공을 위해 눈물 흘리겠군요.

상편(上片)에서는 밀주지주로 부임한 뒤 밀주[지금의 산동성(山東省) 제성(諸城)]에서 항주를 바라보며 항주에서 가까이 지내던 친구를 그리워할 자신의 모습을 생각하면서 헤어지기 전에 실컷 취해 보고 싶은 심정을 그렸고, 하편에서는 양회[楊繪, 자(字): 원소(元素)]를 보낸 뒤 눈물을 흘리며 슬퍼할 자신의 모습을 묘사했다.

浣溪沙
──自杭移密守, 席上別楊元素, 時重陽前一日.──
縹緲危樓紫翠間. 良辰樂事古難全. 感時懷舊獨凄然.
璧月瓊枝空夜夜, 菊花人貌自年年. 不知來歲與誰看.

완계사
──항주에서 밀주태수로 옮기게 되어 연회석에서 양원소와 이별하나니
때는 중양절 하루 전이다.──
자주색 푸른색 어우러진 산에 우뚝 솟은 아련한 누각
좋은 시절 즐거운 일 항상 있기 어려운 법
시절에 대한 감개와 옛 생각으로 홀로 쓸쓸하네요.

밤마다 공연스런 둥근 달과 고운 나무
국화는 해마다 절로 같고 사람은 해마다 절로 다르니
내년에는 국화를 누구와 볼지 모르겠네요.

이것 역시 밀주로 전임하라는 명을 받고 난 뒤에 양회와 가진 송별연에서 지은 것으로 표현이 비교적 감상적인 편임을 느낄 수 있다.

定風波
──送元素──

今古風流阮步兵. 平生遊宦愛東平. 千里遠來還不住. 歸去.

空留風韻照人淸.

紅粉尊前添懊惱. 休道. 如何留得許多情. 記取明年花絮亂. 看泛.

西湖總是斷腸聲.

정풍파

——양원소를 보내며——

천고의 풍류객인 보병교위 완적이

평생의 임지 중에 동평을 가장 좋아한 것처럼

천 리 먼 길 오셨다가 머물지 않고

되돌아가시면서

풍취만 남겨 남은 사람 밝게 비추게 하는군요.

발갛게 분 바른 가인이 술잔 앞에서 오뇌를 더하니

말씀하지 마셔요

어찌하면 많은 정을 남길 수 있을까를.

기억하셔요 내년에 꽃과 버들개지 흩날릴 때

배 뜨는 것 보시면

서호에 온통 애끊는 소리 가득할 줄을.

이 사는 조정으로 들어가는 양회를 전송하며 지은 것으로 이별의 슬픔이 상당히 진하게 드러나 있다.

항주통판 시기의 소식 사 가운데 양회와의 이별을 노래한 것은 위에서

본 3수 이외에 〈범금선(泛金船)〉(無情流水多情客)·〈남향자(南鄕子)〉(裙
帶石榴紅)·〈취락백(醉落魄)〉(分攜如昨) 등 6수가 있고 이 밖에도 양회를
맞이하거나 그에게 창화한 사가 5수 있다.[21]

3. 객수(客愁)와 향수(鄕愁)

꼭 여행길에 있어서의 어려움이나 고향 생각을 주제로 하는 것은 아니
지만 항주통판 시기의 소식 사 가운데 타향에서의 벼슬살이에 대한 권태
감과 향수심을 언뜻언뜻 드러낸 작품이 더러 보인다. 그러나, 아직은 나이
도 젊고 정치적으로 크게 좌절한 때도 아닌지라 귀향의 의지가 별로 강하
지는 않았던 것 같다. 이 시기의 작품 중 10분의 1 정도가 여기에 해당한다.

醉落魄
——席上呈楊元素——

分攜如昨. 人生到處萍飄泊. 偶然相聚還離索. 多病多愁, 須信從來錯.

---

21) 제서(題序)에 명시되어 있지는 않으나 〈완계사(浣溪沙)〉(白雪淸詞出坐間) 및 〈남향
자(南鄕子)〉(旌旆滿江湖) 역시 양회(楊繪)와의 이별을 읊은 것으로 보인다. 주조모
(朱祖謀)의 주(注)에 각각 "운자가 전편과 같으므로 같은 때에 양원소(양회)에게 화답
하여 지은 것이 아닌가 싶다(案韻同前首, 疑同時答元素作也)", "두 사 가운데 하나는
호금을 읊은 것이고 하나는 양원소를 전송한 것이니 이것이 이른바 각각 한 수씩
읊은 것이다. 양원소가 병사에 관한 일을 관장했다는 것은 역사에 명확한 기록이 없는
데, 장자야(張先)가 양원소를 전송한 사에 '욕전의 문신(文臣)이 병사도 논의하니, 궁
중에서 당항강(黨項羌), 서하(西夏)를 세운 민족을 잘 다스리네'라고 한 것을 보면 어
쩌면 당시에 이런 어명이 있었다가 폐기되어 시행되지 않았는지도 모르겠다(案二詞,
一賦胡琴, 一送元素, 所謂各賦一首也. 元素典兵, 史無明文, 張子野送元素詞云: '浴
殿詞臣亦議兵, 禁中頗牧党羌平.' 或當時有是命, 寢而未行)"라고 했다. ≪강촌총서
(彊村叢書)≫본 ≪동파악부(東坡樂府)≫ 참조.

尊前一笑休辭却. 天涯同是傷淪落. 故山猶負平生約.

西望峨嵋, 長羨歸飛鶴.

취락백

──연회석에서 양원소에게──

우리 헤어졌던 것 어제 일만 같군요.

인생이란 부평처럼 곳곳으로 떠다니다

우연히 만나고 다시 헤어지지요.

병 많은 이 몸이 근심조차 많아지니

지난날이 글렀다고 믿을 밖에요.

술자리선 웃으소서 사양하지 마시고요.

하늘 끝에서 떠도는 것 우리 함께 상심하며

고향으로 돌아간다는 평소의 약속 못 지킨 채

서쪽으로 아득히 아미산을 바라보니

돌아가는 저 학이 부럽기만 하군요.

이것은 양회와의 이별을 주제로 하는 6수 중의 하나이나 이별의 슬픔 못지않게 향수심이 진하게 배어 있는 작품이다. 관직에 매여 주거도 일정하지 않은데 거기다 가까이 지내는 친구마저 자주 바뀌니 자연히 고향산천과 고향 친구가 생각나게 되는 것이다. 고향에 있는 아미산을 향해서서 돌아가는 학을 멍하니 바라보고 있는 사인의 모습이 감동적으로 묘사되어 있다.

醉落魄

──離京口作──

輕雲微月. 二更酒醒船初發. 孤城回望蒼煙合. 記得歌時, 不記歸時節.

巾偏扇墜藤牀滑. 覺來幽夢無人說. 此生飄蕩何時歇.

家在西南, 常作東南別.

취락백

──경구를 떠나면서──

가벼운 구름 속의 희미한 달빛

이경에 술이 깨니 배가 막 떠나는데

외로운 성은 돌아보니 어스레한 안개에 덮였구나.

노래 부르던 때는 기억나지만

돌아가는 이때는 기억하지 못하리라.

두건 기울고 부채 떨어지고 등나무 침상은 미끌한데

달콤한 꿈 깨어나도 이야기할 사람이 없으리라.

이내 인생에 떠돌이 생활이 언제나 끝나려나?

우리 집이 있는 곳은 서남쪽인데

언제나 동남쪽으로 떨어져 가는구나.

객지생활의 외로움과 떠돌이 인생에 대한 권태감이 혼합된 작품이다. "우리 집이 있는 곳은 서남쪽인데, 언제나 동남쪽으로 떨어져 가는구나(家在西南, 常作東南別)"가 고향을 그리는 사인의 애틋한 심정을, "이내 인생

에 떠돌이 생활이 언제나 끝나려나(此生飄蕩何時歇)”가 떠돌이 생활에 대
한 권태감을 말해 준다.

醉落魄

──蘇州閶門留別──

蒼顔華髮. 故山歸計何時決. 舊交新貴音書絶. 惟有佳人, 猶作殷勤別.

離亭欲去歌聲咽. 瀟瀟細雨涼吹頰. 淚珠不用羅巾裛.

彈在羅衫, 圖得見時說.

취락백

──소주의 창문을 떠나며──

창백한 안색에 희끗한 머리

고향으로 돌아갈 계획은 언제 결행하려나?

옛 친구는 귀한 몸 되어 소식이 끊어지고

가인만이 변함없이

은근한 정을 담아 작별인사 하누나.

정자에서 떠나려니 노랫소리 흐느끼는데

부슬부슬 가랑비 속에 서늘한 바람이 뺨을 스친다.

진주 같은 눈물방울 비단 수건으로 닦을 것 없다.

비단 적삼에 뿌려 뒀다

다시 만날 때 얘깃거리로 삼을 수도 있을 테니.

밀주로 부임하는 도중 소주의 창문을 지나가다가 그곳에 있는 금창정(金閶亭)에서 그곳 사람들과 송별연을 가지면서 지은 사인 것 같다. 제서(題序)를 보면 별리사(別離詞)임을 알 수 있지만 내용을 보면 함께 있던 친구들이 영전되어서 자기 곁을 떠나 버리곤 하는 상황에서 자꾸만 외로워져 가는 자신의 신세를 돌아보면서 어서 귀향의 꿈이나 이룰 수 있기를 비는 마음이 간절하게 스며 있음을 알 수 있다.

蝶戀花

——京口得鄉書——

雨後春容淸更麗. 只有離人, 幽恨終難洗. 北固山前三面水.

碧瓊梳擁靑螺髻.

一紙鄉書來萬里. 問我何年, 眞箇成歸計. 回首送春拚一醉.

東風吹破千行淚.

접련화

——경구에서 고향 편지를 받고——

비 온 뒤라 봄의 모습 맑고 고운데

이별하고 떠나온 이 사람만은

가슴 깊이 맺힌 한을 끝내 씻기 어렵네.

북고산 앞에는 삼면이 강물이라

벽옥 빗이 푸른 상투를 꼭 끼고 있네.

만 리 밖 고향에서 날아온 편지 한 통

나에게 묻는구나 어느 해에나

참으로 고향으로 돌아올 수 있느냐고.

백발이 되어 봄을 보내느라 곤드레만드레 취하자니

동풍이 불어와서 천 줄기 눈물을 닦아 주네.

이것은 본격적인 향수사(鄕愁詞)이다. 비 온 뒤의 청명한 봄 경치에도 마음이 상할 만큼 심약해진 그에게 고향에서 날아온 한 장의 편지는 천 줄기 눈물을 자아내기에 충분했다. 그러지 않아도 자꾸만 참아 왔던 고향 생각인데 편지를 받고 보니 그만 자신도 모르게 감정이 폭발하고 만 것이다.

앞의 〈취락백(醉落魄)〉(蒼顔華髮)에도 나왔고 여기에도 보이는 소식의 '돌아갈 계획(歸計)'이란 바로 '공명을 이루어 놓은(功成名遂)' 뒤에 '고향으로 돌아가는(還鄕)' 것을 가리키는 것이니[22] 이때 소식은 비록 왕안석에게 배척당해 지방관으로 전전하고 있었지만 반드시 뜻을 이루어 금의환향하리라는 야망을 견지하고 있었던 것이다.

이상에서 살펴본 바와 같이 이 시기의 소식 사 가운데 객수와 향수를 노래한 것은 이전에 지어진 다른 사인의 작품과 별로 차이가 없지만, 이런 사는 수효가 많지 않다.

---

22) 소식의 〈남향자(南鄕子)〉(東武望餘杭)에 "언제나 공명을 이루어 놓고, 고향으로 돌아가(何日功成名遂了, 還鄕)"라는 말이 있다.

4. 인생무상

인생의 허무함과 덧없음을 깨닫고 현실세계의 속박으로부터 벗어나 자유롭고 여유있는 세계로 도피하고자 하는 현실도피적 출세사상(出世思想) 또한 이 시기의 소식 사에 나타난다. 이것은 고향으로 돌아가려는 경우와는 근본적으로 차이가 있으므로 따로 살펴볼 필요가 있다.

瑞鷓鴣

——寒食未明至湖上, 太守未來, 兩縣令先在——

城頭月落尙啼烏. 朱艦紅船早滿湖. 鼓吹未容迎五馬, 水雲先已漾雙鳧.

映山黃帽螭頭舫, 夾岸靑煙鵲尾鑪. 老病逢春只思睡, 獨求僧榻寄須臾.

서자고

——한식날 날샐 녘에 호수에 가니 태수는 아직 오지 않고
두 현령이 먼저 와 있어서——

성 꼭대기에 달이 져도 까마귀는 아직 우는데

크고 작은 붉은 배가 벌써 호수에 가득하다.

고취대는 아직까지 태수를 맞을 수 없는데

호수 속의 구름에는 오리 한 쌍이 벌써 난다.

노란 모자가 모는 용주에는 산빛이 어우러지고

푸른 연기가 피는 작미로는 양쪽 언덕에 늘어섰다.

늙고 병든 몸 봄을 맞으니 오로지 잠 생각뿐

스님의 침대 혼자 찾아가 잠시 쉬고 오런다.

이때는 누구와 이별한 때가 아니라 한식날의 행사에 참석했을 때인데 갑자기 "잠시(須臾)" 같은 인생을 "스님의 침대(僧榻)"에 기탁하려는 생각을 하게 된 것은 왠 일일까? "늙고 병든(老病)" 탓인가? 아니면 "작미로(鵲尾鑪)"의 "푸른 연기(靑煙)"를 보면서 문득 생각난 것인가? 불문에 귀의하려는 그의 인생관이 엿보이는 사이다.

南歌子

苒苒中秋過, 蕭蕭兩鬢華. 寓身此世一塵沙. 笑看潮來潮去 · 了生涯.
方士三山路, 漁人一葉家. 早知身世兩聱牙. 好伴騎鯨公子 · 賦雄誇.

남가자
어느덧 또 지나 버린 금년 중추절
두 뺨의 흰 살쩍이 궁상스럽네.
이 세상에 몸을 맡긴 한 점의 티끌인 나
웃으면서 오가는 조수를 바라보며
얼마 안 되는 한평생을 마치고 싶네.

신선들은 삼신산의 길을 다니고
어부들은 파도 속의 일엽편주에 사나니
몸과 세상 맞지 않음을 일찍부터 아는 터
고래를 탄 공자를 즐겨 모시고

호쾌하게 읊조리기나 하는 것이 좋겠네.

　조수가 드나드는 웅장한 광경을 보면서 인생의 유한성을 깨닫고 세태에
영합하지 못하는 자신을 성찰한 사이다. 도가적인 색채가 보인다.

南郷子
——和楊元素——

涼簟碧紗廚, 一枕淸風晝睡餘. 睡聽晩衙無箇事, 徐徐. 讀盡牀頭幾卷書.
搔首賦歸歟. 自覺功名懶更疏. 若問使君才與氣, 何如. 占得人間一味愚.

남향자
——양원소에게 화답하여——
시원한 대자리 깔고 푸른 깁 모기장 치고
베개 가득 산들바람 맞으며 낮잠 잔 뒤끝인데
누워서 들으니 오후의 보고회에 아무 일도 없다기에
쉬엄쉬엄 느긋하게
침대 맡의 책 몇 권을 독파했노라.

머리를 긁적이며 돌아가자고 읊조리나니
공명에는 게으르고 무관심한 줄 잘 아는 터
만약에 이 태수의 재능과 기개가
어느 정도 되느냐고 물으신다면
세상 사는 우둔한 멋을 독점했다 하리라.

양회(楊繪)에게 화답하는 형식으로 그의 재기(才氣)를 칭송하는 가운데 자신의 인생관을 시사한 작품이다. 재미있는 것은 양회가 일미로 우둔하게 처세하는 것을 칭송거리로 삼고 있다는 사실이다. 이것은 소식이 아등바등 살아가는 세속적인 생존경쟁의 무의미함을 깨달았다는 뜻이 된다. 그래서 자신이 공명에 관하여 게으르고 무관심함을 자각했다고 천명할 수 있는 것이다.

이 시기의 소식 사 중에서 다소간 자신의 인생관이 반영된 작품은 전체의 10분의 1 정도로서 많은 편은 아니다. 또 위에서 본 바와 같이 그 농도가 진하지도 않다. 이것은 〈3. 객수와 향수〉에서 보았던 것과 같은 맥락에서 이해할 수 있을 것이다. 다시 말해서 당시 소식은 간간이 만사를 잊고 유유자적하며 살고 싶은 생각이 나기는 했지만 그래도 아직은 임금을 요순과 같은 성군이 되도록 보필할 자신이 있었던 것이라 하겠다.[23]

5. 영물(詠物)과 서경(敍景)

항주통판 시기의 소식 사에는 벌써 적지 않은 수의 영물사와 서경사가 보이는데, 영물과 서경은 종전에는 사의 제재로 쓰이기를 기대하기 어려웠던 것들이다. 이것은 사에다 시적인 기능을 대폭 이양한 것으로 사의 제재 확대와 지위의 격상에 크게 기여했다고 보아도 좋을 것이다.

---

[23] 소식의 〈심원춘(沁園春)〉(孤館鐙靑)에 "붓을 들면 단숨에 천 자를 쓰고, 가슴속엔 만 권의 책이 들어 있었으니, 임금님을 보필하여 요순으로 만드는 것, 이 일이 어떻게 어려울 게 있었으리?(有筆頭千字, 胸中萬卷, 致君堯舜, 此事何難?)"라는 구절이 있다.

南鄉子

——梅花詞和楊元素——

寒雀滿疏籬. 爭抱寒柯看玉蕤. 忽見客來花下坐, 驚飛. 蹴散芳英落酒巵.

痛飲又能詩. 坐客無氈醉不知. 花謝酒闌春到也, 離離. 一點微酸已著枝.

남향자

——양원소에게 화답하는 매화사——

엉성한 울타리에 겨울 참새 가득 모여

다투어 찬 가지 안고 백옥 꽃을 구경하다

갑자기 손님이 찾아와 꽃 아래에 앉는 걸 보곤

화들짝 놀라서 날아가는 바람에

꽃잎을 밟아 술잔 위로 떨어뜨린다.

통쾌하게 마시고 시도 지을 수 있으니

담요가 없건만 손님은 취해서 알지 못한다.

매화 다 지고 술은 거나한데 봄은 찾아와

보일락말락

약간 새콤한 열매가 한 알 벌써 가지에 매달려 있다.

제서(題序)에서 명시한 대로 매화를 읊은 사이다. 아직은 찬 기운이 감
도는 이른 봄날 매화나무 가지에 매달린 참새들도 추워서 기를 펴지 못하
는데 나무 아래에서 흔연히 술을 마시다가 문득 매실 한 알을 발견한 반가
움을 묘사한 작품이다.

賀新郎

乳燕棲華屋. 悄無人·桐陰轉午, 晚涼新浴. 手弄生綃白團扇,

扇手一時似玉. 漸困倚·孤眠清熟. 簾外誰來推繡戶,

枉敎人·夢斷瑤臺曲. 又却是, 風敲竹.

石榴半吐紅巾蹙. 待浮花·浪蕊都盡, 伴君幽獨. 穠豔一枝細看取,

芳心千重似束. 又恐被·秋風驚綠. 若待得君來, 向此花前, 對酒不忍觸.

共粉淚, 兩簌簌.

하신랑

어린 제비 깃들어 있는 아름다운 집

인적 없이 고요한 집에

오동나무 그늘이 한낮을 지났을 때

저녁나절의 선선함 속에 목욕을 갓 마쳤네.

생사로 만든 새하얀 둥글부채를 부치니

하얀 손과 부채가 한결같이 백옥 같네.

차츰 몸이 노곤해져 잠시 베개에 기댔다가

혼자서 잠이 들어 깊이 빠져 버렸는데

발 밖에 누가 와서 문을 밀치나?

공연히 억울하게

그윽한 요대에서 놀던 꿈만 깨뜨리네.

그런데 그건 바로

바람이 대나무를 흔드는 소리였네.

반쯤 핀 석류꽃은 구겨진 붉은 수건

시시한 보통 꽃들

다 지기를 기다렸다

쓸쓸한 그대의 동반자가 되어 주네.

고운 꽃 한 가지를 자세히 살펴보면

천 겹의 꽃술이 묶음을 이룬 듯 무성하건만

한편으론 가을바람에

푸른 잎이 놀라서 시들어 버릴까 두렵네.

만약 그대가 온다면

이 꽃 앞에서

술이나 마주할 뿐 차마 건드리진 못할지니

건드리면 둘이 함께 붉은 눈물 흘릴 것이네.

둘이 모두 주룩주룩 흘릴 것이네.

이 사의 내용에 관해서는 명확하지 않은 점이 있어 제가의 견해가 일정
하지 않다.[24) 그러나 하편이 석류를 읊고 있는 것만은 의심의 여지가 없

24) 모진(毛晉)의 ≪송육십명가사(宋六十名家詞)≫본 ≪동파사(東坡詞)≫에는 제서(題
序)가 "내가 항주통판으로 재임할 때 항주의 관료들이 호숫가에 모여 멋진 연회를
벌였는데 다른 기녀들은 다 왔건만 유독 수란만은 오지 않다가 악영장(樂營將)이 재
삼 독촉하고 나서야 왔다. 내가 그 까닭을 물었더니 '목욕을 하고 난 뒤에 몸이 나른하
여 자리에 누웠는데 갑자기 대문을 두드리는 소리가 들려 급히 일어나 물어보니 바로
악영장께서 빨리 오라고 독촉하는 소리였습니다. 매무새를 정리하고 명령에 쫓았으
나 저도 모르게 조금 늦어졌습니다'라고 대답했다. 당시 항주의 관료들 가운데 수란에
게 마음을 준 사람이 있었는데 그녀가 오지 않자 화를 참지 못하고 말했다. '사사로운
일이 있었던 게 틀림없어.' 수란이 눈물을 머금은 채 애써 항변하고 나도 옆에서 뼈
있는 말투로 은근하게 그녀를 위해 해명했지만 그 관료는 끝내 기분이 시원하게 풀리
지 않았다. 마침 석류꽃이 만발해 있었는데 수란이 다른 사람의 도움을 받아 한 가지

다. 다만 전체적으로 보아 석류 자체의 묘사보다는 한 여인의 애틋한 상사의 정을 묘사하는 데 중점이 두어진 것임을 느낄 수 있다.

南歌子

——八月十八日觀潮——

海上乘槎侶, 仙人萼綠華. 飛昇元不用丹砂. 住在潮頭來處·渺天涯.

雷輾夫差國, 雲翻海若家. 坐中安得弄琴牙. 寫取餘聲·歸向水仙誇.

남가자

——8월 18일에 조수를 구경하고——

바다 위에서 뗏목 타고 다니는 친구

그는 바로 다름 아닌 선녀 악록화25)

를 좌중에 바쳤더니 그 관료가 더욱 화를 내며 행동이 공손하지 못하다고 꾸짖었다. 수란은 이렇게도 할 수 없고 저렇게도 할 수 없어 다만 고개를 숙이고 눈물을 흘릴 뿐이었다. 이에 내가 노래를 한 곡 지어 〈하신량(賀新涼)〉이라 명명하고 수란으로 하여금 그것을 불러서 주흥을 돋구게 했더니 목소리와 얼굴이 다 절묘하게 아름다웠다. 그 관료는 그제야 크게 기뻐하며 술을 실컷 마시고 자리를 파했다(余倅杭日, 府僚湖中高會. 群妓畢集, 惟秀蘭不來. 營將督之再三, 乃來. 僕問其故, 答曰: '沐浴倦臥, 忽有扣門聲, 急起詢之, 乃營將催督也. 整妝趨命, 不覺稍遲'. 時府僚有屬意於蘭者, 見其不來, 恚恨不已, 云: '必有私事'. 秀蘭含淚力辯, 而僕亦從旁冷語, 陰爲之解, 府僚終不釋然也. 適榴花開盛, 秀蘭以一枝藉手獻坐中. 府僚愈怒, 責其不恭. 秀蘭進退無據, 但低首垂淚而已. 僕乃作一曲名〈賀新涼〉, 令秀蘭歌以侑觴, 聲容妙絶. 府僚大悅, 劇飮而罷)"라고 되어 있고, 주조모(朱祖謀)의 《강촌총서(彊村叢書)》본에는 "이 설은 《고금사화》에서 나왔다(案此說出《古今詞話》)"라는 주석을 달아 부정적인 태도를 취했다. 이 밖에도 이 사에 관해서는 이설이 분분하다.

25) 악록화(萼綠華)에 대해서는 양(梁)나라 사람 도홍경(陶弘景)의 《진고(眞誥)》 권1 〈운상(運象)〉에 "악록화는 스스로 남산 사람이라고 하는데 어느 산인지 모른다. 나이가 대략 스무 살쯤 된 여자로 아래위에 푸른 옷을 입었고 표정이 매우 엄숙한데 승평 3년(359) 11월 10일 양권의 집에 강림했다(萼綠華者, 自云是南山人, 不知是何山也.

승천을 위해 단사를 구울 필요가 아예 없나니

조수가 생겨 나오는

저 멀리 아득한 하늘가에 사니까.

부차의 나라에서 뇌성이 진동하고[26]

북해의 신 약의 집에서 구름이 뒤집히나니[27]

어찌하면 이 자리에서 거문고의 명수 백아를 만나

이 여운을 묘사하여

돌아가 〈수선조〉 앞에서 자랑할 수 있을까?[28]

女子年可二十, 上下靑衣, 顔色絶整, 以升平三年十一月十日夜降羊權)"라고 했다.

26) 송나라 사람 부간(傅榦)의 주(注)에 "지금의 여항은 바로 오왕 부차의 옛날 나라이다(今餘杭, 乃吳王夫差之故國)"[《주파사(注坡詞)》 권5]라고 했고, 청나라 사람 고조우(顧祖禹)의 《독사방여기요(讀史方輿紀要)·절강(浙江)》에 "항주부는 《상서(尙書)·우공(禹貢)》에서 말한 양주 지역으로 춘추시대 월나라의 서쪽 경계였다(杭州府, 〈禹貢〉揚州之域, 春秋爲越國之西境)"라고 했다.

27) 《장자(莊子)·추수(秋水)》에 "북해의 신 약이 말했다. '우물 안의 개구리에게 바다에 대해서 이야기할 수 없는 것은 그것이 공간의 제약을 받고 있기 때문이요, 여름 벌레에게 얼음에 대해서 이야기할 수 없는 것은 그것이 시간의 제약을 받고 있기 때문이다.'(北海若曰: '井蛙不可以語於海者, 拘於虛也; 夏蟲不可以語於氷者, 篤於時也.')"라고 했다.

28) 《악부해제(樂府解題)》[《태평어람(太平御覽)》 권578 〈악부16(樂部十六)〉]에 "〈수선조〉에 관한 재미있는 일화가 실려 있다. 백아가 성련 선생에게 거문고를 배웠는데 3년이 지나도록 학업이 완성되지 않았다. 마음이 텅 비고 정신이 하나로 통일되어도 여전히 되지 않았다. 그러자 성련이 '나의 스승님이신 방자춘 선생이 지금 동해 안에 계시는데 그분은 사람의 감정을 이입할 줄 아신다'라고 하고는 백아와 함께 그곳으로 갔다. 봉래산에 이르러 백아를 붙잡으며 '자네는 여기서 연습하고 있게. 내가 스승님을 모셔 오겠네'라고 하고 배를 저어서 가더니 열흘이 지나도록 돌아오지 않았다. 백아가 목을 뽑아 멀리 바라보았으나 사람은 아무도 없고 철썩철썩 바닷물이 부서지는 소리만 들리며 고요한 숲에서 새들이 슬프게 지저귀었다. 이에 백아가 슬픈 표정으로 '선생님 저의 감정을 이입해 주십시오'라고 탄식하며 거문고를 당겨 노래를 불렀는데 노래가 끝나자 성련이 돌아와 배를 저어 그를 맞이해서는 돌아갔다. 백아는 마침내 천하의 묘수가 되었다(〈水仙操〉, 伯牙學琴於成連先生, 三年不成. 至於精神寂寞, 情

조수 구경의 운치를 실감 나게 그려 놓은 서경사이다. 일망무제로 펼쳐진 바다 위에 뗏목을 타고 노니는 사람을 신선처럼 묘사했고 세차게 밀려왔다 밀려 가는 조수의 웅장한 소리를 백아(伯牙)의 〈수선조(水仙操)〉보다 아름다운 음악으로 표현해 놓았다. "부차의 나라에서 뇌성이 진동하고(雷輥夫差國)"·"북해의 신 약의 집에서 구름이 뒤집히나니(雲翻海若家)" 등의 구절에서 호방한 기운을 느낄 수 있다.

瑞鷓鴣

──觀潮──

碧山影裏小紅旗, 儂是江南蹋浪兒. 拍手欲嘲山簡醉, 齊聲爭唱浪婆詞.
西興渡口帆初落, 漁浦山頭日未敧. 儂欲送潮歌底曲, 尊前還唱使君詩.

서자고

──조수를 구경하며──

푸른 산 그늘 속에 조그만 붉은 깃발
그대는 강남의 파도 타는 사나이
산간이 취한 거라 손뼉치며 웃으려다[29]
일제히 소리 내어 파도의 신을 노래한다.

之專一, 尙未能也. 成連云: '吾師方子春, 今在東海中, 能移人情.' 乃與伯牙俱往. 至蓬萊山, 留宿伯牙曰: '子居習之, 吾將迎師.' 刺船而去, 旬時不返. 伯牙延望無人, 但聞海水汩滑崩折之聲, 山林杳寞, 群鳥悲號. 愴然而嘆曰: '先生將移我情.' 乃援琴而歌, 曲終, 成連回, 刺船迎之而還. 伯牙遂爲天下妙矣"라고 했다.

29) 《진서(晉書)·산간전(山簡傳)》에 "저녁이면 거꾸로 실려 돌아가는데, 곤드레만드레 아무 것도 모르네(日夕倒載歸, 酩酊無所知)"라고 했을 정도로 산간은 술을 좋아했다.

서흥의 나루터엔 하나둘씩 돛 내리고
어촌 포구 산마루엔 해가 아직 남았다.
무슨 곡을 불러서 파도를 전송할까?
존전이라 그래도 태수의 시를 노래한다.

이것 역시 조수 구경의 흥취를 노래한 작품이다. 상편에서는 바다에
배 띄우고 그 속에서 술 마시고 노래하는 흥겨움을, 하편에서는 저녁 무렵
의 주변 정취를 묘사했다.

臨江仙

——風水洞作——

四大從來都徧滿, 此間風水何疑. 故應爲我發新詩.

幽花香潤谷, 寒藻舞淪漪.

借與玉川生兩腋, 天仙未必相思. 還憑流水送人歸. 層巓餘落日,

草露已沾衣.

임강선

——풍수동에서——

사대 요소는 예로부터 도처에 가득한즉30)

이곳의 물과 바람 의심할 바 없으니

나를 위해 새 시를 지음직도 하리로다.

---

30) 불교에서는 세상 만물의 근원이 되는 땅(地)·물(水)·불(火)·바람(風)을 사대(四大)
라 한다.

그윽한 곳에 꽃이 피어 계곡이 향긋하고
서늘한 물풀은 잔물결에 춤을 춘다.

옥천자에게 바람을 빌려줘 겨드랑이에서 일게 하여[31]
굳이 하늘나라의 신선을 동경할 것 없게 하고
또한 흐르는 물에 실어 사람을 돌려보낸다.
첩첩산중에 석양이 아직 남아 있는데
풀에 내린 이슬이 벌써 옷을 적신다.

이것은 시원스럽고 꽃향기도 그윽하여 선경을 방불케 하는 풍수동의 정경을 감정 개입 없이 매우 담담하게 묘사해 놓은 사이다.

위에 인용한 작품 이외에도 서경사의 범주에 넣을 만한 것이 몇 수 더 있어서 영물이나 서경을 내용으로 하는 사는 전체의 6분의 1 정도를 차지한다. 이들 영물사나 서경사들은 거의 전부가 순수하게 영물이나 서경만 한 것은 아니고 서정적인 요소가 다분히 가미된 것들이다.

---

31) 당나라 사람 노동(盧仝)은 호가 옥천자(玉川子)인데 그의 시 〈붓을 놀려 맹 간의대부가 새 차를 부쳐 준 것에 감사한다(走筆謝孟諫議寄新茶)〉에 "일곱 사발은 다 마실 수가 없나니, 두 겨드랑이에 솔솔 청풍이 생기는 느낌만 있네(七碗吃不得也, 惟覺兩腋習習清風生)"라는 구절이 있다.

・・・

제2절 | 항주통판 시기의 총체적 사풍

소식 사의 풍격을 이야기할 때 우리는 선뜻 호방(豪放)하다는 생각을 하게 된다. 이것은 종래에 소식 사의 호방한 풍격이 그만큼 강조되어 왔기 때문이다. 송나라 사람 유문표(兪文豹)의 ≪취검록(吹劍錄)≫과 명나라 사람 왕세정(王世貞)의 ≪예원치언부록(藝苑巵言附錄)≫을 보자.

동파가 한림원에 있을 때 막객 중에 노래 잘하는 이가 있어서 "나의 사는 유칠(유영)의 사와 비교해 보면 어떤가?" 하고 묻자 그 막객이 대답했다. "유 낭중(유영)의 사는 십칠팔 세 된 소녀가 홍아판(紅牙板)을 잡고 '버드나무 너머에 새벽 바람 불고 달 지겠지(楊柳外曉風殘月)' 하고 노래 부르기에나 적합할 따름이고, 학사님(소식)의 사는 반드시 관서(關西)의 우람한 사나이가 동비파(銅琵琶)와 철작판(鐵綽板)에 맞추어 '장강(長江)은 동쪽으로 흘러가면서(大江東去)' 하고 불러야 합니다." 동파가 이 말을 듣고 포복절도했다.(東坡在玉堂日, 有幕士善歌, 因問: "我詞何如柳七?" 對曰: "柳郎中詞, 只

合十七八女郞, 執紅牙板, 歌'楊柳外曉風殘月'; 學士詞, 須關西大漢, 銅琵
琶·鐵綽板, 唱'大江東去'", 坡爲之絶倒.)32)

　　옛 사람이 말하기를, "동장군이 철작판을 잡고 소학사(소식)의 '장강(長
江)은 동쪽으로 흘러가면서(大江東去)'를 노래하고, 십팔구 세의 아리따운
여자가 유둔전(유영)의 '버드나무 너머에 새벽 바람 불고 달 지겠지(楊柳外
曉風殘月)'을 노래한다"라고 하여 사가(詞家)의 삼매경이 되었다. 소학사의
이 사는 역시 웅장하고 감개가 천고에 남아 과연 동장군으로 하여금 장강에
서 연주케 하면 틀림없이 강의 물결을 들끓게 할 수 있을 것이다.(昔人謂:
"銅將軍, 鐵綽板, 唱蘇學士'大江東去'; 十八九歲好女子, 唱柳屯田'楊柳外曉
風殘月'", 爲詞家三昧然. 學士此詞, 亦自雄壯, 感慨千古, 果令銅將軍, 於大
江奏之, 必能使江波鼎沸.)33)

　　물론 소식 사 중에는 이와 같은 풍격의 작품이 좀 있다. 그러나, 적어도
이 항주통판 시기의 사에 대해서는 이렇게까지 평가할 수는 없다.
　　이 시기의 소식 사는 완약(婉約)한 작품이 주종을 이룬다. 전체의 3분의
2 정도가 이러한 풍격의 사이다. 한 수만 예시한다.

江城子
──孤山竹閣送述古──

翠蛾羞黛怯人看. 掩霜紈. 淚偸彈. 且盡一尊, 收淚唱陽關.

漫道帝城天樣遠, 天易見, 見君難.

---

32) 송(宋) 유문표(兪文豹), 《취검록(吹劍錄)》. 제1장 주41 참조.
33) 명(明) 왕세정(王世貞), 《엄주사부고(弇州四部稿)》 권152 〈예원치언부록1(藝苑巵
　　言附錄一)〉.

畫堂新旼近孤山. 曲闌干. 爲誰安. 飛絮落花, 春色屬明年.

欲棹小舟尋舊事, 無處問, 水連天.

강성자

——고산의 죽각에서 진술고를 전송하며——

파란 아미 그린 것 누가 볼까 겁이 나서

서리처럼 새하얀 비단부채로 가리고

아무도 모르게 눈물을 뿌리누나.

술 한 동이 거의 다 비워 갈 즈음

눈물을 거두고 〈양관곡〉을 부르누나.

서울이 하늘만큼 멀다 하지 말게나

하늘은 보기 쉽고

그대는 보기 어려울 테니.34)

단청 집을 새로 지어 고산에 가까운데

이리저리 굽은 난간

---

34) 남조(南朝) 송나라 사람 유의경(劉義慶)의 ≪세설신어(世說新語)≫에 "동진의 명제 가 몇 살밖에 안 되었을 때 원제의 무릎 위에 앉아 있는데 어떤 사람이 장안에서 왔다.……이로 인해 원제가 명제에게 '너는 장안과 해 중에서 어디가 더 멀다고 생각 하느냐?' 하고 묻자 '해가 멉니다. 사람이 해에서 왔다는 말을 못 들은 것을 보면 잘 알 수 있습니다'라고 대답했다. 원제가 경이롭게 여겨 이튿날 신하들을 모아 잔치를 벌이고 이 생각을 말하며 다시 물었더니 '해가 가깝습니다'라고 대답했다. 원제가 아 연실색하여 '너는 어째서 어제 한 말과 다르게 하는 것이냐?' 하고 묻자 '눈을 들면 해가 보이지만 장안은 안 보입니다'라고 대답했다(晉明帝數歲, 坐元帝膝上, 有人從 長安來.……因問明帝: '汝意謂長安何如日遠.' 答曰: '日遠, 不聞人從日邊來, 居然可 知.' 元帝異之. 明日, 集群臣宴會告以此意, 更重問之, 乃答曰: '日近.' 元帝失色曰: '爾何故異昨日之言邪?' 答曰: '擧目見日, 不見長安.')"라는 일화가 있다.

누굴 위해 만들었나?

버들개지 흩날리고 꽃잎이 떨어지니

봄빛은 내년에나 다시 볼 수 있을거나.

배를 타고 옛날 사적 더듬어 보려 해도

물어볼 데 없는데

물은 끝없이 뻗어 하늘에 닿았구나.

이별의 장면을 묘사한 작품이다. 먼저 동석한 기녀가 수줍은 모습으로 연주하고 노래 부르는 자태를 애절한 어조로 형용하고 이어서 자신의 이별의 슬픔을 처연하게 노래했다. 종전 사인들의 작품에 비해 지분(脂粉) 냄새는 덜 나지만 여성적인 여린 감정을 노래한 점에서는 마찬가지라고 하겠다.

소식 사의 주류를 이루는 풍격은 청려광달(淸麗曠達) 풍격으로 전체 소식 사의 절반 이상이 여기에 해당한다고 볼 수 있다.[35] 그러나, 항주통판 시기의 작품을 조사해 본 바에 의하면 이때는 아직까지 완약한 풍격이 주류를 이루었고 청려광달한 풍격의 사는 약 3분의 1에 불과했다. 그 가운데 2수를 예시한다.

行香子

——過七里瀨——

一葉舟輕. 雙槳鴻驚. 水天清·影湛波平, 魚翻藻鑑, 鷺點煙汀.

---

35) 육간여(陸侃如)·풍원군(馮沅君)의 《중국시사(中國詩史)》[북경(北京): 작가출판사(作家出版社), 1956, 631쪽]는 이런 풍격의 작품이 전체의 60~70%에 달한다고 보았다.

過沙溪急, 霜溪冷, 月溪明.

重重似畫, 曲曲如屏. 算當年 · 虛老嚴陵. 君臣一夢, 今古空名. 但遠山長,

雲山亂, 曉山靑.

행향자

──칠리뢰를 지나며──

나뭇잎 같이 가벼운 조각배 하나

두 노를 보더니 기러기가 놀란다.

맑은 물 맑은 하늘

그림자가 잠겨 있는 물결은 잔잔한데

거울 같은 물 속에는 고기가 놀고

안개 낀 물가에는 백로가 점점이 서 있다.

모래 깔린 급한 개울

서리 내린 찬 개울

달빛 비쳐 환히 밝은 개울을 지나간다.

그림처럼 포개지고

병풍처럼 굽이진 곳

그때 일을 헤아려 보나니

엄자릉이 이곳에서 헛되이 늙었으렷다.

임금이나 신하나 한바탕의 꿈이요

옛날이나 지금이나 허망한 명예로다.

다만 먼 산은 기다랗고

구름 산은 어지럽고

새벽 산은 푸르다.

칠리뢰 및 그 주변의 풍경을 담박하게 묘사한 후, 세속적인 욕심을 버리고 이 부근에서 낚시질로 세월을 보낸 후한(後漢) 때의 은사 엄광(嚴光)의 옛일을 생각함으로써 물욕을 초월하려는 자신의 의지를 시사한다. 맑고 가식 없는 배경 묘사와 욕심 없는 사인의 마음이 잘 조화되어 청려광달한 분위기를 형성하고 있다.

江城子

──湖上與張先同賦, 時聞彈箏──

鳳凰山下雨初晴. 水風清. 晚霞明. 一朵芙蕖, 開過尙盈盈.

何處飛來雙白鷺, 如有意, 慕娉婷.

忽聞江上弄哀箏. 苦含情. 遣誰聽. 煙斂雲收, 依約是湘靈.

欲待曲終尋問取, 人不見, 數峰靑.

강성자

──호수에서 장선과 함께 읊조리는데 그때 쟁 타는 소리가 들려서──

봉황산 아래에 비가 갓 개어

호수 위에 상쾌하게 산들바람 불어 대고

저녁노을 환하구나.

한 송이 연꽃이

아직도 아름답게 피어 있어서

어디서 날아왔는지 백로 한 쌍이

무슨 생각 있는 듯

아름다운 그 모습을 사모하누나.

갑자기 강 위에 구슬픈 쟁 소리

정을 담뿍 담은 소리

누구더러 들으라는가?

안개도 걷히고 구름도 사라졌는데

상수의 신령이 나타난 듯하구나.

곡조가 끝난 뒤에 물어보려 했더니

사람은 안 보이고

여기저기 푸르른 봉우리만 보이는구나.

　호수 위에서 시를 읊조리며 놀다가 문득 들려오는 은은한 쟁의 선율에 감흥이 일어서 쓴 사이다. 호수와 그 주위의 경치가 마치 신선의 세계인 듯 우리의 가슴에 와 닿는다. "호수 위에 상쾌하게 산들바람 불어댄다(水風淸)"·"한 송이 연꽃(一朶芙蕖)"·"백로 한 쌍(雙白鷺)"·"사람은 안 보이고, 여기저기 푸르른 봉우리만 보인다(人不見, 數峰靑)"등의 표현이 청려(淸麗)한 느낌을 자아낸다.

　앞에서도 언급한 바와 같이 이 시기의 사에는 아직 호방사(豪放詞)라고 할 만한 작품은 보이지 않는다. 그러나, 호방한 성격을 지닌 구절들은 이 때에도 이미 보이기 시작한다.

南鄉子

旌旆滿江湖. 詔發樓船萬舳艫. 投筆將軍因笑我, 迂儒. 帕首腰刀是丈夫.

粉淚怨離居. 喜子垂窗報捷書. 試問伏波三萬語, 何如. 一斛明珠換綠珠.

남향자

강호에 가득히 깃발을 나부끼며

징발된 누선과 많은 배들 떠 있으리.

그러니 붓을 던진 장군이 나를 보면36)

세상 물정 모르는 샌님이라고 웃으리.

머리를 싸매고 칼을 차야 대장부라고 웃으리.

분 바른 뺨에 눈물 흘리며 별거를 원망하고 있노라면

거미가 창문에 매달려 승전보를 전해 주리.

묻나니 복파장군의 삼만 호를 얻었다는 말은37)

---

36) '붓을 던진 장군(投筆將軍)'은 후한(後漢) 때의 장군 반초(班超)를 가리킨다. 반초는 집안이 가난하여 관아를 위해 필경사 노릇을 했는데 하루는 붓을 집어던지며 말하기를 "대장부가 되어서 다른 포부가 없으면 부개자(傅介子)나 장건(張騫)처럼 다른 지역으로 나가 공을 세워 제후에 봉해져야지 어찌 붓대나 놀리고 있으리오?"라고 했다. 좌우에 있던 사람들이 이 말을 듣고 모두들 웃었다. 그러자 반초가 말하기를 "소인배들이 어찌 장사(壯士)의 뜻을 알겠는가?"라고 했다. ≪후한서(後漢書)·반초전(班超傳)≫ 참조.

37) '복파장군(伏波將軍)'은 후한(後漢) 때의 장군 마원(馬援)을 가리킨다. 그는 한말(漢末)의 농민봉기 때 후한 광무제(光武帝) 유수(劉秀)를 도와 유수가 후한을 세우는 데 많은 공을 세웠다. 광무제 건무(建武) 17년(41)에 교지(交趾) 여자 징측(徵側)이 반란을 일으켜 스스로 왕이 되었을 때 마원을 복파장군에 임명하여 토벌케 하자 마원이 나가 평정하고 상소문을 올려 말하기를 "서우현은 가구수가 3만 2천 호이고 먼 국경 지역은 조정에서 천여 리나 떨어져 있사오니 청컨대 봉계와 망해의 두 현으로 나누어 주시기 바랍니다(西于縣, 戶有三萬二千, 遠界去庭千餘里, 請分爲封溪·望

어떠할까

진주 한 섬으로 녹주를 바꿔 온 것과 비교하면?

하편은 대체로 완려(婉麗)한 편이지만 상편은 다소 광달(曠達)한 분위기를 자아낸다. 특히 상편의 "강호에 가득히 깃발을 나부끼며, 징발된 누선과 많은 배들 떠 있으리(旌旆滿江湖, 詔發樓船萬舳艫)"와 같은 구절은 호방한 느낌을 준다고 하겠다.

沁園春

——赴密州, 早行, 馬上寄子由——

孤館鐙靑, 野店雞號, 旅枕夢殘. 漸月華收練, 晨霜耿耿, 雲山摛錦,

朝露團團. 世路無窮, 勞生有限, 似此區區長鮮歡.

微吟罷, 凭征鞍無語, 往事千端.

當時共客長安. 似二陸初來俱少年. 有筆頭千字, 胸中萬卷, 致君堯舜,

此事何難. 用舍由時, 行藏在我, 袖手何妨閒處看. 身長健, 但優游卒歲,

且鬪尊前.

심원춘

——밀주로 부임해 가느라 아침 일찍 길을 가면서

말 위에서 자유에게——

海二縣)"라고 하여 광무제의 허락을 받아 냈다. 마원은 지나가는 곳마다 군현(郡縣)을 설치하여 성곽을 쌓고 관개 시설을 만들어 백성들이 잘 살 수 있게 했다. ≪후한서(後漢書) · 마원전(馬援傳)≫ 참조.

외로운 객사에 등잔불은 푸르고

들판의 여관에서 닭 우는 소리 들릴 제

나그네의 베개에서 꿈길이 끊겼다네.

때마침 달님은 흰 명주를 거두고

새벽녘의 서리는 반짝반짝 빛나고

구름 덮인 산에 태양이 수 비단을 펼치는데

영롱한 아침 이슬 방울방울 맺힌다네.

세상 길은 끝이 없고

고달픈 인생은 한이 있는데

이처럼 구차하고 언제나 기쁨은 적네.

나직이 읊조린 뒤

말 없이 안장에 기대니

수많은 지난 일이 뇌리를 스쳐 가네.

그때는 우리 함께 서울 나그네

갓 상경한 젊은 시절의 육씨 형제 같았지.[38]

붓을 들면 단숨에 천 자를 쓰고

가슴속엔 만 권의 책이 들어 있었으니

임금님을 보필하여 요순으로 만드는 것

---

[38] '육씨 형제(二陸)'는 육기(陸機)와 그의 동생 육운(陸雲)을 가리킨다. 진(晉)나라 태강
(太康, 280-289) 말에 육기와 육운이 함께 낙양(洛陽)으로 들어가 태상(太常) 장화(張
華)를 만났더니 장화가 이들의 능력을 알아보고 "오나라를 정벌하여 얻은 이익은 이
들 두 준재를 얻은 것이로구나(伐吳之役, 利獲二俊)"라고 했다. ≪진서(晉書)·육기
전(陸機傳)≫ 참조.

이 일이 어떻게 어려울 게 있었으리?

쓰이느냐 마느냐는 시절에 달려 있고[39]

나아가고 물러남은 내 마음에 달렸으니

팔짱 끼고 한가로이 바라본들 어떠리?

몸이나 늘 건강하여

느긋하게 지내면서

술자리나 다투어 찾아다니세.

이것은 동생 소철[蘇轍, 자(字): 자유(子由)]을 그리며 지은 것이지만 임금을 보필하여 요순에 못지 않은 성군이 되도록 해 보고자 하는 정치적인 웅지가 엿보이는 사이다. 자기 형제를 장화(張華)에게 크게 중시받았던 젊은 시절의 육기(陸機, 261-303)·육운(陸雲, 262-303) 형제에 비견할 만큼 자신감이 넘치기도 하고, "붓을 들면 단숨에 천 자를 쓰고, 가슴속엔 만 권의 책이 들어 있었다(有筆頭千字, 胸中萬卷)"라는 과장된 표현도 있어 웅혼(雄渾)한 느낌을 주는 것도 사실이지만 아직 호방사의 범주에 넣는 것은[40] 성급한 일이 아닐까 싶다.

이 밖에 〈남가자(南歌子)〉(海上乘槎侶) 중의 "부차의 나라에서 뇌성이 진동하고, 북해의 신 약의 집에서 구름이 뒤집히나니(雷輥夫差國, 雲翻海若家)"같은 구절도 호방한 색채가 짙다.

---

39) ≪논어(論語)·술이(述而)≫에 "자신을 써 주면 자신의 주장을 실행하고 자신을 버리면 자신의 주장을 감추어 두는 이러한 태도는 오직 나와 너만이 가지고 있으리라!(用之則行, 舍之則藏, 惟我與爾有是夫!)"라는, 공자가 안연(顏淵)에게 한 말이 있다.

40) 왕쌍계(王雙啓) 등은 ≪역대호방사선(歷代豪放詞選)≫[귀양(貴陽): 귀주인민출판사(貴州人民出版社), 1984, 31-34쪽]에 수록함으로써 이 사를 호방사로 간주했다.

요컨대, 항주통판 시기 소식 사의 풍격은 완약(婉約)과 청광(淸曠)의 두 가지로 대별되며 그중에서도 완약한 풍격의 사가 전체의 약 3분의 2라는 절대다수를 차지한다. 호방한 사풍은 부분적으로 형성되어 가고 있는 초보적 단계라고는 할 수 있어도 아직 본격적인 호방사라고 할 만한 작품은 없다.

제3절 | 소결(小結)

    항주통판 시기의 소식 사는 염정(艷情)과 주흥(酒興)을 노래한 것도 있고 객수(客愁)와 향수를 읊은 것도 있다. 인생무상을 노래한 것도 있고 경물을 묘사한 것도 있다. 그러나, 절반 이상이 이별의 안타까움과 헤어진 뒤의 그리움을 제재로 한 것이다. 이 시기에 있어서의 소식 사의 내용은 이전 사인(詞人)들의 작품과 크게 다를 바는 없다. 그러나, 염정을 읊었으되 단순히 유희적인 입장에서 가기(歌妓)나 무희(舞姬)의 자태를 그린 것과 다르고 이별의 정을 읊었지만 이미 남녀간의 이별이 아닌 친구간의 이별이라는 점에서 종전의 사와는 격조를 달리 한다고 할 수 있다. 타향에서의 벼슬살이에 대한 권태감과 이로 인한 향수를 노래한 작품도 있으나 그 수는 극히 적다. 종전의 사에서 보기 어려운 독특한 점은 수는 적지만 자신의 인생관을 반영하는 작품이 있다는 것과 영물사(詠物詞) 내지 서경사(敍景詞)의 범주에 넣을 만한 사가 적으나마 발견된다는 사실이다. 아직은 작품의 수도 적고 풍격도 무르익지 않았지만 사에 있어서 이런 작품을 보는 것은 소식 이전에는 기대하기 어려운 일이었다.

이 밖에 극히 부분적이나마 당시의 사회상을 반영한 사도 1수 있다.

河滿子

——湖州寄南守馮當世——

見說岷峨悽愴, 旋聞江漢澄淸. 但覺秋來歸夢好, 西南自有長城.

東府三人最少, 西山八國初平.

莫負花溪縱賞, 何妨藥市微行. 試問當壚人在否, 空敎是處聞名.

唱著子淵新曲, 應須分外含情.

하만자

——호주에서 남방의 태수 풍당세에게 부친다——

민산 아미산 지역이 처참하다는 소문 들리더니

얼마 안 있어 장강과 한수가 맑아졌다 하는군요.

가을 되어 돌아갈 꿈 좋을 것만 같은 것은

서남쪽에 본래부터 장성이 있기 때문이지요.

동부의 세 사람은 나이가 가장 젊건만

서산 일대의 여덟 나라가 평정되기 시작했군요.

완화계에서 마음대로 놀겠다 한 말씀 잊지 마셔요.

관복 벗고 약령시를 둘러본들 어떠리오?

술을 팔던 그 사람은 아직 있나요?

오로지 이곳만 소문나게 했군요.
왕자연의 신곡을 노래 부르노라면
분에 넘치는 정분이 틀림없이 생기겠군요.

　상편의 내용이 다소 사실적이기는 하나 전체적으로 볼 때 아무래도 너무 추상적이라고 할 수밖에 없다. 본격적인 사실주의 시인은 물론 소식 자신이 지은 시의 사실성에도 훨씬 못 미친다. 이 사를 그의 시 〈오중지방 농촌 아낙의 탄식(吳中田婦歎)〉과 비교해 보자.

今年粳稻熟苦遲,　올해는 벼가 하도 늦게 익어서
庶見霜風來幾時.　서릿바람 불 때가 곧 닥칠 것 같았지요.
霜風來時雨如瀉,　서릿바람 불 때에 비가 쏟아져
杷頭出菌鎌生衣.　고무래는 곰팡이 슬고 낫은 녹이 슬었지요.
眼枯淚盡雨不盡,　눈물샘은 말랐건만 비는 아직 아니 말라
忍見黃穗臥青泥.　벼이삭이 논바닥에 누운 꼴을 보았지요.
茅苫一月隴上宿,　논두둑에 거적 치고 한 달 동안 지내다가
天晴穫稻隨車歸.　날이 개자 벼를 베어 수레에 싣고 돌아왔지요.
汗流肩頳載入市,　땀 흘리며 멍든 어깨로 시장에 지고 가니
價賤乞與如糠粞.　벼 값이 헐값이라 싸라기처럼 줘 버렸지요.
賣牛納稅拆屋炊,　소 팔아 세금 내고 집을 뜯어 밥 지으며
慮淺不及明年飢.　내년에 굶을 일은 생각할 수 없지요.
官今要錢不要米,　관아에서 요즈음은 쌀 안 받고 돈만 받아
西北萬里招羌兒.　서북쪽 만 리 밖의 강족을 달래지요.
龔黃滿朝人更苦,　공수(龔遂)와 황패(黃霸)가 조정을 메워도 백성들은 더
　　　　　　　　　괴로워

不如却作河伯婦. 차라리 하백의 아내가 되고 싶어요.

이것은 희령 5년(1072) 12월 한 농촌 여인의 입을 빌려 수재를 당한 데다 가혹한 세금까지 가중되어 도탄에 빠진 강남지방 농민들의 참혹한 생활상을 그린 시이다. 당시에는 청묘법(靑苗法)과 면역법(免役法)의 폐해가 극심하여 관리들이 돌아다니며 세금으로 쌀은 받지 않고 돈만 받았는데 흉년이 들어 팔 곡식이 없어도 사정을 봐 주지 않아서 집집마다 땅과 집과 소를 팔려고 나섰으며 더구나 돈이 귀해진 탓으로 농민들은 쌀 두 섬을 팔아야 겨우 한 섬어치의 세금을 납부할 수 있는 형편이었기 때문에 소식이 이 시로써 당시의 현실을 풍자한 것이다.

그러나 이 시기의 소식 사에는 이러한 사회 현실이 그려져 있지 않다. 이것은 소식에게 있어서도, 적어도 항주통판 시기에는, 사에 대한 인식이 시에 대한 그것과 같지 않았기 때문일 것이다.

내용면에서 볼 때 이 시기의 소식 사는 종전에 비하여 상당히 다양해지고 시에 가까워진 일면이 없지는 않지만 아직은 "제재로 삼을 수 없는 생각이 없고 말할 수 없는 일이 없었다(無意不可入, 無事不可言)"라고 하기는 힘들다고 하겠다.

풍격면에서도 전체 소식 사의 경우 청려광달(淸麗曠達)한 풍격이 주류를 이루는데 반하여 이 시기의 소식 사는 아직 완약한 풍격이 주류를 이루고 있다. 그러나, 청광(淸曠)한 풍격의 사도 결코 적지 않다. 3분의 2 정도가 완약한 작품이라면 3분의 1 정도는 청광한 작품이다. 소식 사의 대명사처럼 통용되는 호방사는 이때는 아직 보이지 않고 다만 호방한 성격의 구절들이 곳곳에 단편적으로 보이는 정도이다.

요컨대, 항주통판 시기, 즉 초창기에 있어서의 소식 사는 아직까지 '이시위사(以詩爲詞)'의 작사 태도나 호방한 풍격을 보이지는 않았지만 이미 그 이전의 사인들과는 다른 작사 태도를 지니고 있었으며 호방한 사풍의 가능성을 배태하고 있었다고 볼 수 있다.

제3장

밀주(密州)·서주(徐州)
시기의 사풍

밀주(密州)·서주(徐州) 시기의 사풍

소식은 희령 7년(1074) 9월 지밀주군주사(知密州軍州事), 즉 밀주지주(密州知州)로의 전임 명령을 받고 항주를 떠났다. 항주에 있는 동안은 장선(張先)에게서 사를 배웠고 또 장선의 영향 아래 작사 활동을 했다고 할 수 있지만 항주를 떠나면서부터는 지금까지의 훈련을 바탕으로 이를 더욱 숙성시키고 자신의 개성을 충분히 드러낼 수 있는 계기를 마련했다고 볼 수 있다. 그러므로 항주를 떠난 이후의 소식 사는 항주통판 시기에 비하여 특징적인 면을 더욱 많이 지니고 있을 것으로 기대해도 좋을 법하다.

원풍 2년(1079)에 소식은 소위 오대시안(烏臺詩案)이라는 필화사건으로 인하여 죽을 뻔한 상황에까지 갔다가 간신히 죽음을 면하고 마침내 황주(黃州, 지금의 호북성(湖北省) 황강시(黃岡市) 황주구(黃州區))로 유배되는 정신적 타격을 입게 되었다. 이 사건은 그의 인생관에 적지 않은 변화를 일으켰을 것이고 따라서 그 이후의 그의 사풍 또한 그 이전과는 같지 않을 것이라는 추론이 가능해진다. 그러므로 항주를 떠난 이후부터 황주에 유배되기 직전까지에 이르는 이 5년은 소식의 인생 역정에 있어서 하나의 동질성을 지닌 시기일 것이고 이 시기에 있어서의 사풍 또한 공통적인 면이 있을 것으로 여겨진다.

이 장에서는 소식이 밀주지주(密州知州)로 재임한 기간(1074-1076)과 서주지주(徐州知州)로 재임한 기간(1077-1079)은 물론 호주지주(湖州知州)로 재임한 기간(1079.4.-1079.7.)까지도 포함한 5년간의 사, 즉 항주통판의 임기를 마치고 항주를 떠나 밀주에 도착한 희령 7년(1074) 11월부터 호주지주로 재임 도중 황보준(皇甫遵)에게 체포되어 호주를 떠난 원풍 2년(1079) 7월까지의 5년 동안에 지은 사 51수를 대상으로 삼아 그 제재와 풍격을 살펴보기로 한다.

제1절 | 밀주·서주 시기의 제재별 사풍

항주통판 시기에 있어서의 소식 사는 그 제재가 아직 그다지 폭넓은 편이 아니었는데 밀주·서주 시기의 경우는 어떠할까? 이 시기 소식 사의 제재는 항주통판 시기보다 훨씬 다양해져서 전체 소식 사에서 볼 수 있는 제재의 유형을 대체로 다 갖추고 있다고 할 수 있다. 그러면 이 시기 소식 사의 제재를 몇 가지로 유형화하여 살펴보기로 하자.

1. 염정(艶情)과 연락(宴樂)

이성을 연모하는 애틋한 연애감정의 표출이나 미인의 아리따운 자태 묘사를 통한 관능적 희열에의 욕구충족은 화간사(花間詞)를 비롯한 대부분의 초기 사가 즐겨 취한 제재이거니와 밀주·서주시기의 소식 사 가운데에도 이 범주에 넣을 수 있는 사가 몇 수 있다. 그러나 그 의경(意境)은 결코 초기 사와 같지 않다.

소식은 가기(歌妓)나 첩실(妾室)을 인격적으로 대했기 때문에 그의 염정사(艶情詞)는 수증(酬贈)의 형식으로 그녀들의 용모나 품성을 칭송한 것이 주류를 이루는데 이 시기의 염정사로서 여기에 해당되는 것으로 〈체인교(殢人嬌)〉 1수가 있다.

殢人嬌

——小王都尉席上贈侍人——

滿院桃花, 盡是劉郞未見. 於中更·一枝纖頓. 仙家日月, 笑人間春晚.

濃睡起·驚飛亂紅千片.

密意難傳, 羞容易變. 平白地·爲伊腸斷. 問君終日, 怎安排心眼.

須信道·司空自來見慣.

체인교

——왕 도위의 연회석상에서 그의 시첩에게——

뜨락에 가득한 복숭아꽃은

모두가 유랑은 못 본 것인데[1]

그 가운데 더욱이

한 가지가 가늘고 부드럽구나.

---

1) 당나라 사람 유우석(劉禹錫)의 시 〈원화 11년 낭주에서 서울로 불려 들어와 장난 삼아 꽃구경 하고 오는 여러 군자들에게 준다(元和十一年自朗州召至京戲贈看花諸君子)〉에 "노란 먼지가 얼굴을 스치는 도성 근교에, 꽃 구경 갔다 온다 하지 않는 이 없나니, 현도관 안에 있는 복숭아 천 그루는, 모두 유랑이 떠난 뒤에 심은 것이네(紫陌紅塵拂面來, 無人不道看花回. 玄都觀裏桃千樹, 盡是劉郞去後栽)"라고 한 바와 같이 '유랑(劉郞)'은 일반적으로 유우석을 가리키는데, 여기서는 소식 자신을 가리킨다.

선경에서 지내는 세월인지라

속세는 봄이 너무 늦게 온다고 웃으며

깊은 잠에서 깨어날 제

붉은 꽃잎 천 개가 놀란 듯이 나는구나.

은밀한 네 마음은 전하기 어려워도

수줍어하는 네 얼굴은 쉬이 눈에 뜨이나니

공연히 그분 때문에

애간장이 타는구나.

왕 도위께 묻나니 그대는 하루 종일

이 애에게 얼마나 마음을 쓰시는지?

그러나 알아야 하리 사공은 예로부터

이런 아이들에게 심드렁하다는 걸.[2]

이 사는 하중부지부(河中府知府)로 부임해 가는 도중이던 희령 10년

---

[2] 당나라 사람 맹계(孟棨)의 ≪본사시(本事詩)·정감(情感)≫에 "유우석 상서가 화주자
사의 임기를 마치고 주객낭중이 되었을 때 집현학사 이 사공이 지방관 생활을 마치고
서울에 있었는데 유우석의 이름을 흠모한 나머지 자기 집으로 초청하여 술과 음식을
푸짐하게 대접했다. 술이 거나해지자 이 사공이 아리따운 기녀에게 노래를 한 곡 불러
서 그를 전송하라고 했다. 유우석이 즉석에서 시를 한 수 지어 '예쁘게 머리 빗고
궁중식으로 화장하고, 봄바람처럼 〈두위낭〉을 한 곡 부르니, 사공께선 보아 버릇해
심드렁하련마는, 강남 태수는 애간장이 다 끊어지네'라고 했다. 그리하여 이 사공이
그 기녀를 그에게 주었다(劉尙書禹錫罷和州, 爲主客郎中, 集賢學士李司空罷鎭在
京, 慕劉名, 嘗邀至第中, 厚設飮饌. 酒酣, 命妙妓歌以送之. 劉於席上賦詩曰: '鬖髿
梳頭宮樣粧, 春風一曲杜韋娘. 司空見慣渾閑事, 斷盡江南刺史腸.' 李因以妓贈之)"
라는 일화가 있다. 이 일화에서 비롯하여 늘 보아서 심드렁한 것을 '사공견관(司空見
慣)'이라고 한다.

(1077) 2월에 서주지주(徐州知州)로의 전임 명령을 받고 다시 서주[지금의 강소성(江蘇省) 서주]를 향해 가던 3월 1일 왕선(王詵)을 만나 그와 함께 사조정(四照亭)에서 연회를 벌였는데 이때 왕선의 시첩(侍妾) 천노(倩奴)의 청을 받아 그녀에게 지어 준 것이다.[3] 소식 자신이 이전에는 알지 못했던 왕선의 많은 첩들을 뜨락에 가득찬 복숭아꽃에 비유하고 천노를 그 가운데 특히 고운 한 가지에 비유함으로써 그녀의 아름다운 용모를 부각시켰고 또 천노의 입장이 되어 왕선을 사모하는 그녀의 애달픈 심정을 잘 대변해 주고 있어 일견 초기의 염정사와 다름없는 것 같다. 그러나 이 사는 하편 끝 구절에 "그러나 알아야 하리 사공은 예로부터, 이런 아이들에게 심드렁하다는 걸(須信道 · 司空自來見慣)"이라는 왕선의 덤덤한 대답을 숨겨 둠으로써 그에게 있어서 이런 일은 아무런 흥미도 없는 심상한 일로서 천노의 심정 따위는 아예 염두에도 두지 않는 지극히 불성실한 태도를 완곡한 어조로 질책하고 있어서 결코 이전의 염정사와 같은 시각에서 볼 수 없다.

南歌子

琥珀裝腰佩, 龍香入領巾. 只應飛燕是前身. 共看剝蔥纖手 · 舞凝神.

柳絮風前轉, 梅花雪裏春. 鴛鴦翡翠兩爭新. 但得周郎一顧 · 勝珠珍.

---

3) 송나라 사람 부조(傅藻)의 ≪동파기년록(東坡紀年錄)≫에 "3월 1일에 사조정에서 왕선과 만났는데 천노라는 아이가 가사를 지어 달라고 하는지라 마침내 〈동선가〉와 〈희장춘〉을 지어서 그녀에게 주었다(三月一日, 與王詵會四照亭, 有倩奴者求曲, 遂作〈洞仙歌〉·〈喜長春〉與之)"라고 했다. 주조모(朱祖謀)의 ≪강촌총서(彊村叢書)≫본 ≪동파악부(東坡樂府)≫에 "〈희장춘〉은 〈체인교〉의 별명인 것 같다(疑〈喜長春〉爲〈媂人嬌〉別名)"라고 했다.

남가자

허리엔 호박 패물 예쁘게 찼고

목도리엔 용향이 배어 있나니

조비연이 본래 저 애의 전신임에 틀림없다.

껍질 벗긴 파같이 새하얀 섬섬옥수

신들린 듯 추는 춤을 다들 함께 바라본다.

바람 앞에서 버들개지가 빙빙 도는 그 모습

눈 속에 매화가 봄을 맞은 그 모습

원앙과 비취가 새로움을 다투는 모습이네.

주랑이 한 번만 돌아봐 주신다면[4)]

진주나 보배보다 훨씬 낫겠네.

초주태수(楚州太守) 주예(周豫)가 내놓은 무희의 춤추는 모습을 극구
찬양한 이 사는[5)] 무희에 대한 자신의 감정은 최대한으로 감추고 객관적

---

4) ≪삼국지(三國志)·주유전(周瑜傳)≫에 "주유는 어릴 때부터 음악에 정통하여 술을
서너 잔 마신 뒤에도 곡조에 잘못된 것이 있으면 반드시 알아들었으며 알아들으면
반드시 돌아보았기 때문에 당시 사람들이 '곡조에 잘못이 있으면, 주랑이 돌아보네'
하고 노래했다(瑜少精意於音樂, 雖三爵之後, 其有闕誤, 瑜必知之, 知之必顧, 故時
人謠曰: '曲有誤, 周郎顧.')"라고 한 바와 같이, '주랑(周郎)'은 원래 삼국시대 오나라
장수 주유를 가리키는 말이지만 여기서는 성(姓)이 같은 사람인 주예(周豫)도 동시에
가리키는 중의적인 표현이다.
5) 모진(毛晉)의 ≪송육십명가사(宋六十名家詞)≫본 ≪동파사(東坡詞)≫에 수록되어
있는 〈남가자(南柯子)〉(紺綰雙蟠髻)의 제서(題序)에 "초주태수 주예가 무희를 내놓
은지라 두 수를 지어서 그녀에게 준다(楚守周豫出舞鬟, 因作二首贈之)"라고 했고,
바로 다음에 있는 〈남가자(南柯子)〉(琥珀裝腰佩)의 제서(題序)에 "앞의 것과 같다
(同前)"라고 했다.

입장에서 각종의 비유법을 동원하여 상당히 과장되게 무희의 용모를 묘사
한 작품으로 전대 사인의 작풍과 크게 다르지 않다고 볼 수 있겠다. 그러
나 하편 끝 구절에서 주인의 총애를 갈구하나 '늘 보아서 심드렁한(司空見
慣)' 초주태수의 무관심한 태도로 인하여 쉽게 얻을 수 없는 무희의 애타는
심정에 대한 동정심을 넌지시 드러내고 있어 이 사 역시 〈체인교(媐人
嬌)〉(滿院桃花)와 유사한 의경임을 느끼게 한다. 이 사를 통하여 우리는
〈체인교(媐人嬌)〉(滿院桃花)에서 본 천노의 애원이 그녀 한 사람에 국한
된 개인적인 애원이 아니라 바로 당시의 모든 가기나 무희의 보편적인
애원임을 알 수 있는 것이다.

죽은 아내를 애도하는 시, 즉 도망시(悼亡詩)는 서진(西晉)의 반악(潘
岳, 247-300)이 〈도망시 세 수(悼亡詩三首)〉를 지은 이후로 시인들에 의하
여 줄곧 시의 제재로 채택되어 왔다. 그러나 사에 있어서는 죽은 아내에
대한 애도를 제재로 한 작품을 찾을 수 없었는데 이 시기의 소식 사 가운데
에는 본처에 대한 그리움을 노래한 도망사(悼亡詞)가 있어 이채를 띤다.

江城子
──乙卯正月二十日夜記夢──
十年生死兩茫茫. 不思量. 自難忘. 千里孤墳, 無處話凄凉.
縱使相逢應不識, 塵滿面, 鬢如霜.
夜來幽夢忽還鄉. 小軒窗. 正梳妝. 相顧無言, 惟有淚千行.
料得年年腸斷處, 明月夜, 短松岡.

강성자

——을묘년 정월 스무날 밤의 꿈——

이승과 저승으로 멀어진 지 십 년 세월

생각하지 않으려 해도

워낙 잊기 어렵다오.

천 리 밖 먼 곳에 외로운 무덤이 있어

처량한 심정을 호소할 데 없었다오.

비록 서로 만난다 해도 알아보지 못할 게요

얼굴에 먼지가 가득히 앉고

살쩍이 서리처럼 하야니까요.

밤들어 꿈속에서 문득 찾은 고향집

작은 방의 창가에서

그대는 마침 머리 빗고 화장하고 있다가

나를 한 번 돌아보곤 한 마디 말도 없이

천 줄기 눈물만 하염없이 흘렸다오.

해마다 애간장을 끊은 곳을 알겠나니

달 밝은 밤

키 작은 소나무가 늘어선 거기로군요.

이것은 희령 8년(1075) 정월 밀주에서 10년 전에 죽은 본처 왕불(王弗)에 대한 그리움을 노래한 도망사이다. 꿈속에서 만난 그녀에의 절절한 추모의 정을 숨김없이 과감하게 드러내 보였다.

이 시기의 소식 사 가운데 이성에 대한 연모의 정을 노래하거나 연회 석상에서 주흥을 돋우기 위하여 가기나 무희의 자태와 용모를 묘사 또는 칭송한 것은 5~6수 정도 있다. 그러나 이 시기의 소식의 염정사는 단순히 관능적 희열을 얻기 위해서 가기나 무희의 자태를 묘사한 것이 아니라 그녀들에 대한 인간적 동정을 표시하고 있고 소극적이나마 당시의 축첩 (蓄妾) 제도에 대하여 비판적인 태도를 취하고 있으며, 나아가서는 음영의 대상이 이미 고인이 된 자신의 부인으로까지 확대되었다는 점에서 종전의 염정사와는 성격을 달리한다고 하겠다.

2. 우정(友情)과 우애(友愛)

이 시기의 소식 사에서 가장 큰 비중을 차지하는 제재는 헤어지는 아쉬 움과 만나는 기쁨, 그리고 헤어진 뒤의 그리움이다. 그러나 이성이 아니라 친구를 이별과 상봉의 대상으로 하는 우정사라는 점에서 초기사의 경우와 는 차원을 달리한다고 하겠다.

浣溪沙

──贈閭丘朝議, 時還徐州──

一別姑蘇已四年. 秋風南浦送歸船. 畫簾重見水中仙.

霜鬢不須催我老, 杏丹依舊駐君顔. 夜闌相對夢魂間.

완계사

──당시 서주로 돌아온 여구 조의대부께──

고소 땅을 떠나온 지 이미 네 해째
가을바람에 남포에서 귀환선을 보내느라
오색 주렴 안에서 수중 신선을 다시 뵙는군요.

저는 하얀 살쩍이 늙기를 재촉할 필요도 없는데
그대는 여전히 살구꽃 붉은 얼굴
깊은 밤에 꿈속인 듯 마주 보고 앉았군요.

소식은 희령 10년(1077) 8월 서주(徐州)로 찾아온 여구효종(閭丘孝終)과 재회했다. 이 사는 여구효종을 만난 당시의 반가움을 비교적 담담한 어조로 노래한 것이다.

만나는 기쁨보다는 헤어지는 슬픔이 더욱 사람의 감정을 격동케 하는데, 이 시기의 소식 사 가운데에도 헤어지는 슬픔을 노래한 것이 많다.

滿江紅
──正月十三日, 雪中送文安國還朝──
天豈無情. 天也解 · 多情留客. 春向暖 · 朝來底事. 尙飄輕雪.
君遇時來紆組綬, 我應老去尋泉石. 恐異時 · 杯酒復相思, 雲山隔.
浮世事, 俱難必. 人縱健 · 頭應白. 何辭更一醉, 此歡難覓.
不用向 · 佳人訴離恨, 淚珠先已凝雙睫. 但莫遣 · 新燕却來時, 音書絶.

만강홍
──1월 13일에 눈 속에서 조정으로 돌아가는 문안국을 전송하며──

하늘인들 어떻게 무정하리오?

하늘도 다정하게

손님을 붙잡을 줄 아는가 보오.

그렇지 않다면 봄볕이 따스해지는

이 아침에 무슨 일로

가벼운 눈이 아직도 휘날리리오?

그대는 때를 만나 인끈을 차건마는

나는 늙어서 돌아가 천석을 찾아야 할까 보오.

아마도 훗날에 한 잔 술을 마시노라면

또다시 그대가 그리워질 것이오.

구름에 덮인 산을 사이에 두고 말이오.

부평 같은 세상 일들

반드시 생각대로 되기는 어려운 법

비록 건강할지라도

머리는 틀림없이 하얗게 셀 것이오.

다시 한 번 취하는 것 어찌 마다하시오?

이 즐거움 다시 찾기 어려운데 말이오.

고운 임을 향하여

이별의 한을 호소할 필요 없다오

눈물이 먼저 두 눈썹에 엉겼으니까.

다만 한 가지

새 제비가 돌아올 때

소식이나 끊어지지 않게 해 주오.

이것은 희령 9년(1076) 밀주에서 조정으로 돌아가는 문훈[文勛, 자(字): 안국(安國)]을 송별하며 지은 사이다. 상편 첫머리에서 봄눈이 흩날리는 광경을 묘사한 것 이외에는 정경융합(情景融合)도 고려하지 않을 만큼 이별의 아쉬움이 직설적으로 그리고 진하게 드러나 있다.

江城子
——東武雪中送客——
相從不覺又初寒. 對尊前. 惜流年. 風緊離亭, 冰結淚珠圓.
雪意留君君不住, 從此去, 少淸歡.
轉頭山上轉頭看. 路漫漫. 玉花翻. 雲海光寬, 何處是超然.
知道故人相念否, 携翠袖, 倚朱闌.

강성자
——동무에서 눈 속에 손님을 전송하며——
만난 뒤로 어느새 첫 추위가 또 닥쳐
술단지 앞에 마주 앉아
흐르는 세월을 안타까워하누나.
바람이 싸늘한 이별의 정자
구슬 같은 눈물 방울 동그랗게 어누나.
눈 기운이 붙잡아도 그대는 머물지 않고
이제 여기서 떠나가면

담담한 기쁨도 적어지겠지.

전두산 위에서 고개 돌려 바라보면
길은 아득히 멀기만 하고
백옥 꽃은 어지러이 흩날리겠지.
은색의 바다에 밝은 빛이 질펀한데
초연대가 어디인지 가물가물하겠지.
옛 친구가 그리는 줄 알까 모를까?
푸른 옷을 곱게 입은 미인의 손을 잡고
붉은 난간 여기저기 기대 볼 텐데.

소식은 항주통판으로 재임할 때 〈장전도가 보내온 시에 차운하여 화답한다(次韻答章傳道見贈)〉라는 시를 지은 적이 있고, 밀주지주로 재임할 때 〈노산에서 노닐며 장전도의 시에 차운하여(游盧山次韻章傳道)〉·〈비가 내린 것을 기뻐한 장전도의 시에 차운하여(次韻章傳道喜雨)〉 등 장전[章傳, 자(字): 전도(傳道)]과 함께 노닌 일을 노래한 창화시(唱和詩)를 지은 적이 있다. 이것으로 미루어 보건대 소식은 장전과 꽤 가깝게 지냈음을 알 수 있는데 이 사는 희령 9년(1076) 겨울 장전을 송별하며 지은 것이다. 이것 역시 이별의 아쉬움이 상당히 직설적으로 애잔하게 묘사된 작품이다.

친구와의 이별을 제재로 한 이 시기의 소식 사가 다 이처럼 애잔한 것은 아니고 오히려 담담하게 묘사된 경우가 더 많다.

蝶戀花

──暮春別李公擇──

嫩嫩無風花自墮. 寂寞園林, 柳老櫻桃過. 落日有情還照坐.

山靑一點橫雲破.

路盡河回人轉柁. 繫纜漁村, 月暗孤鐙火. 憑仗飛魂招楚些.

我思君處君思我.

접련화

──늦은 봄에 이공택과 작별하며──

우수수 바람도 없이 꽃은 절로 떨어지고

적막한 동산 숲에

버들은 늙고 앵두는 철 지났지요.

지는 해가 다정하게 좌중을 비추는데

청산 하나 우뚝 솟아 구름 띠가 끊겼지요.

길 끝나고 강 굽으매 뱃머리를 돌려서

한 어촌에 들어가 닻줄을 매니

달빛은 침침하고 등불은 쓸쓸하네요.

날아다니는 혼의 힘으로 서로의 혼을 불러

내가 그대 생각할 제 그대 나를 생각하셔요.

제서(題序)에서 분명히 친구 이상[李常, 자(字): 공택(公擇)]과의 이별을
읊은 것이라고 밝혔음에도 불구하고 전혀 이별의 슬픔이나 아쉬움 같은

것이 없이 태연자약한 어조이다. 마치 평상시에 함께 뱃놀이를 하고 난 뒤의 감회를 묘사한 것처럼 조금도 감정의 흐트러짐이 보이지 않는다.

南歌子

——送行甫赴餘姚——

日出西山雨, 無晴又有晴. 亂山深處過淸明. 不見綵繩花板 · 細腰輕.

盡日行桑野, 無人與目成. 且將新句琢瓊英. 我是世間閒客 · 此閒行.

남가자

——여요로 가는 행보를 전송하며——

동쪽에는 해가 나고 서산에는 비가 오니

한편으론 흐리고 한편으론 맑구나.

높고 낮은 산 깊은 곳에서 청명절을 지내니

비단 줄과 무늬 발판의 그네를 타는

날씬한 미인은 보이지 않는구나.

뽕나무 늘어선 들판을 하루 종일 다녀도

나와 눈이 맞는 사람 아무도 없어

새로 얻은 시구나 옥석처럼 다듬나니

나는 이 세상의 한가한 사람

이처럼 한가하게 돌아다니는구나.

이 사는 전혀 송별사같이 느껴지지 않고 마치 자연을 벗 삼아 한가로이 여기저기 돌아다니는 나그네가 쓴 한 편의 기행시 같다. 만약 제서(題序)에서 송별사임을 밝히지 않았다면 사의 내용만으로는 도저히 송별의 심경을 노래한 것이라고 판단할 수 없을 정도이다.

소식이 이처럼 이별 앞에서 담담할 수 있었던 것이 우의가 돈독하지 않았기 때문이라고 할 수는 없다. 그것은 〈접련화(蝶戀花)〉(簌簌無風花自墮)에서 보는 것처럼 육신은 떨어질지라도 영혼, 즉 서로가 서로를 생각하는 돈독한 우의만은 변함이 없을 것이고 이 영혼은 매인 데가 없어 어디든지 날아갈 수 있을 것이므로 우의만 변치 않고 "내가 그대 생각할 제 그대 나를 생각한다면(我思君處君思我)" 육신의 떨어짐은 별 문제가 되지 않는다거나, 〈남가자(南歌子)〉(日出西山雨)에서 보는 것처럼 회자정리(會者定離)의 이치를 깨달아 양이 있으면 음이 있고 음이 있으면 양이 있으며, 햇빛이 날 때가 있으면 비가 올 때도 있고 비가 올 때가 있으면 햇빛이 날 때도 있음은 물론 햇빛과 비가 공존할 수도 있는 자연 현상을 통하여 인생도 이와 같음을 터득하여 그에게 있어서 떠나감은 마치 한가로이 여행을 떠나는 것과도 같다는 식의 초월적 사고방식에 힘입은 것이라고 보아야 할 것이다.

소식에게 있어서 가장 친한 친구는 바로 동생 소철(蘇轍)이었다. 그러므로 그의 사에는 동생과의 이별이나 그에 대한 그리움을 노래한 것이 많은데 이 시기의 사 가운데에는 3수가 있다.

畫堂春

──寄子由──

柳花飛處麥搖波. 晚湖淨鑑新磨. 小舟飛棹去如梭. 齊唱采菱歌.

平野水雲溶漾, 小樓風日晴和. 濟南何在暮雲多. 歸去奈愁何.

화당춘
──자유에게──
버들개지 날리는 곳에 보리가 물결치고
저녁 호수는 갓 닦은 맑은 거울이었지.
날 듯이 노를 저어 북처럼 달리는 작은 배에서
우리는 둘이 함께 〈채릉가〉를 불렀었지.

들판에는 비구름이 뭉게뭉게 몰려들고
조그마한 누각에는 날씨가 화창하다.
저녁 구름 자욱한데 제남은 어디 있나?
네가 돌아가 버리면 내 근심은 어이하나?

이것은 희령 9년(1076) 9월 밀주에 있을 때 소철이 제남[濟南, 지금의
산동성(山東省) 제남]에서 서울로 돌아감에 즈음하여 옛날에 함께 놀던
일을 회상하며 더욱 멀어짐을 아쉬워한 사이다. 그는 동생이 밀주에서 가
까운 제남에 있다는 이유로 극도로 열악한 고을인 밀주로의 전임을 자청
할 정도였으니 동생이 제남을 떠나는 것이 그에게는 엄청나게 섭섭한 일
이었을 것이다. 상편에서는 희령 4년(1071) 항주통판으로 부임해 가는 도
중 진주[陳州, 지금의 하남성(河南省) 회양(淮陽)]에 들러 동생과 같이 지
냈던 7~8월 경에 함께 진주의 유호(柳湖)에서 놀던 일을 회상했고 하편에
서는 동생이 제남을 떠남에 따른 섭섭한 마음을 토로했다.

우정사는 이 시기의 소식 사 51수 가운데 약 4분의 1로서 가장 많은 비중을 차지한다. 그러나 55수 가운데 절반을 차지하는 항주통판 시기의 경우와 비교하면 그 비중이 훨씬 작다는 사실을 발견할 수 있다.

3. 계절의 정취

이 시기의 소식 사 가운데 계절의 정취를 노래한 사는 극히 적은 편으로 약 10분의 1에 불과하다.

漁家傲

──七夕──

皎皎牽牛河漢女. 盈盈臨水無由語. 望斷碧雲空日暮. 無尋處.

夢回芳草生春浦.

鳥散餘花紛似雨. 汀洲蘋老香風度. 明月多情來照戶. 但攬取.

清光長送人歸去.

어가오

──칠석──

반짝반짝 견우성과 은하수 가의 직녀성

넘실대는 강 앞에서 할 말을 잊네.

공연히 날 저물도록 푸른 구름만 바라봐도

찾을 곳이 없었는데

꿈길에서 돌아오니 포구에 방초가 돋네.[6]

새가 날자 남은 꽃잎 비처럼 분분히 흩날리고

물가의 개구리밥은 쇠어 향긋한 바람이 건너오네.

다정하게도 나의 문을 비춰 주는 달빛을

다만 한 번 움켜볼 뿐 어쩔 수가 없는데

맑은 빛이 돌아가는 그 사람을 멀리 전송하네.

이 사는 원풍 2년(1079) 호주[湖州, 지금의 절강성(浙江省) 호주]에서 칠석을 맞은 감회를 읊은 것으로 보인다.[7] 은하수를 사이에 두고 견우성과 직녀성이 반짝이는 칠석날의 저녁 하늘을 바라보는 감회와 꽃잎이 흩날리고 개구리밥의 향기가 은은히 전해 오는 여름밤의 정취를 그리는 가운데 떠나간 친구에 대한 그리움을 노래한 것이다.

---

6) 남조(南朝) 송나라 사람 사영운(謝靈運)의 시 〈연못가의 누각에 올라(登池上樓)〉에 "연못에는 뾰족뾰족 봄풀이 돋고, 정원의 버들에는 새 소리가 달라지네(池塘生春草, 園柳變鳴禽)"라는 구절이 있는데, 《남사(南史)·사혜련전(謝惠連傳)》에 "사혜련은 열 살 때 벌써 글을 지을 줄 알았기 때문에 집안 형인 사영운이 가상하게 여기며 칭찬하기를 '시를 지을 때마다 혜련이를 보면 멋진 표현을 얻는다'라고 했다. 사영운이 한번은 영가(永嘉)의 서당(西堂)에서 시를 구상하는데 하루 종일 생각해도 완성하지 못하다가 갑자기 잠이 들어 꿈에 사혜련을 만난 덕분에 '연못에는 뾰족뾰족 봄풀이 돋고(池塘生春草)'라는 구절을 얻는데 매우 멋지다고 생각했다. 사영운은 늘 '이 말은 신의 힘이 작용한 것이지 내 말이 아니다'라고 했다(惠連年十歲能屬文, 族兄靈運嘉賞之, 云: '每有篇章, 對惠連輒得佳語.' 嘗於永嘉西堂思詩, 竟日不就, 忽夢見惠連, 即得'池塘生春草', 大以爲工. 常云: '此語有神功, 非吾語也.')"라는 일화가 있는데, 이 구절의 '포구에 방초가 돋네(芳草生春浦)'는 이 고사의 심상(心象)을 빌린 것일 뿐 결코 춘경(春景)을 묘사한 것이 아니다.

7) 주조모(朱祖謀)는 《강촌총서본(彊村叢書)》본 《동파악부(東坡樂府)》에서 "사에 '물가의 개구리밥은 쇠어(汀洲蘋老)'라는 말이 있는 것을 보면 호주에 있을 때 지은 것인 듯하다. 공이 호주에서 칠석을 맞이한 것은 오로지 원풍 연간의 기미년(1079)뿐이다(案詞有'汀洲蘋老'語, 疑在湖州時作. 公在湖州遇七夕, 惟元豐己未也)"라고 했다.

千秋歲

——徐州重陽作——

淺霜侵綠. 髮少仍新沐. 冠直縫, 巾橫幅. 美人憐我老, 玉手簪金菊.

秋露重, 眞珠滿袖沾餘馥.

坐上人如玉. 花映花奴肉. 蜂蝶亂, 飛相逐. 明年人縱健, 此會應難復.

須細看, 晚來明月和銀燭.

천추세

——서주에서 중양절에——

푸른 잎에 스며드는 희끗희끗한 무서리

얼마 없는 머리나마 새로이 감은 뒤에

세로로 꿰맨 관을 그 위에 쓰고

온폭 천의 망건을 가로로 묶어 놨네.

미인이 내가 늙는 것을 안타까워하면서

섬섬옥수로 금빛 국화를 머리에 꽂아 주는데

가을 이슬 흠뻑 맞아

소매에 떨어진 진주에 진한 향이 스며 있네.

자리에 앉은 사람 옥과 같아서

화노의 살결에 꽃이 비친 모습이네.

벌 나비는 어지러이

서로 쫓아 이리저리 날아다니네.

내년에 우리 비록 건강하다 할지라도

이 모임이 다시 있기는 아무래도 어려울 터

모름지기 자세하게 보아 둬야 할지니

저녁 되어 달이 뜨면 은촛불도 켜야겠네.

원풍 원년(1078)에 서주(徐州, 지금의 강소성(江蘇省) 서주)에서 중양절을 쇠는 모습과 그날의 감회를 읊은 사이다.[8] "미인이 내가 늙는 것을 안타까워하면서, 섬섬옥수로 금빛 국화를 머리에 꽂아 주는데(美人憐我老, 玉手簪金菊)"나 "내년에 우리 비록 건강하다 할지라도, 이 모임이 다시 있기는 아무래도 어려울 터(明年人縱健, 此會應難復)" 등의 구절을 통하여 자신의 늙어 감과 내년의 이 모임을 기약할 수 없을 만큼 잦은 이별에 대한 염증을 엿볼 수 있다.

소식은 명절을 계기로 계절의 변화를 의식하고 그 정취를 사로 써 낸 경우가 많은데 이 시기의 사 가운데에는 상원절(上元節)·상사(上巳)·중추절·중양절·칠석을 노래한 것이 있다.

4. 인생무상과 초월의 의지

인생의 무상함과 허무함을 깨달아 세속적인 명리에 대한 욕심을 떨쳐 버리고 초연하게 살고자 하는 탈속적인 의지를 담은 사는 전체 소식 사 가운데 약 60수로서 꽤 큰 비중을 차지하는데 이러한 현상은 항주통판

---

8) 송나라 사람 부조(傅藻)의 ≪동파기년록(東坡紀年錄)≫에 "(9월) 9일에 황루에서 시를 지어 또 왕정국(王鞏)의 시에 차운하고 〈천추세〉도 지었다(九日黃樓作詩, 又次韻定國詩, 又作〈千秋歲〉)"라고 했다.

시기의 사에도 이미 나타나기 시작했다. 그러나 밀주 · 서주 시기에는 오히려 항주통판 시기보다 이러한 사가 더 적게 지어진 것으로 나타난다.

永遇樂
──徐州夜夢覺, 此登燕子樓作──
明月如霜, 好風如水, 淸景無限. 曲港跳魚, 圓荷瀉露, 寂寞無人見.
紞如三鼓, 鏗然一葉, 黯黯夢雲驚斷. 夜茫茫, 重尋無處, 覺來小園行徧.
天涯倦客, 山中歸路, 望斷故園心眼. 燕子樓空, 佳人何在, 空鎖樓中燕.
古今如夢, 何曾夢覺, 但有舊歡新怨. 異時對 · 黃樓夜景, 爲余浩歎.

영우락
──서주에서 밤중에 꿈이 깬 뒤 연자루에 올라──
서리 같은 밝은 달
수면인 양 잔잔한 시원한 바람
해맑은 풍경이 끝없이 펼쳐졌다.
굽이진 항구에는 물고기가 펄쩍대고
둥그런 연잎에는 이슬이 쏟아지는데
사방은 적막하고 사람은 아무도 안 보인다.
두둥두둥 울리는 삼경의 북소리
바스락바스락 낙엽 한 잎 구르는 소리
조운 만나던 꿈 깨어져 울적한 마음.
으슴푸레한 밤중에
다시 찾으려 해 보건만 찾을 곳 없어

일어나서 작은 뜰을 두루 돌아다닌다.

머나먼 하늘 끝의 지친 이 길손
산속에 나 있는 돌아가는 길
고향을 뚫어지게 바라보는 이 마음.
텅 빈 이 연자루에
가인은 어디 가고
공연히 제비만 갇혀 있는가?
옛날이나 지금이나 꿈만 같은 세상사
일찍이 이 꿈에서 깨어 본 적 한 번 없이
해묵은 기쁨과 새 원한만 남아 있다.
언젠가 또 후인들이
황루의 야경을 보며
오늘 나의 이 일로 크게 탄식하렷다.

이것은 원풍 원년(1078) 10월 서주에서 꿈속에 당나라 상서(尙書) 장건봉(張建封)의 애첩 반반(盼盼)을 보고 그녀가 장건봉의 사랑을 생각하며 개가하지 않고 10년 동안 살았다는 연자루에 올라가서 지은 사이다. 상편에서 몽경(夢境)과 연자루 주위의 야경을 묘사하고 하편에서 오랜 객지생활에 대한 권태와 고향 생각, 나아가 꿈같은 인생을 아등바등 살아가는 것에 대한 회의를 드러내고 있다. 특히 마지막의 "언젠가 또 후인들이, 황루의 야경을 보며, 오늘 나의 이 일로 크게 탄식하렷다(異時對 · 黃樓夜景, 爲余浩歎)"라는 두 구절은 자신이 반반의 옛 일을 생각하며 한탄하듯

먼 훗날 후세 사람들이 또 자신이 지어 놓은 황루(黃樓)를 보며 자신을 두고 한탄할 것이라는 상상을 통하여 인생 무상에 대한 느낌을 실감 나게 형상화했다.

南歌子

帶酒衝山雨, 和衣睡晚晴. 不知鐘鼓報天明. 夢裏栩然胡蝶·一身輕.

老去才都盡, 歸來計未成. 求田問舍笑豪英. 自愛湖邊沙路·免泥行.

남가자

술을 들고 비 맞으며 산길을 걸어
활짝 갠 저녁에 옷 입은 채 잠들었네.
종과 북이 새벽을 알리는 줄도 모르고
꿈속에 훨훨 나는 나비가 되어
사뿐사뿐 여기저기 돌아다녔네.

늙어 가매 재주는 다 없어져 버렸는데
전원으로 돌아갈 계획은 아직도 못 세웠네.
땅과 집을 구하여 영웅호걸을 비웃을지니
본래부터 호숫가의 모랫길이 좋은 건
진창길을 다니지 않아도 되기 때문이네.

이것은 원풍 2년(1079) 호주(湖州)에서 지은 것인데 관직에 대하여 싫증을 느끼고 전원으로 돌아가려는 의지가 나타나 있기는 하지만 비교적 명랑하고 여유 있는 마음으로 지은 것 같은 느낌을 주는 것은 아직 오대시안(烏臺詩案)과 같은 엄청난 역경을 겪기 이전이기 때문일 것이다. 이때만 해도 그의 초월 의지는 그렇게 절실하지 않고 막연한 동경의 상태였던 것 같다.

이 시기의 소식 사 가운데 귀전(歸田)의 의지나 초월의 의지를 드러낸 작품은 위에 인용한 것 이외에 2~3수가 더 있을 뿐이며 더구나 그 의지가 별로 강하지 않고 부분적으로 언뜻언뜻 내비치는 정도에 불과하다. 이처럼 이 시기의 소식 사에 초월의지를 제재로 한 사가 그렇게 많지 않은 것은 이때만 해도 아직까지 국태민안을 위해 헌신하려는 제세사상(濟世思想)이 강했기 때문일 것이다.

5. 농촌 풍경과 농민들의 생활상

이 시기의 소식 사에 있어서 가장 주목해야 할 점은 농민들의 생활상을 사로 승화시켰다는 사실이다. 서주에 부임한 지 몇 달 되지 않은 희령 10년(1077) 8월에 하북성 복양현(濮陽縣)의 서북쪽에 있는 전연(澶淵)에서 황하의 둑이 터져 그 물이 서주성으로 밀려오자 그는 성 위에 머물면서 친히 공사를 독려하여 984장(丈, 약 3㎞)에 달하는 긴 둑을 쌓아 홍수의 피해를 막는 등[9] 서주지주(徐州知州) 재임 중에 홍수방지사업이나 수리사업과 같은 백성들을 위한 일을 하면서 그들의 생활을 많이 체험했는데, 원풍 원년(1078) 서주 성문께에 있는 석담(石潭)에서 하늘이 비를 내려 준 것에

---

9) 청(淸) 왕문고(王文誥), ≪소문충공시편주집성총안(蘇文忠公詩編注集成總案)≫ 권 15 '희령 10년 8월(熙寧十年八月)' 참조.

대한 감사의 제사를 지내고 돌아오는 도중에 지은 〈완계사(浣溪沙)〉 5수
도 이러한 체험에서 얻어진 성과이다. 이 가운데 일부를 예시한다.

浣溪沙
──徐門石潭謝雨, 道上作五首. 潭在城東二十里,
常與泗水增減淸濁相應.──
照日深紅暖見魚. 連村綠暗晩藏烏. 黃童白叟聚睢盱.
麋鹿逢人雖未慣, 猿猱聞鼓不須呼. 歸來說與采桑姑.

완계사
──서주 성문께에 있는 석담에서 하늘이 비를 내려 준 것에 감사하는
제사를 지내고 돌아오는 도중에 다섯 수를 지었다. 석담은 성에서
동쪽으로 20리 되는 곳에 있는데 항상 사수가 불어나고 줄어듦에 따라
맑아졌다 흐려졌다 한다.──
새빨갛게 햇살 비쳐 따스한 물에 고기가 보이고
마을로 뻗은 짙은 녹음에 저녁 까마귀 깃들였는데
어린아이 백발 노인 한데 모여 쳐다본다.

사슴은 아직 사람 만나는 게 익숙하지 않지만
원숭이는 북소리를 알아들어 오라고 부를 필요도 없고
며느리는 돌아와 뽕 따는 시어머니께 얘기해 준다.

녹음이 짙어져 가는 초여름의 평화로운 농촌 정경을 매우 담담하게 그

려 놓았다. "어린아이 백발 노인 한데 모여 쳐다본다(黃童白叟聚睢盱)"에서 농촌의 어린아이와 노인들이 한데 모여서 함께 노는 모습을 그렸고 "며느리는 돌아와 뽕 따는 시어머니께 얘기해 준다(歸來說與采桑姑)"에서 며느리가 그날 바깥에서 본 일들을 집에 돌아와 시어머니에게 들려주는 정겨운 장면을 묘사함으로써 농촌 생활의 일부를 반영하고 있다. 하편 마지막 구절의 나지막한 이야기 소리 이외에는 전혀 소리가 없어 더욱 평화로운 분위기를 자아낸다.

浣溪沙

麻葉層層檾葉光. 誰家煮繭一村香. 隔籬嬌語絡絲娘.

垂白杖藜擡醉眼, 捋靑擣麨軟飢腸. 問言豆葉幾時黃.

완계사

삼잎은 겹겹이요 어저귀잎은 반짝반짝

뉘 집에서 고치 삶는지 온 마을에 향기가 진동하는데

울타리 너머에 간드러지는 고치 켜는 아가씨 소리.

백발 노인이 지팡이 짚은 채 취한 눈을 치켜뜨고

날보리 볶은 미싯가루로 굶주린 배를 달래며

콩잎이 언제쯤 노래질지 물어본다.

상편에서는 고치를 삶아서 실을 뽑는 일을 낭만적으로 그려 놓았지만 하편에서는 노인의 언행을 통하여 보릿고개를 맞아 양식이 부족하여 채

익지도 않은 날보리를 볶아서 미숫가루를 만들어 배를 채우는 농촌의 빈궁한 상황을 사실적으로 묘사해 놓았다. 특히 하편 마지막 구절의 콩이 익을 때를 고대하는 노인의 물음을 통하여 농민의 배고픔을 함축적으로 잘 그려 냈다.

浣溪沙

簌簌衣巾落棗花. 村南村北響繰車. 半依古柳賣黃瓜.

酒困路長惟欲睡, 日高人渴漫思茶. 敲門試問野人家.

완계사

옷이고 두건이고 대추꽃이 수북수북

남쪽이고 북쪽이고 물레 소리 삐걱삐걱

늙은 버들에 반쯤 기대 오이 파는 사나이.

술에 취해 노곤하고 길은 멀어 잠만 오는데

해 높이 떠 목마르매 차나 실컷 마시고파

시골 집에 문 두드려 차 있는지 물어본다.

온몸에 대추꽃을 뒤집어 쓴 채 동네 여기저기에서 나는 물레소리를 들으며 고목이 된 버드나무에 비스듬히 기대어 오이를 파는 시골 아저씨의 느긋하고 여유 있는 모습이 상당히 낭만적으로 묘사되어 있다. 하편 끝구절에 아무 집이나 문을 두들겨 차를 얻어 마실 정도로 촌민(村民)들과 스스럼없이 지내는 태수 소식의 태도가 잘 나타나 있다.

이 밖에 농촌의 생활상을 반영한 것은 아니지만 〈망강남(望江南)〉(春已老)과 〈완계사(浣溪沙)〉(慚愧今年二麥豐)에도 농촌의 정경이 부분적으로 그려져 있다.

6. 영물과 서경

이 시기의 소식 사 가운데 영물사와 서경사는 전체의 6분의 1 정도를 차지하는데 이것은 항주통판 시기의 경우나 전체 소식 사의 경우와 비슷한 비율이다.

雨中花慢

——初至密州, 以累年旱蝗, 齋素累月. 方春牡丹盛開, 遂不獲一賞,

至九月, 忽開千葉一朶, 雨中特爲置酒, 遂作.——

今歲花時深院, 盡日東風, 輕颺茶煙. 但有綠苔芳草, 柳絮楡錢. 聞道城西,

長廊古寺, 甲第名園. 有國艶帶酒, 天香染袂, 爲我留連.

淸明過了, 殘紅無處, 對此淚灑尊前. 秋向晚, 一枝何事, 向我依然.

高會聊追短景, 淸商不假餘妍. 不如留取, 十分春態, 付與明年.

우중화만

——처음 밀주에 와서는 여러 해에 걸친 가뭄과 메뚜기 피해로 몇 달 동안 육식을 하지 못했다. 한창 무르익은 봄날 모란이 만발했을 때에는 구경한 번 못했는데 9월이 되어 갑자기 소담스러운 꽃이 한 송이 피었으므로 우중임에도 불구하고 특별히 술상을 차리고 마침내 이 사를 지었다.——

올해 꽃 필 무렵에 나의 깊은 뜨락엔

하루 종일 동풍이 불어

차 끓이는 연기가 하늘하늘 피었었네.

그곳엔 단지 푸른 이끼와 싱그러운 풀

그리고 버들개지와 느릅 꼬투리뿐이었네.

듣자하니 성곽 서쪽

낭하가 기다란 오래된 절 부근의

으리으리한 저택의 멋진 정원에

천하의 미인이 술에 취하여

아름다운 향기로 소매를 물들인 채

나를 위해 아직 남아 머뭇거리고 있다 했네.

청명절이 지나면

시들어진 꽃잎조차 찾을 수가 없기에

이를 보고 술 마시며 눈물을 뿌리거늘

가을도 저물어 가는 추운 계절에

한 가지가 무슨 일로

나를 향해 아직까지 피어 있는가?

좋은 잔치 벌여 놓고 잠시 가을빛을 즐기는 터라

고운 여인의 청상곡은 아니 빌린다.

차라리 저대로 남겨 두었다

넘치는 저 봄의 자태를

내년으로 넘겨주는 편이 낫겠다.

9월이 되어서야 뒤늦게 피어난 한 떨기의 철 지난 모란꽃을 보고 일부러
술상을 차려 놓고 그것을 감상하는 기분을 비교적 담담한 어조로 묘사한
작품이다.

洞仙歌

江南臘盡, 早梅花開後. 分付新春與垂柳. 細腰肢·自有入格風流,
仍更是·骨體淸英雅秀.

永豊坊那畔, 盡日無人, 誰見金絲弄晴晝. 斷腸是, 飛絮時, 綠葉成陰,
無箇事·一成消瘦. 又莫是·東風逐君來, 便吹散眉間, 一點春皺.

동선가
강남에는 섣달이 다 지나가고
철 이른 매화가 만발한 뒤에
휘늘어진 버들에게 새봄을 나눠 주면
미인의 허리처럼 가느다란 가지가
스스로 수준급의 풍류를 지닌 데다
더구나 또
골격이 무척이나 맑고도 고상해지지.

영풍방 그곳에는
하루 종일 사람이 아무도 없을 테니
맑은 날에 하늘거리는 금빛 가지 누가 보리?
애간장을 끊는 것은

버들개지 날릴 때면

푸르른 나뭇잎이 녹음을 이뤘는데

해야 할 일이라곤 아무 것도 없는 채

맥이 빠지고 몸이 여위어 가는 거지만

또 어쩌면 동풍이

그대를 쫓아와서

미간에 있는

봄 주름살 하나를 없애 줄지도 모르지.

이제 막 새싹이 돋기 시작하는 수양버들을 읊은 것이다. 영물사는 단순히 사물 자체의 아름다움을 묘사하는 데 그치지 않고 그 사물의 속성을 빌려 다른 뜻을 기탁하는 경우가 많다. 이는 소식 사의 경우도 예외가 아닌데 이 사도 하편에서는 다른 의미를 기탁한 것으로 보인다. 그러므로 〈체인교(殢人嬌)〉(滿院桃花)와 마찬가지로 왕선(王詵)의 시첩(侍妾) 천노(倩奴)의 처지에 대한 동정을 깃들인 것 같다는[10] 말에 수긍이 간다.

南歌子
——湖州作——

山雨蕭蕭過, 溪風瀏瀏清. 小園幽榭枕蘋汀. 門外月華如水 · 綵舟橫.

苔岸霜花盡, 江湖雪陣平. 兩山遙指海門青. 回首水雲何處 · 覓孤城.

---

10) 주조모(朱祖謀)의 ≪강촌총서(彊村叢書)≫본 ≪동파악부(東坡樂府)≫에 "사의 의미를 자세히 분석해 보면 〈체인교〉 사와 대체로 같으니 단순히 사물을 묘사하는 데에서 그친 것이 아니다(細繹詞意, 與〈殢人嬌〉詞略同, 非止賦物也)"라고 했다.

남가자

──호주에서──

후드득후드득 산에 비가 지나가고

골짜기의 바람이 산들산들 상쾌하다.

작은 정원의 고요한 정자는 개구리밥 뜬 물을 베고 있고

문 밖에는 달빛이 흐르는 강물 같은데

오색 배가 울긋불긋 계곡에 비껴 있다.

초계 둑의 서리처럼 하얀 꽃은 다 지고

강과 호수의 눈더미는 평평해졌다.

저 멀리 하구의 푸른 두 산을 가리키며

물과 구름 맞닿은 곳 돌아보나니

어디서 외로운 성을 찾을 수 있으려나?

원풍 2년(1079) 5월 호주에서 유휘(劉撝)가 여요(餘姚)로 떠나기 전에 함께 호주성 밖에 있는 전씨원(錢氏園)에 나가 놀다가 그곳의 풍경을 그린 사이다.[11] 자신의 개인적인 감정을 거의 이입하지 않고 풍경 자체의 아름 다움을 형상감 있게 그려 놓았다.

　　위의 사처럼 경물을 효율적인 서정을 위한 배경으로 삼지 않고 경물

---

11) 주조모(朱祖謀)의 ≪강촌총서(彊村叢書)≫본 ≪동파악부(東坡樂府)≫에 "왕씨가 '기 미년(1079) 5월 13일에 전씨원에서 여요로 가는 유휘를 전송하며 지었다'라고 했고, 시집의 시원지(施元之) 주(注)에 '유휘(劉撝)가 여요로 갈 때 공이 즉석에서 〈남가자〉 를 지어서 전송했으니 "후드득후드득 산에 비가 지나가고"가 그것이다'라는 말이 있다 (王案: '己未五月十三日, 錢氏園送劉撝赴餘姚作.' 詩集施注: '撝赴餘姚, 公卽席賦 〈南柯子〉餞之, "山雨蕭蕭過"者, 是也.')"라고 했다.

자체의 아름다움을 음영의 대상으로 삼은 작품은 다른 사인은 물론 소식 자신의 사 가운데에도 많지 않다. 이 시기의 소식 사 가운데 위의 사와 〈만강홍(滿江紅)〉(東武南城)·〈강성자(江城子)〉(前瞻馬耳九仙山)가   순수 서경사에 속한다고 볼 수 있고 이 밖에 정(情)과 경(景)을 융합했으되 경물의 아름다움에 더 큰 비중을 둔 작품이 1~2수 정도 더 있다.

7. 공명과 우국

밀주·서주 시기의 소식 사 가운데 공명심이나 우국충정을 노래한 것은 3수 정도에 불과하다. 이것은 다른 제재를 노래한 작품에 비하면 매우 적은 수이지만 전체 소식 사 가운데 공명심이나 우국충정을 제재로 한 작품이 많이 잡아도 10수가 안 된다는 사실에 비추어 보면 꽤 큰 비중을 차지한다고 할 수 있다.

江城子

————密州出獵————

老夫聊發少年狂. 左牽黃. 右擎蒼. 錦帽貂裘, 千騎卷平岡.

爲報傾城隨太守, 親射虎, 看孫郎.

酒酣胸膽尙開張. 鬢微霜. 又何妨. 持節雲中, 何日遣馮唐.

會挽雕弓如滿月, 西北望, 射天狼.

강성자

————밀주에서 사냥하며————

늙은이가 잠시 동안 젊음이 발동하여

왼손에는 노란색 사냥개 끌고

오른손엔 파란색 매를 들었다.

무늬 비단 모자에 담비 가죽옷

일천 명의 기마병이 언덕을 에워쌌다.

태수를 따라온 온 성 사람들에게 보답키 위해

내 손수 화살로 호랑이를 쏘아서

손랑의 기개를 보여 주리라.12)

술이 얼큰해지니 가슴이 툭 트이거늘

살쩍이야 서리가 좀 내린다 한들

또 무슨 상관이 있단 말이냐?

부절을 가지고 운중 땅으로

언제나 풍당을 사자로 보내려나?13)

만월처럼 둥그렇게 활 시위를 힘껏 당겨

서북쪽을 바라보며

천랑성을 쏘리라.14)

---

12) '손랑(孫郎)'은 삼국시대의 오나라 대제(大帝) 손권(孫權)을 가리킨다. ≪삼국지(三國志)·오주전(吳主傳)≫에 "(건안) 23년(218) 10월 손권은 오지방으로 가기 전에 능정에서 친히 말을 타고 호랑이를 쏘았다. 말이 호랑이에게 물려 다친 것을 보고 손권이 창 두 자루를 던지자 호랑이가 물러나며 쓰러졌다(二十三年十月, 權將如吳, 親乘馬射虎於凌亭. 馬爲虎所傷, 權投以雙戟, 虎却廢)"라는 일화가 있다.

13) 한나라 문제(文帝) 때에 운중태수(雲中太守) 위상(魏尙)이 흉노(匈奴)와의 대전(對戰)에서 큰 공을 세웠는데도 불구하고 조그만 과실로 인해 면직(免職)당했을 때 풍당(馮唐)이 이의 부당함을 간하였다. 문제가 마침내 풍당의 뜻을 받아들여 그를 보내 위상의 죄를 용서하고 운중태수에 복직케 했다. ≪한서(漢書)·풍당전(馮唐傳)≫ 참조.

희령 8년(1075) 10월 밀주지주 재임 중에 부근의 상산(常山)에 가서 제사를 지내고 돌아오는 길에 사냥을 하다가 갑자기 호기로운 애국심이 발동하여 쓴 사이다.[15] 자신을 흉노와 싸워 전공을 세운 위상(魏尙)에 비유한 "부절을 가지고 운중 땅으로, 언제나 풍당을 사자로 보내려나?(持節雲中, 何日遣馮唐)"나 천랑성에 비유된 서하(西夏)를 무찌르고자 하는 결연한 의지를 표명한 "만월처럼 둥그렇게 활 시위를 힘껏 당겨, 서북쪽을 바라보며, 천랑성을 쏘리라(會挽雕弓如滿月, 西北望, 射天狼)" 같은 구절에서 외적으로부터 조국을 지키겠다는 그의 의지가 얼마나 굳건했는지를 읽어 낼 수 있다.

陽關曲

————贈張繼愿————

受降城下紫髯郎. 戲馬臺南舊戰場. 恨君不取契丹首, 金甲牙旗歸故鄕.

양관곡

————장계원에게————

수항성 밑에 있던 털보 장수가

희마대 남쪽의 옛 전장에 있구나.

한스럽다 그대가 거란의 목을 베어

황금 갑옷 상아 깃발로 금의환향 못함이.

---

14) '천랑성(天狼)'은 침략을 주관하는 별로 당시 송나라를 자주 침략하던 서하(西夏)를 가리킨다.

15) ≪소식시집(蘇軾詩集)≫ 권13에 〈상산에서 기우제를 지내고 돌아오다 가볍게 사냥하며(祭常山回小獵)〉라는 시가 있는데 이 사와 의경(意境)이 비슷하다.

이것은 손권(孫權)에 비유된 장계원이 하루 빨리 거란(契丹), 즉 요(遼)를 처부술 것을 기원한 사로 외적을 물리치기를 갈망하는 그의 우국충정과, 공적을 이루고 금의환향하고자 하는 그의 공명심이 한데 결합된 형식의 작품이다. 항주통판 시기의 〈심원춘(沁園春)〉(孤館鐙靑)이 대내 정치문제로써 충군애민의 사상을 표출한 것이라면 이 시기의 〈강성자(江城子)〉(老夫聊發少年狂)와 〈양관곡(陽關曲)〉(受降城下紫髥郎)은 대외방어문제로써 호국에의 장지(壯志)를 펼친 것이다. 이 밖에 공명심을 내비친 작품으로 〈수조가두(水調歌頭)〉(安石在東海)가 있다.

이 시기의 우국사(憂國詞)와 공명사(功名詞)는 항주통판 시기의 사 가운데 공명심을 언뜻 내비친 정도에 불과한 〈남향자(南鄕子)〉(東武望餘杭)는 말할 것도 없고 상당히 강한 어조로 정치적 포부를 노래한 〈심원춘(沁園春)〉(孤館鐙靑)과 비교해 보더라도 그 호방성이 훨씬 커졌음을 알 수 있다.

공명심이나 우국충정을 노래한 사는 소식 사 중에도 그 수효가 얼마 되지 않지만 일찍이 이것을 사의 제재로 취한 사람이 없었기 때문에 소식 사가 적으나마 이것을 제재로 채택한 것이 사사(詞史)에 있어서 매우 중요한 의미를 지닌다고 할 수 있는데, 많이 잡아도 10수 정도밖에 안 되는 소식의 우국사와 공명사 가운데 3수가 이 시기에 지어졌다면 이는 결코 작은 비율이 아니다. 이것은 그의 대표적 호방사의 하나인 〈강성자(江城子)〉(老夫聊發少年狂)가 이 시기에 지어졌다는 사실과도 결코 무관하지 않을 것이다.

제2절 │ 밀주·서주 시기의 총체적 사풍

밀주·서주 시기의 소식 사는 청려광달(淸麗曠達)한 작품이 전체의 약 3분의 2로서 주류를 이루고 완약한 작품이 전체의 약 3분의 1을 차지하며 호방한 작품은 2~3수에 불과하다. 먼저 청광사(淸曠詞)의 청려광달한 정도를 예를 통하여 살펴보자.

浣溪沙

四面垂楊十里荷. 問云何處最花多. 畫樓南畔夕陽過.

天氣乍涼人寂寞, 光陰須得酒消磨. 且來花裏聽笙歌.

완계사

사방에 수양버들 십 리에 연꽃

묻나니 어느 곳에 꽃이 가장 많은가?

누각 남쪽 저녁 해가 지나가는 곳이렷다.

날씨는 갑자기 시원해지고 사람은 적막하니
술을 얻어 시간을 보내야 할 터이기에
잠시 연꽃 속으로 와서 풍악 소리 듣는다.

　애틋한 사랑의 감정도 없고 미어지는 슬픔의 감정도 없으며, 아등바등
싸우며 살아가지도 않고 그렇다고 허무주의나 비관주의에 빠져 버리지도
않은, 매우 담담하면서도 여유 있는 삶의 태도가 반영된 사이다. 주위의
배경이 매우 담박하고 청려하게 묘사되어 있으며 그 속에 있는 사인 또한
물이 흘러가듯 자연스럽게 살아가는 것 같은 느낌을 갖게 한다. 특히 상편
제1구 "사방에 수양버들 십 리에 연꽃(四面垂楊十里荷)"의 담박하고 시원
스러운 배경이 청려한 느낌을 많이 자아내고 하편 제2구 "술을 얻어 시간
을 보내야 할 터이기에(光陰須得酒消磨)"의 달관한 처세태도와 낙관적 인
생관이 광달한 분위기를 조성한다.

南歌子

雨暗初疑夜, 風回便報晴. 淡雲斜照著山明. 細草軟沙溪路·馬蹄輕.
卯酒醒還困, 仙村夢不成. 藍橋何處覓雲英. 只有多情流水·伴人行.

남가자

어둑어둑 비가 내려 처음엔 밤인가 했더니
바람이 거두어 가 곧 다시 맑아졌네.

엷은 구름에 석양이 비쳐 산이 더욱 밝은데

풀 가늘고 모래 고운 개울가 길에

발굽 소리 경쾌하게 말이 달리네.

새벽 술이 깨어도 여전히 나른한데

신선의 마을에서 꿈을 이루지 못하네.

남교 근처 어디에서 운영 선녀 찾을까?16)

다정한 개울물만

이 사람을 따라서 함께 달리네.

　　역시 배경 묘사가 시원스럽고 산뜻하며, 황혼 무렵에 말을 타고 개울가
의 길을 가는 사인의 모습이 광달한 느낌을 자아내는 사이다. 특히 배항
(裴航)이 선녀 운영(雲英)을 만난 고사를 인용함으로써 더욱 그렇다.

望江南

——超然臺作——

春未老, 風細柳斜斜. 試上超然臺上看, 半壕春水一城花. 煙雨暗千家.

寒食後, 酒醒却咨嗟. 休對故人思故國, 且將新火試新茶. 詩酒趁年華.

---

16) 당나라 때 배항(裴航)이라는 수재(秀才)가 남교[藍橋, 지금의 섬서성(陝西省) 남전(藍
　　田) 동남쪽의 남계(藍溪)에 놓여 있던 다리]에서 운영(雲英)이라는 선녀를 만나 아내
　　로 삼았다는 전설이 있다. ≪고금사문유취(古今事文類聚)≫ 전집(前集) 권34 〈남교
　　에서 선녀를 만나다(藍橋遇仙)〉에 인용된 당(唐) 배형(裴鉶)의 ≪전기(傳奇)≫ 참조.

망강남

───초연대에서───

봄빛 아직 덜 저문 날

바람은 산들산들 버들은 하늘하늘

초연대에 한번 올라 아득히 바라보니

봄물은 반 도랑이요 꽃은 성에 가득한데

수많은 인가가 이슬비에 휩싸였다.

한식이 지난 무렵

술이 깨자 또다시 탄식이 새나온다.

친구를 쳐다보며 고향 생각 할 것 없이

새로 붙인 불씨로 새 차나 또 끓여 보고[17]

술 마시고 시 읊으며 세월을 보내련다.

한식이 지난 지 며칠 안 된 무렵에 밀주 초연대 주위의 풍경과 자신의
감회를 읊은 사이다. 초연대에 올라가서 내려다본 툭 트인 전망을 그린
상편의 "초연대에 한번 올라 아득히 바라보니, 봄물은 반 도랑이요 꽃은
성에 가득한데, 수많은 인가가 이슬비에 휩싸였다(試上超然臺上看, 半壕
春水一城花, 煙雨暗千家)"와 세속적인 일에 집착하기를 싫어하는 사인의

---

17) 송나라 사람 호자(胡仔)의 ≪초계어은총화(苕溪漁隱叢話)≫ 〈전집(前集)〉 권46에 인
용된 ≪학림신편(學林新編)≫에 "차 중에서 품질이 좋은 것은 춘사(春社) 이전에 따
서 만든 것이고 그 다음은 불을 피우기 전, 즉 한식 이전에 따서 만든 것이며 그 아래
가 비가 오기 전, 즉 곡우 이전에 따서 만든 것이다. 상품(上品)은 색깔이 희며 벽록색
의 차는 보통 제품이다(茶之佳品, 造在社前; 其次則火前, 謂寒食前也; 其下則雨前,
謂穀雨前也. 佳品其色白, 若碧綠者, 乃常品也)"라고 했다.

초연한 마음을 그린 하편 마지막 구절의 "술 마시고 시 읊으며 세월을 보
내련다(詩酒趁年華)"가 이 사에 청려광달한 분위기를 더해 준다.

항주통판 시기에는 소식 사의 주류를 이루었던 완약사가 밀주·서주
시기에는 주류의 자리에서 밀려났다. 그러면 이 시기의 완약사의 성격이
어떤지를 살펴보자.

殢人嬌

──戲邦直──

別駕來時, 鐙火熒煌無數. 向靑瑣·隙中偸覰. 元來便是, 共彩鸞仙侶.

方見了·管須低聲說與.

百子流蘇, 千枝寶炬. 人閒有·洞房煙霧. 春來何事, 故拋人別處.

坐望斷·樓中遠山歸路.

체인교

──이방직을 희롱하여──

별가께서 오실 때

등잔불이 반짝반짝 무수히 빛났었네.

사슴무늬 파란 창의

틈서리로 엿보니

그분은 다름 아닌

난새를 함께 탔던 선녀의 짝이었네.

그제야 비로소

피리 소리 나직하게 울려야 함을 알았네.

백자장 장막에 유소 장식 드리우고

보배로운 등불 천 개 휘황하게 밝힌 채

속세에서

아련한 신방 분위기 즐기시면서

봄이 오자 어찌하여

일부러 고운 임을 다른 곳에 버려두고

공연히 누각에 든 먼 산의 귀로만

한없이 바라보고 계시는 건가?

이 사는 실로 화간사(花間詞)의 분위기를 느끼게 한다. 그러나 이것은 가장 극단적인 예일 뿐이고 이 시기의 소식 사 가운데 이런 의경, 이런 풍격을 지닌 사는 별로 없다. 이것은 제서(題序)에서 밝힌 바와 같이 장난 삼아 지은 것으로 진지한 작사 태도에 의한 산물이 아닌 것이다.

江城子

————別徐州————

天涯流落思無窮. 旣相逢. 却怱怱. 携手佳人, 和淚折殘紅.

爲問東風餘幾許, 春縱在, 與誰同.

隋隄三月水溶溶. 背歸鴻. 去吳中. 回首彭城, 淸泗與淮通.

欲寄相思千點淚, 流不到, 楚江東.

강성자

————서주를 떠나며————

천애의 떠돌이 그리움이 끝없는데

만났는가 싶더니

또 이렇게 총총히 떠나는구나.

고운 임의 손을 잡고

눈물을 머금은 채 시든 꽃을 꺾누나.

동풍이 얼마나 남았으려나?

봄이 있다 한들

누구와 더불어 즐길 수 있을거나?

수제에 삼월 되어 강물이 넘실댈 제

북으로 돌아오는 기러기를 등지고

나는야 오히려 오중으로 가는구나.

고개를 돌려서 팽성을 바라보면

맑은 사수가 회수와 이어져 있겠지만

그리움의 눈물 천 방울을 띄우려 해도

흘러오지 못하리라

초강의 동쪽까진.18)

　친구와 헤어져야 하는 안타까움과 서주를 떠나는 아쉬움이 상당히 애잔

하게 그려져 있는 가운데 관직을 따라 여기저기로 옮겨 다녀야 하는 떠돌

---

18) 초강(楚江)은 호북성(湖北省)과의 접경 지역 및 그 이동(以東) 지역의 장강(長江)
　　중·하류를 말한다. 당나라 사람 위응물(韋應物)의 시 〈저녁 비 속에 이조를 전송하
　　며(賦得暮雨送李曹)〉에 "초강에 부슬부슬 가랑비가 내리고, 건업에 은은하게 저녁
　　종이 울릴 때(楚江微雨裏, 建業暮鐘時)"라는 구절이 있다.

이 생활에 대한 싫증과 이로 인하여 빚어진 고향 생각 등이 반영된 작품이다. 소식은 친구에 대한 그리움을 노래할 때 친구의 입장에서 친구가 자신을 그리워하는 동작을 취하게끔 함으로써 상호간의 그리움을 부각시키는 수법을 즐겨 썼다. 예를 들면 〈수룡음(水龍吟)〉(小舟横截春江)·〈접련화(蝶戀花)〉(蔌蔌無風花自墮)·〈행향자(行香子)〉(携手江村)·〈강성자(江城子)〉(黃昏猶是雨纖纖) 등이 그것이다. 여기서도 친구가 자신을 그리워한 나머지 자신이 있는 초강(楚江)의 동쪽으로 그리움의 눈물을 강물에 띄워 보낼 것을 상상하는 형식을 취하고 있다.

위에서 예시한 완약사들은 이 시기의 완약사 중에서도 특히 완약성이 강한 작품들이고, 대체적으로 볼 때 이 시기의 완약사는 항주통판 시기에 비해 청려광달한 풍격에 가까워진 편이라고 할 수 있다.

이 시기의 호방사는 2~3수로서 극히 적은 수에 불과하다. 이것은 청광사나 완약사에 비하면 무시해도 좋을 만큼 적은 수이다. 그러나 항주통판 시기에 비하면 양적으로 좀 많아진 편임은 물론 질적인 면에서도 호방성이 훨씬 강해졌다고 할 수 있다. 예를 통하여 이 시기 호방사의 성격을 가늠해 보자.

水調歌頭

——丙辰中秋, 歡飮達旦, 大醉作此篇, 兼懷子由.——

明月幾時有, 把酒問靑天. 不知天上宮闕, 今夕是何年. 我欲乘風歸去,

惟恐瓊樓玉宇, 高處不勝寒. 起舞弄淸影, 何似在人間.

轉朱閣, 低綺戶, 照無眠. 不應有恨, 何事長向別時圓. 人有悲歡離合,

月有陰晴圓缺, 此事古難全. 但願人長久, 千里共嬋娟.

수조가두

──병진년 중추절에 새벽까지 흔쾌하게 마시고 크게 취하여
이것을 짓고 아울러 자유를 그린다.──

명월이 하늘에 떠 있는 것 그 얼마인지
술잔 잡고 저 푸른 하늘에 물어본다.
천상의 궁궐은 오늘 이 밤이
어느 해쯤 되었는지 잘 모르겠다.
바람을 잡아타고 돌아가고 싶건만
다만 하나 구슬로 지은 멋진 그 집이
너무 높아 추위를 못 이길까 두렵다.
일어나서 춤추며 그림자를 희롱하니
이게 어찌 속세에 사는 것과 같겠나?

달은 붉은 누각을 살며시 돌아
비단문에 내려와
잠 못 드는 사람을 비추어 준다.
달은 한을 품고 있을 턱이 없는데
어째서 늘 헤어져 있을 때 둥글어지나?
사람은 슬프다가 기쁘고 헤어졌다가 만나는 것
달은 찼다가 기울고 흐려졌다가 개는 것
이 일은 예로부터 온전하기 어려웠으니
다만 하나 바라는 건 우리 오래 살아서
천 리 밖에서나마 고운 달 함께 보는 것.

이 사는 "새벽까지 흔쾌하게 마시고 크게 취하여 이것을 짓고(歡飮達旦, 大醉作此篇)"라는 제서(題序)에서 암시하고 있듯이 통쾌하게 마신 뒤의 호쾌한 기분이 잘 나타나 있는 작품이다. 천 리 길을 자유자재로 왕래함은 물론 하늘과 땅 사이도 마음대로 오르내리는 광활함이 있으며, 이동 수단에 있어서도 바람을 타고 다니는 기상천외함이 있다. 맑을 때가 있는가 하면 흐릴 때도 있고 흐릴 때가 있는가 하면 맑을 때도 있다는 자연의 섭리를 깨달음으로써 얻은 달관한 태도가 있고, 생각하기에 따라서는 이 세상이 선계(仙界)와 같아질 수도 있다는 초연한 인생관이 있다.

이 시기의 또 하나의 호방사인 〈강성자(江城子)〉(老夫聊發少年狂)는 소식의 대표적 호방사 가운데 하나로 그의 최초의 호방사라는 평가를 받기도 하는데[19] 이것은 〈염노교(念奴嬌)〉(大江東去)에 못지 않은 호방성을 지니고 있어서 이 시기 소식 사의 호방성의 강도를 더해 준다.

---

19) 하승도(夏承燾), ≪당송사 감상(唐宋詞欣賞)≫, 천진(天津): 백화문예출판사(百花文藝出版社), 1981, 51쪽 참조.

제3절 | 소결(小結)

    항주통판 시기의 사와 비교해 볼 때 밀주·서주 시기의 소식 사는 몇 가지 주목할 만한 점이 있다. 먼저 제재면에 있어서 송별사가 훨씬 적어지고 서민들의 생활에 대한 관심을 사로 나타내기 시작했으며, 귀전의 의지나 초월의 의지를 읊은 사가 항주통판 시기에 비해 적어진 반면 소수이기는 하지만 공명심과 우국충정을 제재로 한 사가 지어졌다. 풍격면에 있어서도 완약사가 3분의 2를 차지하고 청광사가 3분의 1을 차지했던 항주통판 시기와는 대조적으로, 청광사가 3분의 2를 차지하고 완약사가 3분의 1을 차지하며 적으나마 호방사도 있다.

    항주통판 시기에 비해 송별사가 적은 것은, 항주통판 시기에는 장선(張先)을 중심으로 한 사인들의 모임이 형성되어 있어서[20] 분위기에 휩쓸려

---

20) 서기소(西紀昭)는 이 무렵 특히 희령 7년(1074)경 항주(杭州)에는 작사(作詞) 서클이 형성되었을 것이라고 유추했는데〈동파의 초기 송별사(東坡の初期の送別詞)〉, 《중

사를 지은 경우가 적지 않았다면 이 시기에는 그런 것 없이 독자적으로 지은 사만 있기 때문일 것으로 생각된다. 또 상당수의 농촌사가 있는 것은 소식이 지방의 목민관으로서 백성과 동고동락하는 기회가 많아졌기 때문으로 보이며, 귀전의 의지나 초월의 의지를 담은 사가 적은 대신 공명심과 우국충정이 적으나마 제재로 채택된 것은 이 시기에 그의 정치적 포부와 우국애민의 제세사상(濟世思想)이 특히 강했기 때문일 것이다.

풍격면에 있어서 청광사가 3분의 2로서 주류를 이루고 완약사가 3분의 1을 차지하며 소수의 호방사가 창작되었다는 것은 전체 소식 사의 경우와 거의 일치하는 비율로서 소식 사가 이 시기에 이르러 나름대로의 개성적인 틀을 대체로 갖추었음을 뜻한다고 할 수 있다.

요컨대, 이 시기의 소식 사는 제재면에서도 전체 소식 사가 지닌 제재의 유형을 대체로 다 갖추었고 풍격면에서도 전체 소식 사가 지닌 풍격의 유형과 거의 비슷한 양상을 보이고 있으므로 이 시기에 이르러 소식 사가 나름대로의 작품세계를 대략적으로 완성했다고 하겠다.

국중세문학연구(中國中世文學硏究)≫7, 1968.8., 71-72쪽] 조수명(曹樹銘)의 편년에 의하면 이 한 해 동안 소식은 44수의 사를 지었다. 여러 가지 정황으로 미루어 보건대 서기소(西紀昭)의 추론이 타당한 것 같다.

제4장

황주유배(黃州流配) 시기의 사풍

황주유배(黃州流配) 시기의 사풍

신법파(新法派)와의 사이에 정치적 갈등이 심화되자 소식은 마침내 지방관으로 보내 줄 것을 자청하여 항주·밀주·서주 등지로 돌아다녔다. 그러나 그는 각지의 지방관으로 나가 있는 동안 신법의 무리한 시행으로 인하여 현지 백성들이 당하는 고통을 직접 목격했고, 거기다 말을 참지 못하는 성격의 소유자이기도 했기 때문에[1] 백성의 고통을 대변하고 위정자의 정치적 과오를 비판하는 시를 많이 지었다. 그의 이러한 행위는 신법파에게 눈엣가시가 될 수밖에 없었다.

신종(神宗) 원풍 2년(1079) 3월 지호주군주사(知湖州軍州事), 즉 호주지

---

1) 소식은 〈밀주통판청제명기(密州通判廳題名記)〉[≪소동파전집(蘇東坡全集)≫ 〈속집(續集)〉 권12]에서 "나는 천성이 말을 신중하게 하지 않아서 친한 사람과 안 친한 사람을 막론하고 오장육부에 있는 말을 다 토해 내야지 다하지 않은 말이 있으면 마치 음식물이 안 내려가고 걸려 있는 것 같아서 반드시 토해 내고야 만다(余性不愼語言, 與人無親疏, 輒輸寫腑臟, 有所不盡, 如茹物不下, 必吐出乃已)"라고 했다.

주로 전임하라는 명을 받고 서주를 떠나 4월에 호주에 도착한 소식은 즉시 황제께 〈호주 부임 보고서(湖州謝表)〉를 올려 이렇게 말했다.

저 소식은 아룁니다. 은혜를 입어 지난번 조서에서 명하신 직책으로 옮기게 되었기에 이번 달 20일에 이미 부임해 인수인계를 마쳤습니다. 이곳은 백성들이 풍요롭고 평안해 동남 지방에서 태평무사한 곳으로 불립니다. 이처럼 산 좋고 물 좋은 고장은 본래 조정이 현자를 우대해 보내는 곳이거늘 제가 어떤 사람이기에 이런 선택을 받았나이까?

생각해 보면 저는 타고난 바탕이 고지식하고 촌스러우며, 명성과 족적은 미미하고, 논의는 치밀하지 못하며, 문화적 교양이나 학식은 천박합니다. 평범한 사람도 누구나 여러 번 생각하면 한 가지를 얻는 법인데 유독 저만은 한 치의 성장도 없습니다. 선황제의 분에 넘치는 은혜를 입어 삼관(三館)[2]의 관직에 발탁되었으며 폐하께서 그릇된 평판을 듣고 두 고을[3]을 맡기시는 은혜를 입었습니다. 힘껏 분발해 조금이나마 키워 주신 은덕에 보답하고자 하는 마음이 없는 것은 아니지만 타고난 재능에 한계가 있어 잘못만 저지르고 공은 세우지 못합니다. 법령이 다 갖추어져 있어서 법에 따라 처벌을 받아야 할 몸이니 이런 사람이 비록 부지런히 한다고 한들 무슨 보탬이 되겠습니까? 죄가 워낙 많은 줄을 저도 잘 알고 있습니다. 그런데도 어찌 순서를 뛰어넘은 영전을 시키시어 이 이름난 곳으로 보내 주시고 게다가 자격이 부족한 사람에게 앞당겨 두드러진 관직 주는 것을 허락하셨습니까? 그러니 제가 비록 잘난 데는 없지만 어찌 은혜를 모르겠습니까? 이는 아마도 하늘이 뭇 생물을 다 감싸 주고 바다가 만물을 다 받아들이듯, 사람을 등용함에 완전무결하기를 요구하지 않으시고, 훌륭한 사람을 칭송하고 무능한 사람도 아끼시

2) 사관(史館)·소문관(昭文館)·집현원(集賢院)의 세 관아를 가리킨다. 소식은 직사관(直史館)을 역임했다.
3) 밀주(密州)와 서주(徐州)를 가리킨다.

며, 제가 어리석고 시대착오적이어서 신진 인사들을 따라가기 어려움을 알아채시고, 늙어서 사단(事端)을 일으키지는 않고 하층 백성을 다스릴 줄은 알지도 모른다는 사실을 통찰하시는 황제 폐하를 만났기 때문일 것입니다.

그리하여 저는 근자에 전당(錢塘)에 있으면서 그곳의 풍토를 좋아했습니다. 그곳의 물고기와 새가 강과 호수에서 흡족하게 지낼 뿐만 아니라 그곳 오월(吳越) 땅의 사람들도 제 지시를 편안하게 받아들였습니다. 감히 법을 받들어 직책에 충실함으로써 송사(訟事)를 없애고 형정(刑政)을 공평하게 하여 위로는 조정의 인자함을 확장하고 아래로는 고을 어르신네들의 소망을 만족시키지 않을 수 있겠습니까? 저는 과분한 직책에 몸 둘 바를 모르겠습니다.(臣軾言: 蒙恩就移前件差遣, 已於今月二十日到任上訖者. 風俗阜安, 在東南號爲無事. 山水淸遠, 本朝廷所以優賢. 顧惟何人, 亦與玆選? 伏念臣性資頑鄙, 名迹堙微, 議論闊疎, 文學淺陋. 凡人必有一得, 而臣獨無寸長. 荷先帝之誤恩, 擢寘三館. 蒙陛下之過聽, 付以兩州. 非不欲痛自激昂, 少酬恩造, 而才分所局, 有過無功. 法令具存, 雖勤何補? 罪固多矣, 臣猶知之. 夫何越次之名邦, 更許借資而顯授? 顧惟無狀, 豈不知恩? 此蓋伏遇皇帝陛下, 天覆群生, 海涵萬族, 用人不求其備, 嘉善而矜不能, 知其愚不適時, 難以追陪新進, 察其老不生事, 或能牧養小民. 而臣頃在錢塘, 樂其風土. 魚鳥之性, 旣自得於江湖; 吳越之人, 亦安臣之敎令. 敢不奉法勤職, 息訟平刑, 上以廣朝廷之仁, 下以慰父老之望? 臣無任.)[4]

이 글은 전반적으로 보아 상당히 냉소적인 분위기임을 느낄 수 있거니와 그중에서도 특히 "어리석고 시대착오적이어서 신진 인사들을 따라가기 어려움을 알아채시고(知其愚不適時, 難以追陪新進)"라는 구절은 시의에 적합하지 못한 자신의 태도를 자책하는 듯하지만 사실은 은연중에 신법파

4) ≪경진동파문집사략(經進東坡文集事略)≫ 권25.

의 신진인사들을 조소하는 말투임이 분명하다. 이것이 신법파의 비위를 건드리지 않았을 리 만무하다. 그리하여 이것은 그의 운명을 뒤바꾸어 놓을 엄청난 불행의 씨앗이 되고 말았으니 신법파 인사인 하정신(何正臣, 1039?-1099)·이정(李定, ?-?)·서단(舒亶, 1041-1103) 등이 소식의 시를 가지고 참소함으로써 그해 8월 18일 소식은 어사대(御史臺)의 감옥에 투옥되고 말았던 것이다. 장방평(張方平)·범진(范鎭) 같은 대신들의 상소와 동생 소철의 간절한 대속(代贖) 청원으로 간신히 사형을 면한 소식은 12월 29일 책수검교상서수부원외랑(責授檢校尙書水部員外郎) 충황주단련부사(充黃州團練副使) 본주안치(本州安置)의 명을 받고 출옥하여 이듬해인 원풍 3년(1080) 1월 1일 황주[黃州, 지금의 호북성(湖北省) 황강시(黃岡市) 황주구(黃州區)]로의 유뱃길에 올라 2월 1일에 도착했다. 이것이 이른바 오대시안(烏臺詩案)이다.

소식은 4년 동안 그곳에서 유배 생활을 하다가 원풍 7년(1084) 3월에 특수검교상서수부원외랑(特授檢校尙書水部員外郎) 여주단련부사(汝州團練副使) 본주안치(本州安置)의 명을 받아 황주를 떠났고, 원풍 8년(1085) 3월에는 신법을 추진하던 신종이 승하하고 어린 철종의 즉위와 함께 소식의 인품과 재능을 지극히 아끼던 선인태후(宣仁太后)가 섭정하게 되어 그해 6월에 소식을 조봉랑(朝奉郎)으로 복직시키고 지등주군주사(知登州軍州事), 즉 등주지주에 임명하면서 그의 유배 생활이 끝났다.

극도로 어려운 일을 겪고 나면 대개 의기소침해져서 한동안 좌절감에 빠져 있다가 마침내 세속적인 생활에 싫증을 느껴 소극적인 사고를 갖게 되기 쉽다. 그리고 그것은 대개 작품에 투영되는 법이다. 따라서 소식의 사도 처음으로 유배를 경험한 이 시기를 계기로 탈속적인 제재가 더욱 많아지고 청려광달한 풍격이 더욱 확대되었을 것이라고 추론할 수 있다. 이 장에서는 소식이 황주로 유배된 원풍 3년(1080)부터 조봉랑으로 복직되어 등주지주에 임명된 원풍 8년(1085) 5월까지의 약 5년 간을 하나의 동질적인 시기로 보고, 이 시기에 지어진 사 90수를 대상으로 그 제재와 풍격을 분석해 봄으로써 이 추론을 확인해 보기로 한다.

제1절 | 황주유배 시기의 제재별 사풍

　　오대시안과 그에 따른 유배 생활은 소식에게 커다란 고통이요 시련이었을 것이다. 그러니 이 시기에 사무치는 좌절감과 고독감을 토로하는 것은 세속적인 일에 대하여 남보다 초연한 소식이라고 할지라도 어쩔 수 없는 일이었을 것이다. 그러므로 황주유배 초기의 소식 사 가운데 상당수의 애상사(哀傷詞)가 있는 것은 당연한 귀결이라고 할 수 있다.

　　먼저 원풍 3년(1080) 칠석날 황주 조천문(朝天門)에서 지은 〈보살만(菩薩蠻)〉 2수를 보자.

菩薩蠻

——七夕, 黃州朝天門上二首—— 其一

畫簷初掛彎彎月. 孤光未滿先憂缺. 遙認玉簾鉤. 天孫梳洗樓.

佳人言語好. 不願求新巧. 此恨固應知. 願人無別離.

보살만
──칠석날 황주 조천문 위에서── 제1수
처마 밑에 막 걸리는 구부렁한 조각달
외로운 빛 차기도 전에 이지러질까 걱정된다.
저 멀리에 보이는 옥으로 만든 발고리는
천손이 화장하는 누각이렷다.

부드러운 말투로 가인이 축원한다.
"새로운 솜씨는 바라지도 않습니다.
달님께선 이내 한을 잘 아실 테니
사람들이 헤어지지 않기만을 바랍니다."

菩薩蠻
──七夕黃州朝天門上二首── 其二
風廻仙馭雲開扇. 更闌月墮星河轉. 枕上夢魂驚. 曉來疏雨零.
相逢雖草草. 長共天難老. 終不羨人間. 人間日似年.

보살만
──칠석날 황주 조천문 위에서── 제2수
신선의 수레에 바람이 회오리쳐 구름 부채가 걷혔었고
밤이 깊자 달이 지고 은하수가 돌았었는데
자리에 누워 꿈꾸다가 흠칫 놀라 깨어나니
새벽 되자 빗방울이 띄엄띄엄 떨어지네.

한 해에 하루 만나 허둥지둥할지라도

저 하늘과 더불어 길이길이 안 늙을 터

속인이 사는 이 세상이 끝내 부럽지 않을지니

속세에선 하루가 한 해 같기 때문이네.

    이 2수는 황주로 유배된 그해 칠석날 지은 것이다. 작품 속의 '가인(佳人)'은 두 번째 부인 왕윤지(王閏之)를 가리킨다. 소식은 원풍 2년(1079) 7월 28일 호주(湖州)에서 체포되어 어사대로 압송된 이후 줄곧 그녀와 헤어져 있다가 한 달여 전인 원풍 3년(1080) 5월 29일에야 재회하게 되었다. 그러므로 "이내 한(此恨)"은 바로 이 이산가족으로서의 한을 가리킨다. 당시 그는 깜짝 놀란 경험이 있고 난 직후였기 때문에 솥두껑만 보아도 가슴이 내려앉을 지경이었다. 그렇기 때문에 그의 눈에는 달이 "외로운 빛(孤光)"으로 보였고 미처 차기도 전에 이지러질 것이 걱정되는 취약한 존재로 보였던 것이다. 달이란 원래 구름에 가리거나 이지러져서 빛을 잃기 쉬운 법, 그가 우려한 대로 새벽이 되자 달은 과연 비구름에 가려지고 말았다. 이것은 그가 지금까지 살아오면서 체험을 통하여 터득한 자연의 이치요 인간사회의 경험칙(經驗則)이었던 것이다. 그러므로 그는 보다 나은 상태를 바랄 만한 마음의 여유는 없고 이보다 더 악화되지나 말았으면 하고 바랄 뿐이었다. 그리하여 그는 칠석날 부인이 달에게 바느질 솜씨를 내려 달라고 빌지 않고 다시는 헤어지는 일이 없게 해 달라고 비는 모습을 보고 깊이 공감한 것이다. 견우와 직녀는 비록 칠석날을 기하여 1년에 하루 상봉할 뿐이지만 그래도 그들은 늘 하늘에 함께 있으니 얼마나 좋을까? 그러니 하루하루의 생활이 지루하기만 한 속세에 살기보다는 차라리 하늘에 사는 편이 낫게 느껴졌을 것이다. 여기에는 소식의 속세에 대한 염증의 일단이 나타나 있다.

그로부터 한 달 뒤에 지은 〈서강월(西江月)〉에서도 달은 여전히 외로운 빛이었고 구름에 가려지기 쉬운 취약한 존재였다.

西江月
──黃州中秋──
世事一場大夢, 人生幾度新凉. 夜來風葉已鳴廊. 看取眉頭鬢上.

酒賤常愁客少, 月明多被雲妨. 中秋誰與共孤光. 把琖凄然北望.

서강월
──황주의 중추절──
세상사란 한바탕의 커다란 꿈이거니와
평생에 몇 번이나 시원한 바람이 불까?
밤이 되자 뒹구는 낙엽이 벌써 행랑채를 울리기에
양미간과 살쩍을 들여다본다.

술값은 싸건만 손님이 적어서 늘 걱정이고
달빛은 밝건만 구름에 가릴 때가 많다.
한가위에 누구와 외로운 달을 함께 볼까?
술잔 들고 쓸쓸하게 북쪽을 바라본다.

중추가절을 맞이하여 함께 달을 감상할 사람이 옆에 있지 않음에 대하여 심한 고독감을 느끼고 있다.[5] 그리하여 자신이 외로운 것은 말할 것도 없고 그것이 다시 달에게 이입되어 달마저 외로워지고 만 것이다. 그리고 그 달은 구름에 가려지기 쉽다. 그것은 마치 자신의 고결함이 오해되기 쉬운 것과도 같고 임금의 밝은 덕이 빛을 잃기 쉬운 것과도 같다. 이 사에서도 그는 인생에 대한 회의를 내비치고 있다. 인생이란 대개의 경우 시원스럽지 못하고 허무하기 짝이 없으며 거기에는 기분을 산뜻하게 해 주는 신명나는 사건이 별로 없다.

卜算子

——黃州定慧院寓居作——

缺月挂疏桐, 漏斷人初靜. 誰見幽人獨往來, 縹緲孤鴻影.

驚起却回頭, 有恨無人省. 揀盡寒枝不肯棲, 寂寞沙州冷.

---

5) 같이 있을 사람이 누구냐에 대하여는 몇 가지 설이 있다. 부간(傅幹)의 ≪주파사(注坡詞)≫ 권2에는 제목이 "중추절에 자유의 사에 화답하여(中秋和子由)"로 되어 있고, 조수명(曹樹銘)의 ≪소동파사(蘇東坡詞)≫에는 "'수(誰)'자는 막연한 표현일 뿐이고……자유(소철)와는 무관하다('誰'字, 只是虛寫,……與子由無涉)"라고 했으며, 송나라 사람 호자(胡仔)의 ≪초계어은총화(苕溪漁隱叢話)≫ 〈후집(後集)〉 권39에는 ≪고금사화(古今詞話)≫를 인용하여 "하루도 조정을 저버리지 못했나니 임금님을 생각하는 그의 마음을 마지막 구절에서 볼 수 있다(一日不負朝廷, 其懷君之心, 末句可見矣)"라고 했다. "술값은 싸건만 손님이 적어서 늘 걱정이고(酒賤常愁客少)"나 "외로운 달을 함께 볼까(共孤光)"가 주는 어감으로 볼 때 그 대상이 임금이라고 보기는 어렵고, 동생 소철(蘇轍)은 당시 황주보다 남쪽인 균주(筠州)에 있었으므로 "북쪽을 바라볼(北望)" 대상이 될 수 없었다. 그러므로 "외로운 달을 함께 볼(共孤光)" 상대는 동생이고 "북쪽을 바라볼(北望)" 대상은 임금이라고 따로따로 보는 것이 좋을 것 같다. 그러나 어느 쪽이든 문제 될 것은 없다.

복산자

——황주의 정혜원에 우거하며——

성긴 오동나무에 조각달이 걸리고

물시계에 물 끊어져 인적도 잠잠한 밤

왔다 갔다 홀로 거니는 내 모습을 누가 보나?

가물가물 먼 곳의 외기러기로구나.

깜짝 놀라 일어나 고개 돌려도

맺힌 한이 있건만 알아주는 이 없구나.

싸늘한 가지 다 골라 보고도 깃들이려 하지 않고

적막한 모래섬만 썰렁하구나.

여기서도 달은 이지러진 상태인 데다 오동나무에 가려 있기까지 하다. 자신은 또 "적막한(寂寞)" 곳에서 살아가는 "홀로 거니는 사람(幽人)"으로서 주위가 다 잠든 깊은 밤중까지도 잠을 이루지 못하고 고독감에 젖어 있다. 자다가 놀라 깨어 몸을 뒤척이는 외로운 기러기의 모습은 마치 낮 동안에 크게 놀란 아이가 자다가 한 번씩 깜짝깜짝 놀라는 것 같다. 그리고 그것은 바로 사인 자신의 모습이다.

이상 4수의 사에 반복적으로 사용된 '결(缺)'·'고(孤)'·'한(恨)'·'경(驚)'·'몽(夢)' 등의 글자만 보아도 당시 소식의 심리상태를 읽을 수 있다. 당시 그는 심한 결핍감 속에서 한을 달래고 있었으며 그 결과로 그는 늘 고독했을 뿐만 아니라 때로는 무언가에 쫓기는 듯 놀라기도 했던 것이다.

그는 황주유배령을 받고 출옥하는 즉시 지은 〈12월 28일 은혜를 입어 검교수부원외랑황주단련부사에 제수되었기에 다시 앞의 운을 사용하여 (十二月二十八日, 蒙恩責授檢校水部員外郎黃州團練副使, 復用前韻二首)〉의 제1수에서 "이 재앙이야 허물을 깊이 따질 것 있으랴? 국록을 축냄에 종래에 어찌 까닭이 있었으랴?"[6]라고 했는데 이는 자신이 그동안 국록이나 축내는 무능한 벼슬아치였다는 자조적인 말로서 사실은 반성이라기보다 빈정거림에 가깝다. 기윤(紀昀)이 "이것은 오히려 자성의 의미가 적으니 회옹(주희)이 나무라는 것은 옳다"[7]라고 한 것은 이 때문이다. 또 같은 시 제2수에서 "평생에 문자가 내게 누가 되었으니, 이제 가면 명성이 낮은 걸 싫어하지 않으련다"[8]라고 하여 문필 활동에 대하여 상당한 회의를 품었으면서도 불의를 보면 참지 못하는 성격 탓에 얼마 안 지나서 그만 "이 몸은 주진촌(朱陳村)의 옛날 태수로, 농사를 독려하러 행화촌에 간 적 있네. 지금이야 그곳 풍물 어찌 그릴 만하리? 관리들이 세금 내라고 밤에도 문을 두드릴 텐데"[9]라고 읊고 말았다. 이 시는 〈12월 28일 은혜를 입어 검교수부원외랑황주단련부사에 제수되었기에 다시 앞의 운을 사용하여 (十二月二十八日, 蒙恩責授檢校水部員外郎黃州團練副使, 復用前韻二首)〉를 지은 지 얼마 안 된 때인 원풍 3년(1080) 정월 황주로 가는 도중에 기정[岐亭, 지금의 호북성(湖北省) 마성(麻城) 서쪽]을 지나가다가 친구 진

---

6) "此災何必深追咎, 竊祿從來豈有因?"
7) "此却少自省之意, 晦翁譏之, 是."[《소문충공시집(蘇文忠公詩集)》 권19].
8) "平生文字爲吾累, 此去聲名不厭低." 서단(舒亶)은 소식의 시문이 "국내외에 전파되어 스스로 유능하다고 여긴다(傳播中外, 自以爲能)" 하고 질책했고, 이정(李定)은 "외람되이 한때의 명성을 얻었다(濫得時名)"라고 했다. 서중옥(徐中玉), 《소동파문집도독(蘇東坡文集導讀)》, 성도(成都): 파촉서사(巴蜀書社), 1990, 165쪽 참조.
9) "我是朱陳舊使君, 勸農曾入杏花村. 而今風物那堪畫, 縣吏催錢夜打門."[《소식시집(蘇軾詩集)》 권20 〈진계상이 소장한 주진촌가취도(陳季常所蓄朱陳村嫁娶圖二首)〉 제2수].

조(陳慥)의 집에서 옛날에 자기가 지주(知州)로 있었던 서주(徐州)의 주진촌을 그린 혼인풍속도를 보고 지은 것으로 마지막 구절은 바로 위정자에게 직접 비판의 화살을 날린 것이다. 이처럼 우국애민과 현실비판의 정신이 투철했던 소식이었으니 그것을 좌절당함에서 비롯된 한의 깊이도 그만큼 깊을 수밖에 없었을 것이다. 그러기에 3년 뒤인 원풍 6년(1083)에 지은 사에도 아직 공명을 이룬 후의 금의환향에 대한 선망과 서울로 귀환하고 싶은 염원이 깃들어 있다.

臨江仙

詩句端來磨我鈍, 鈍錐不解生鋩. 歡顏爲我解冰霜.

酒闌淸夢覺, 春草滿池塘.

應念雪堂坡下老, 昔年共採芸香. 功成名遂早還鄉. 回車來過我,

喬木擁千章.

임강선

시를 보내 둔한 저를 갈아 주셔야 해요

둔한 송곳은 서슬을 갈 줄 모르니까요.

기쁜 낯으로 저를 위해 얼음과 서리를 녹여 주셔요.

이 술자리 끝나고 해맑은 꿈 깨어나면

봄을 맞은 풀들이 연못에 가득하겠지요.

설당이 있는 산비탈 밑의 이 늙은이를 잊지 않았나 보군요

옛날에 함께 운향을 캔 이 친구를요.[10]

공명을 이뤄 놓고 일찌감치 귀향하다

수레 돌려 이 사람을 찾아 줬군요.

천 그루의 교목에 에워싸인 여기로요.

이 사는 원풍 6년(1083)에 자신을 찾아 준 어떤 사람에 대한 고마움과 그를 떠나보내야 하는 아쉬움을 노래한 것이다. 시구가 끝내 자기를 둔탁하게 만들었다는 말투는 아무래도 불만이 아직 덜 가신 듯한 말투이고 자신의 처지를 "얼음과 서리(冰霜)"에 비유한 것은 아직 천명에 순종하지 못하고 있음을 암시한다. 그리고 공명을 이루어 놓고 귀향하는 친구에 대해서 상당히 강한 부러움을 표시하고 있음도 볼 수 있다. 이것은 자신이 아직 완전히 "낙천적이고 천명을 아는 사람으로 바뀐"[11] 것이 아님을 의미한다.

減字木蘭花

江南遊女. 問我何年歸得去. 雨細風微. 兩足如霜挽紵衣.

江亭夜語. 喜見京華新樣舞. 蓮步輕飛. 遷客今朝始是歸.

---

10) 부간(傅幹)의 ≪주파사(注坡詞)≫ 권3에 "함께 도서를 관리하는 직책을 맡고 있었다는 말이다. 어환의 ≪전략≫에 '운향은 종이를 갉아먹는 좀을 쫓기 때문에 도서를 보관하는 누대를 운향이라고 한다'라고 했다(謂同在書職也. 魚豢≪典略≫曰: '芸香辟紙魚蠹, 故藏書臺稱芸香.')"라는 주석이 있다.

11) 유유숭(劉維崇)은 소식이 부귀에는 위기가 있고 인생은 하숙 생활과 같다는 사실을 알아서 낙천적이고 천명을 아는 사람으로 바뀐 것이 전적으로 황주에서 유배 생활을 할 때의 일이라고 했다(≪소식평전(蘇軾評傳)≫, 대북(臺北): 여명문화사업공사(黎明文化事業公司), 1978, 211-212쪽 참조). 그러나 이 말은 결코 소식이 황주유배 초기에 바로 그런 사람으로 바뀌었다는 뜻이 아닐 것이다.

감자목란화

강남 땅의 아가씨가

언제나 돌아갈 수 있느냐고 물어보네.

가랑비가 내리고 산들바람 부는데

서리 같은 두 발 위로 모시 옷을 당기네.

강가의 정자에서 밤을 도와 얘기하며

서울의 신식 춤을 흐뭇하게 보고 있네.

발걸음도 가볍게 사뿐히 날아다니나니

귀양다리는 오늘에야 비로소 돌아왔네.

기녀의 입을 빌려 언제 서울로 돌아갈 수 있을지 몰라 애를 태우는 자신의 애틋한 귀환의 염원을 드러낸 작품이다. 최근 서울에서 유행하는 신식 춤을 배워서 선보이는 기녀의 춤추는 자태를 바라보며 그는 자신이 마치 서울로 되돌아온 것 같은 흐뭇한 착각에 빠져 있다. 그것은 그가 아직도 귀환의 염원을 체념하지 못했기 때문이다.

그러나 〈서강월(西江月)〉(世事一場大夢)에서 "세상사란 한바탕의 커다란 꿈이거니와"[12)]라고 한 말이 암시하는 바와 같이 소식은 이 세상을 하나의 몽환으로 생각하고 있었기 때문에 비교적 쉽게 심리적 결핍상태로부터 자신을 해방시킬 수 있었다. 그러므로 황주유배 시기의 소식 사 가운데 좌절감과 상실감을 노래한 사는 비교적 적은 편으로 전체의 10분의 1도

---

12) "世事一場大夢."

채 안 되는 비율이다.

이 시기의 소식 사에는 정치적 시련이 빚은 좌절감이나 상실감을 읊은 작품보다는 친구들과의 교유를 노래한 우정사, 사물의 아름다움이나 자연 경물의 아름다움을 묘사한 영물사와 서경사, 어촌의 풍경이나 어부들의 삶의 모습을 그린 어촌사가 많은데 이 가운데 언뜻언뜻 인생무상에 대한 자각과 속세에 대한 염증을 내비치고 있으며 직접적으로 초월의 의지를 표방한 사도 적지 않다.

먼저 우정사를 보면, 이 시기 우정사의 유형으로는 멀리 있는 친구를 그리워한 것, 옛날 친구와의 재회의 기쁨을 노래한 것, 가까이 있는 친구와 함께 술을 마시거나 유람하는 감회를 토로한 것, 자기를 찾아 준 친구에 대한 고마움을 표시한 것, 정든 친구와의 이별을 아쉬워한 것 등이 있다.

滿庭芳

──余年十七, 始與劉仲達往來於眉山. 今年四十九, 相逢於泗上, 淮水淺凍, 久留郡中. 晦日同遊南山, 話舊感歎. 因作〈滿庭芳〉云.──

三十三年, 飄流江海, 萬里煙浪雲帆. 故人驚怪, 憔悴老靑衫.
我自疏狂異趣, 君何事·奔走塵凡. 流年盡, 窮途坐守, 船尾凍相銜.
巉巉. 淮浦外, 層樓翠壁, 古寺空巖. 步携手林間, 笑挽攙攙. 莫上孤峰盡處,
縈望眼·雲海相攙. 家何在, 因君問我, 歸夢繞松杉.

만정방

──나는 열일곱 살 때 미산에서 유중달과 서로 왕래하기 시작했는데 내 나이 마흔아홉 살이 된 지금 사수 가에서 그를 만났다.

회수가 살짝 얼어서 오랫동안 그 고을에 머무르던 중
그믐날을 기해 함께 남산에 가서 옛날 얘기를 하며 탄식했다.
이에 〈만정방〉을 짓는다.──
서른세 해 동안이나
강해를 정처 없이 이리저리 떠도는
만 리에 뻗은 안개에 덮인 파도 위의 배였더니
친구가 놀라고 의아해하며
초췌하게 푸른 적삼으로 늙는가 하네.
나야 본래 멋대로 사는 특이한 취향이라지만
그대는 무슨 일로
속된 곳을 달리다가
세월이 다 간 뒤에
막다른 길 위에 꼼짝 않고 앉아서
배꼬리가 꽁꽁 언 채 얼음에 물려 있나?

높다랗게 우뚝 솟은
회수 건너 저 먼 곳의
높은 누각 푸른 절벽
고색창연한 산사와 그 옆의 텅 빈 바위
그리고 숲속에서 손잡고 걸어 보고
웃으며 고운 손을 끌어도 줬네.
외로운 산봉우리 끝까지는 가지 마라
바라보는 눈에

구름과 바다가 맞물린 것 들어올라.

우리 집이 어디쯤에 있을까 하고

그대가 묻는 통에

소나무와 삼나무에 귀향의 꿈이 맴도네.

제서(題序)에서 밝힌 바와 같이 33년 만에 열일곱 살 때의 고향 친구 유중달(劉仲達)을 만난 감회를 토로한 작품이다. 옛 친구와의 상봉을 계기로 그동안의 떠돌이 생활과 현재의 신세를 돌아보면서 간절하게 고향 생각에 빠져 있는 소식의 모습이 잘 그려져 있다.

浣溪沙

——十二月二日雨後微雪, 太守徐君猷携酒見過, 坐上作〈浣溪沙〉三首.

明日酒省, 雪大作, 又作二首.——

醉夢昏昏曉未蘇. 門前轣轆使君車. 扶頭一盞怎生無.

廢圃寒蔬排翠羽, 小槽春酒滴眞珠. 清香細細嚼梅鬚.

완계사

——12월 2일 비가 내린 뒤 눈이 조금 왔는데 서군유 태수가 술을 들고 나를 찾아와 술자리에서 〈완계사〉 세 수를 짓고 이튿날 술이 깨니 눈이 많이 내렸기에 또 두 수를 지었다.——

몽롱히 취한 채 꾸던 꿈이 새벽에도 아직 덜 깼는데

대문 앞에 삐걱삐걱 태수의 수레 소리

코가 비뚤어질 술 한잔이 어떻게 없으리오?

묵은 밭의 찬 채소는 뽑아 놓은 비취 털이요

작은 그릇의 봄술은 얼려 놓은 진주인데

맑은 향이 모락모락 매화 씹는 맛이 난다.

소식은 당시 황주지주(黃州知州)였던 서대수[徐大受, 자(字): 군유(君猷)]와 친하게 지냈는데[13] 이 사는 원풍 4년(1081) 12월 2일 서대수가 술을 들고 자기를 찾아 준 것에 대한 반가움을 읊은 것이다. 첫 구절에서 "몽롱히 취한 채 꾸던 꿈이 새벽에도 아직 덜 깼는데(醉夢昏昏曉未蘇)"라고 하여 그의 생활이 작취미성의 상태에서 다시 술을 마시는 식이었을 가능성을 엿보이고 있기는 하지만 전체적으로 감정의 흐트러짐이 별로 보이지 않는 작품이다. 제서(題序)에서 언급한 〈완계사〉 5수가 모두 이런 풍격을 지니고 있다.

西江月

――重陽棲霞樓作――

點點樓頭細雨. 重重江外平湖. 當年戲馬會東徐. 今日凄涼南浦.

莫恨黃花未吐. 且敎紅粉相扶. 酒闌不必看茱萸. 俯仰人間今古.

서강월

――중양절날 서하루에서――

---

13) 서대수와의 친분에 대하여 소식은 〈취봉래(醉蓬萊)〉(笑勞生一夢)의 제서(題序)에서 "나는 황주에서 유배 생활을 하면서 중양절을 세 번 만났는데 매년 서군유(서대수) 태수와 함께 서하루에서 연회를 벌였다(余謫居黃州, 三見重九, 每歲與太守徐君猷會於棲霞樓)"라고 했다.

방울방울 떨어지는 누각 위의 가랑비
겹겹이 펼쳐진 강 건너 호수
그 옛날엔 서주의 희마대에 모였는데[14]
오늘은 남포에서 처량하게 지내네요.

노란 꽃이 덜 피었다 한탄하지 마시고
잠시나마 가인의 부축을 받으셔요.
술 취한 뒤 수유를 볼 필요는 없어요
이 세상의 고금이란 한순간이니까요.

　이것은 원풍 6년(1083) 그동안 절친하게 지낸 서대수와의 이별을 앞두고 마지막으로 함께 맞은 중양절날 서하루에서 지은 것이다. 자신의 유배 생활에 커다란 힘이 되어 준 서대수가 떠난다는 것은 그에게 있어서 또 하나의 커다란 상실이었을 것이다. 그런 만큼 사에도 다소 처량한 분위기가 나타나 있기는 하지만 그렇다고 만당오대의 별리사(別離詞)에서 볼 수 있는 미어지는 슬픔을 담고 있는 것은 아니다. 특히 마지막 부분의 "술 취한 뒤 수유를 볼 필요는 없어요, 이 세상의 고금이란 한순간이니까요(酒闌不必看茱萸. 俯仰人間今古)"는 친구의 슬픔을 위로하면서 동시에 자신도 위로하는 말로서 인생무상에 대한 자각을 내비치고 있다.
　이 시기의 영물사로는 홍매·차·거문고·묵죽을 읊은 것이 1수씩 있는

14) ≪남제서(南齊書)·예지상(禮志上)≫에 "송나라 무제는 송공이었을 때 팽성(서주)에 있었는데 9월 9일에 항우의 희마대로 나간바, 오늘날에 이르도록 그 뒤를 이으며 옛날 준거로 삼는다(宋武爲宋公, 在彭城, 九日出項羽戱馬臺, 至今相承, 以爲舊準)"라고 했다.

데 모두 감정의 동요가 없는 차분한 의경을 지니고 있다. 홍매를 읊은 〈정풍파(定風波)〉 1수를 보자.

定風波

――紅梅――

好睡慵開莫厭遲. 自憐冰臉不時宜. 偶作小紅桃杏色,

閒雅, 尙餘孤瘦雪霜姿.

休把閒心隨物態, 何事, 酒生微暈沁瑤肌. 詩老不知梅格在,

吟詠, 更看綠葉與靑枝.

정풍파

――홍매――

잠이 좋아 늦게 피어도 늦다고 싫어하지 않고

얼음 같은 찬 얼굴은 시의에 안 맞을세라

복사꽃과 살구꽃의 불그레한 색을 띠어

느긋하고 우아하나

눈서리 같은 앙상한 자태는 아직도 남았구나.

한적한 그 마음을 가지고 세태를 따를 것 없는데

무슨 일로

술 기운에 생긴 홍조가 옥 살결에 스몄는가?

노시인은 매화에 품격이 있음을 모르고

매화를 읊조림에

어찌하여 푸른 잎과 가지만 보았는가?

　때 늦게 핀 홍매의 자태를 의인화하여 묘사한 사이다. 시속(時俗)에 어울리지 못하는 차가운 홍매의 얼굴은 바로 소식 자신의 얼굴이고 한아하면서도 고고하여 눈서리와 같은 홍매의 자태는 바로 소식 자신의 자태이다. 그리고 홍매를 향해 한아한 마음을 견지하여 속물의 자태를 추구하지말라고 당부하는 것은 바로 소식 자신에게 하는 다짐이다. 다시 말해서, 시인들이 자신의 품격은 알아주지 않고 잎과 가지라는 외형만 감상함에도 아랑곳하지 않고 의연히 피어 있는 홍매처럼 사인도 세상이 알아주든 말든 자신의 고고한 품격을 견지해 나가겠다는 스스로의 순결 선언이다.
　서경사는 봄·여름·가을·겨울의 정경을 그린 〈목란화령(木蘭花令)〉 4수를 비롯하여 대부분이 계절의 변화에 따라 새롭게 펼쳐지는 정겨운 풍경을 묘사한 것이다.

木蘭花令
——四時詞(春)——
春雲陰陰雪欲落. 東風和冷驚簾幙. 漸看遠水綠生漪, 未放小桃紅入蕚.
佳人瘦盡雪膚肌, 眉斂春愁知爲誰. 深院無人剪刀響, 應將白紵作春衣.

목란화령
——사계절의 노래(봄)——
봄철 구름 어둑어둑 방금 눈이 내릴 듯
동풍이 냉기 품어 발과 장막 놀라게 한다.

저 멀리 푸른 강에 잔물결 일고
덜 핀 복사꽃엔 붉은 기운이 받침으로 들어간다.

가인은 눈 같은 살결이 여월 대로 여위었으니
눈썹 위의 봄근심이 누구 탓에 생겨났나?
인적 없는 깊은 뜰에 가위 소리 재깍재깍
틀림없이 흰 모시로 봄옷 짓는 소리리라.

원풍 4년(1081)에 지은 〈목란화령〉 4수 중의 하나이다. 어둑어둑 음산한
구름이 모여들어 방금이라도 눈이 내릴 것 같고, 싸늘한 바람이 발과 장막
을 흔들어 대는 꽃샘추위는 남았지만, 그래도 강물은 풀려서 잔잔한 물결
을 일렁이고 복숭아꽃은 꽃받침이 발갛게 변색되어 방금 봉오리를 터뜨릴
듯한 이른 봄, 만물이 생기를 회복하는 이 계절에 젊은 여인도 그만 춘정에
빠지고 만다. 그래서 봄은 생명의 계절이요 희망의 계절이다. 이것은 아름
다운 소생의 장면들을 하나하나 그려 놓은 한 폭의 사생화일 뿐 애끊는
슬픔이나 애틋한 기다림 같은 감정의 동요는 없다.
  이 시기의 소식 사에는 어촌사가 6수 있는데 모두 원풍 6년(1083) 한
해 동안에 지은 것이다.

漁父 其一

漁父飮, 誰家去. 魚蟹一時分付. 酒無多少醉爲期, 彼此不論錢數.

어부 제1수

어부는 술 마시러

누구네 집에 가나?

잡아 온 고기와 게를 한꺼번에 맡겨 놓고

술이야 얼마가 됐든 취할 때까지 마시고

피차간에 금액은 따지지 않네.

漁父 其二

漁父醉, 蓑衣舞. 醉裏却尋歸路. 輕舟短棹任斜橫, 醒後不知何處.

어부 제2수

어부가 술에 취해

도롱이 입고 춤을 추며

취중에 귀로를 찾아가는데

가벼운 배 짧은 노 가는 대로 두었다가

깨어나면 그곳이 어디일지 모르겠네.

漁父 其三

漁父醒, 春江午. 夢斷落花飛絮. 酒醒還醉醉還醒, 一笑人間今古.

어부 제3수

어부가 깨어나니

봄 강의 한낮

꿈이 깨자 꽃잎 지고 버들개지 흩날린다.

깨었다간 또 취하고 취했다간 또 깨며
인간 세상 예와 지금 일소에 부쳐 버린다.

漁父 其四
漁父笑, 輕鷗擧. 漠漠一江風雨. 江邊騎馬是官人, 借我孤舟南渡.

어부 제4수
어부가 씩 웃으니
날렵한 갈매기가 날아오르고
강에는 비바람이 자욱하게 덮여 있다.
말을 타고 강가에 벼슬아치 다가가자
남쪽으로 건너도록 내게 배를 빌려준다.

　어촌에는 인정이 있고 인간적 신뢰가 있어 술값 계산조차 하지 않는다.
자기가 잡은 것을 몽땅 맡겨 놓고 주막집 주인이 주는 대로 술을 마시면
된다. 설사 그날 잡은 물고기와 게가 좀 적다고 할지라도 주인은 취할 만
큼 술을 줄 것이기 때문에 피차간에 셈을 할 필요가 없다. 취한 다음에는
춤을 추며 집으로 돌아가는데 바람 부는 대로 물결 치는 대로 맡겨 두면
된다. 그렇게 한다고 해서 문제 될 것이 아무것도 없기 때문이다. 어쩌면
꼭 집으로 돌아가야 할 이유마저 없을지도 모른다. 어부는 마치 이 세상이
덧없음을 너무나 잘 알아서 세속적인 일 따위는 일소에 부쳐 버리는 달인
같다. 이 4수의 사 속에 묘사되어 있는 어부는 소식이 지금까지 가까이에
서 보아 온 이웃들이다. 그리고 그들의 삶의 방식은 바로 그의 선망의 대

상이다. 그러므로 〈어부〉 4수 속의 어부는 모두 소식 자신의 모습이고 제 4수의 '배(孤舟)'는 바로 소식 자신의 배라고 할 수 있을 것이다.

이상에서 본 바와 같이 황주유배 시기의 소식 사 중에는 친구와의 교유, 사물과 자연경물의 아름다움, 어촌의 풍경과 어부들의 삶의 모습 등을 그린 것이 많은데 이 사들은 대개 비교적 담담한 심경으로 쓰여졌으며 언뜻언뜻 인생무상에 대한 자각과 속세에 대한 염증을 내비치기도 한다.

그러나 우정사·영물사·서경사·어촌사 등에다 간접적으로 초월의 의지를 내비친 것 이외에 직접적으로 은일생활에 대한 동경이나 초월적 인생철학을 서술한 철리사(哲理詞)도 상당히 많은데 이런 사는 대부분 원풍 5년(1082) 이후에 지어졌다는 사실이 주목된다. 이는 소식으로서도 자신의 좌절감과 상실감을 치유하는 데 2년 정도의 시간이 필요했음을 의미한다.

滿庭芳

蝸角虛名, 蠅頭微利, 算來著甚乾忙. 事皆前定, 誰弱又誰强.
且趁閒身未老, 須放我·些子疏狂. 百年裏, 渾敎是醉, 三萬六千場.
思量. 能幾許, 憂愁風雨, 一半相妨. 又何須抵死, 說短論長. 幸對淸風皓月,
苔茵展·雲幕高張. 江南好, 千鍾美酒, 一曲滿庭芳.

만정방

달팽이 뿔에서 다투는 허망한 명예
파리의 머리만한 조그만 이익
따져 보면 무엇 하러 쓸데없이 바쁜 걸까?

이 세상 모든 일이 미리 정해져 있거늘
약한 자가 누구이며 강한 자가 누구일까?
한가한 몸 아직까지 안 늙었을 때 잠시 동안
나 스스로 마음껏 좀
미치광이 짓을 하게 내버려 두자.
우리 인생 백 년에
빠짐없이 날마다 취한다 해도
삼만 육천 차례니까.

가만히 생각해 보면
얼마나 살 수 있을지 모르는 데다
우수와 비바람이
반은 방해하거늘
어째서 또 죽기로 작정을 하고
이러쿵저러쿵 시비를 가려야 하나?
다행히도 맑은 바람과 밝은 달을 대하고
이끼 자리 깔아 놓고
구름 장막 펼쳤으니
강남은 좋을씨고
천 잔의 맛있는 술을 마시고
한 곡의 〈만정방〉을 노래 부르자.

사인의 탈속적(脫俗的) 인생관이 잘 나타나 있는 사이다. 명예나 이익

을 추구하는 것은 달팽이의 뿔 위에서 다투는 것처럼 부질없는 짓이고
파리의 머리만 한 이익을 얻기 위해 애쓰는 하찮은 짓이니 차라리 술이나
마시며 실컷 노는 편이 더 현명하다. 일생 동안 매일같이 마셔도 삼만 육
천 차례밖에 안 되는데 더구나 그중에는 걱정으로 허송하는 시간도 많아
서 실로 인생에 있어서 즐겁게 살 수 있는 날은 며칠 안 된다. 그러니 명예
나 이익 따위로 시간과 정력을 낭비하는 것은 어리석은 일이다. 이것이
이 사에 나타나 있는 소식의 인생철학이다.

如夢令

——元豐七年十二月十八日, 浴泗州雍熙塔下, 戱作〈如夢令〉兩闋.
此曲本唐莊宗製, 名〈憶仙姿〉, 嫌其名不雅, 故改爲〈如夢令〉. 莊宗作此詞,
卒章云: "如夢. 如夢. 和淚出門相送."[15] 因取以爲名云.—— 其二
自淨方能淨彼. 我自汗流呀氣. 寄語澡浴人, 且共肉身遊戱. 但洗. 但洗.
俯爲人間一切.

여몽령

——원풍 7년 12월 18일 사주의 옹희탑 밑에서 목욕을 하다가
장난 삼아 〈여몽령〉 두 수를 지었다. 이 곡조는 본래 후당 장종이
지은 것으로 곡명을 〈억선자〉라고 했는데 곡명이 우아하지 않은 감이

---

15) 주조모(朱祖謀)의 ≪강촌총서(彊村叢書)≫본 ≪준전집(尊前集)≫에 수록된 장종(莊
宗)의 〈억선자(憶仙姿)〉는 "깊은 도원 골짝에서 잔치를 벌였었네. 맑은 노래 한 곡조
에 봉황이 춤췄었네. 언제나 헤어질 때 기억하나니, 눈물 머금고 문을 나와 전송했었
네. 꿈만 같네. 꿈만 같네. 새벽달에 꽃이 지고 안개가 자욱했었네(曾宴桃源深洞.
一曲淸歌舞鳳. 長記欲別時, 和淚出門相送. 如夢. 如夢. 殘月落花煙重)"로 되어 있다.

있기 때문에 〈여몽령〉으로 고쳤다. 장종이 지은 이 사의 마지막 부분에 "꿈속인 양, 꿈속인 양, 눈물을 글썽이며 문을 나와 전송하네"라고 했기 때문에 이것을 곡명으로 삼은 것이다.── 제2수

자신을 맑게 해야 남도 맑게 할 수 있거늘
내가 스스로 땀 흘리고 숨을 헐떡이다니.
목욕하는 이들에게 말 전하거니와
육신의 유희를 잠시 함께하나니
씻어 버릴 따름이오.
씻어 버릴 따름이오.
고개 숙여 내려다보면 만사가 속물이라오.

사주(泗州)의 옹희탑(雍熙塔) 밑에서 목욕을 하다가 문득 떠오른 삶의 이치를 서술한 것으로 세속적인 일에 대한 부정적 사고가 나타나 있다. "자신을 맑게 해야 남도 맑게 할 수 있거늘(自淨方能淨彼)"이나 "고개 숙여 내려다보면 만사가 속물이라오(俯爲人間一切)"는 특히 철리성이 강한 구절이다.

菩薩蠻

買田陽羨吾將老. 從來只爲溪山好. 來往一虛舟. 聊從物外遊.

有書仍嬾著. 且漫歌歸去. 筋力不辭詩. 要須風雨時.

보살만

양선 땅에 밭을 사서 이곳에서 늙고 지고

옛날부터 산천만이 나를 좋아했으니.

빈 배를 하나 타고 오고 가면서

흐뭇하게 물외에서 노닐고 지고.

책은 많이 있으니 게을리 짓고

그냥 돌아가자고 노래하리라.

근력이야 시 쓰기를 마다하지 않겠지만

바람 불고 비 올 때가 돼야 하리라.

　소식은 원풍 7년(1084) 3월 특수검교상서수부원외랑(特授檢校尙書水部員外郎) 여주단련부사(汝州團練副使) 본주안치(本州安置)의 명을 받고 옮겨 가는 도중에 상주(常州) 의흥[宜興, 지금의 강소성(江蘇省) 의흥]에다 땅을 사 놓고 10월 19일에 〈상주 거주를 주청하는 상소문(乞常州居住表)〉을 올려 이듬해(1085) 3월에 상주 거주의 허락을 받고 5월에 의흥으로 되돌아갔다.[16] 이 사는 그가 의흥으로 돌아간 원풍 7년(1084) 5월에 지은 것이다. 이 사에서 그는 마침내 자연에의 귀의를 결행한다. "빈 배를 하나 타고 오고 가면서(來往一虛舟)"는 바로 그가 〈어부〉 4수에서 꿈꾸었던 자신의 염원을 실현한 것이고 "빈 배(虛舟)"는 다름 아닌 〈어부〉 제4수의 "배(孤舟)"인 것이다.

---

16) 그러나 그의 은거생활은 며칠 못 가서 끝났다. 왜냐하면 어린 철종(哲宗)의 즉위로 섭정을 하게 된 선인태후(宣仁太后)가 소식의 인품과 재능을 아껴 그해 6월에 당장 그를 조봉랑(朝奉郎)으로 복직시키면서 지등주군주사(知登州軍州事), 즉 등주지주에 임명하고 곧이어 10월 20일에는 다시 예부낭중(禮部郎中)에 임명하여 조정으로 소환했기 때문이다.

이 시기의 소식 사 가운데에는 가기사(歌妓詞)가 10수 정도 있는바, 이는 전체의 약 10분의 1에 해당하는 작지 않은 비율인데 그것은 이 시기의 소식 사 가운데 우정사가 많다는 사실과 밀접한 관련이 있다. 이 사들은 대부분 친구가 그를 위로하기 위하여 마련한 연회에 주흥을 돋우기 위하여 내놓은 관기(官妓)나 가기(家妓)를 묘사한 작품인 것이다. 그러나 이 사들은 화간사(花間詞)처럼 불특정의 젊은 여인을 향하여 성적 욕구를 분출한 것이 아니라 자신에게 가무를 보여 준 특정 기녀에 대하여 노고를 치하한 것이다. 그렇기 때문에 이 사들에는 대개 "서군유의 세 시녀에게(贈徐君猷三侍人)", "서군유의 가기에게(贈君猷家姬)", "승지에게(贈勝之)", "서군유의 생 부는 기녀에게(贈徐君猷笙妓)", "연회석에서 초주태수 전대문의 어린 시녀에게(席上贈楚守田待問小鬟)" 등의 제서(題序)가 붙어 있다. "서군유의 세 시녀에게(贈徐君猷三侍人)"라는 제서(題序)가 붙어 있는 〈감자목란화(減字木蘭花)〉 3수 중의 제2수를 보자.

減字木蘭花
——贈徐君猷三侍人. 勝之——
雙鬟綠墜. 嬌眼橫波眉黛翠. 妙舞蹁躚. 掌上身輕意態姸.
曲窮力困. 笑倚人旁香喘噴. 老大逢歡. 昏眼猶能子細看.

감자목란화
——서군유의 세 시녀에게. 승지——
두 갈래로 쳐져 내린 푸른 쪽머리
추파 던지는 고운 눈매 검푸른 눈썹

빙글빙글 너울너울 멋들어진 춤
손바닥에 오를 가벼운 몸에 어여쁜 표정이네.

한 곡조가 끝나자 힘이 빠진 채
웃음 띠고 다가와 앉으니 입에서 향내가 나네.
늘그막에 이렇게 즐거운 일 만나니
침침한 내 눈에도 자세하게 보이네.

　당시 소식은 유배 중이었던 만큼 그 슬픔을 잊게 해 줄 방법이 있다면
무엇이든 다 동원해 보고 싶었을 것이다. 이 시기의 소식 사 중에 우정사
가 많은 것도 이런 맥락에서 이해할 수 있다. 따라서 이 사를 평하여, "당시
를 생각해 보면 승지 아가씨가 춤을 한 곡 끝내고 나서 이 귀빈의 몸에
애교스럽게 기댔을 때 이 쓸쓸한 중년 남자도 가슴속에 얼마간 짜릿한
마음이 생기지 않을 수 없었을 것이다. 사람이 환난에 처하면 오히려 물질
세계의 아름다움에 대하여 특별히 민감해질 수 있는바, 실의에 빠진 사람
이 주색을 추구하여 관능의 향수(享受)로써 마음의 공허를 메우려고 하는
것은 인지상정이니 이것은 소식도 어쩔 수 없었다"[17]라고 한 것도 일면의
타당성이 없지는 않지만, 그 당시의 소식이 마음의 공허를 메우기 위해
승지와 같은 어린 기녀를 통하여 관능의 향수를 추구했다고 보기는 어렵
다. 왜냐하면, 이 사와 마찬가지로 원풍 5년(1082)에 지어진 다른 1수의
〈감자목란화(減字木蘭花)〉〈天然宅院〉 역시 "승지에게(贈勝之)"라는 제서

---

17) 이일빙(李一冰), 《소동파신전(蘇東坡新傳)》, 대북(臺北): 연경출판사업공사(聯經
　　出版事業公司), 1985, 337쪽.

(題序)를 가지고 있는데 이 사의 하편에 "올해 나이 열네 살, 이 아이는 착한 아이 바로 그것이라네"[18]라고 한 것을 보면 소식은 그녀를 '깜찍한 아이'로 보아 칭송한 것이지 관능적 향수의 대상으로 간주한 것이 아님을 알 수 있고, 또 왕공(王鞏)의 가기(歌妓)를 칭송한 〈정풍파(定風波)〉(常羨人間琢玉郎)의 제서(題序)에 "왕정국의 가기는 이름을 유노라고 하고 성이 우문씨인데 미목이 수려하고 응대를 잘하는바 집안이 대대로 경사에 살았다. 왕정국이 남쪽으로 좌천되었다가 돌아왔을 때 내가 유노에게 '광남의 풍토는 틀림없이 안 좋았겠지?' 하고 물었더니 유노가 '이 마음 편안한 곳이면 그곳이 바로 제 고향이지요'라고 대답하므로 그녀를 위하여 사를 짓는다"[19]라고 한 것을 보면 기녀들에 대한 소식의 태도가 어떠했는지를 확연하게 알 수 있기 때문이다. 〈정풍파(定風波)〉(常羨人間琢玉郎)는 소식의 친한 친구로 오대시안에 연루되어 멀리 광남(廣南)의 빈주(賓州)까지 유배되어 갔다가 3년 만에 돌아온 왕공의 가기 우문유노(宇文柔奴)가 어려움에 처한 주인에게서 떠나 버리지 않고 의리를 지켜 광남까지 따라갔다 온 것을 가상하게 여겨 위로의 말을 했다가 그녀가 오히려 백거이(白居易)의 시구를 빌려[20] "이 마음 편안한 곳이면 그곳이 바로 제 고향

---

18) "今來十四, 海裏猴兒奴子是." '해리후아(海裏猴兒)'에 대하여 부간(傅幹)의 ≪주파사(注坡詞)≫ 권9에 "'해후아(海猴兒)'는 착한 아이를 말한다(海猴兒, 言好孩兒也)"라고 했는데, 장상(張相)은 ≪시사곡어사회석(詩詞曲語辭匯釋)≫ '해리후아(海裏猴兒)·해저후아(海底猴兒)·해저구아(海底鷗兒)·해후아(海猴兒)' 조(條)에서 이 말을 인용한 뒤 "'해(海)'와 '호(好)' 및 '후(猴)'와 '해(孩)'는 모두 발음이 비슷하기 때문에 이렇게 쓴 것이다. '아이'라는 말도 허물없이 지내는 사람에 대한 호칭이다(按'海'與'好', '猴與'孩', 均取其音近. '孩兒'亦爲對於所昵者之稱)"라고 설명했다.

19) "王定國歌兒曰柔奴, 姓宇文氏, 眉目娟麗, 善應對, 家世住京師. 定國南遷歸, 余問柔: '廣南風土應是不好?' 柔對曰: '此心安處便是吾鄕.' 因爲綴詞云."

20) 당나라 사람 백거이(白居易)의 시 〈내 고장(吾土)〉에 "몸과 마음 편안한 곳이 내 고장이지, 어찌 꼭 장안과 낙양에만 살리오?(身心安處爲吾土, 豈限長安與洛陽?)"라는 구

이지요"라고 대답하는 바람에 그녀의 재치와 여유 있는 마음가짐에 탄복하여 그것을 칭송한 것인바, 이 사에 있어서의 우문유노는 더 이상 기녀가 아닌 것이다.

그러므로 이 시기의 소식 사 중에는 가기사도 상당수 있기는 하지만 소식의 눈에 비친 여성의 형상은 화간사(花間詞)나 유영(柳永) 사에서 볼 수 있는 바와 같은 지분(脂粉) 냄새 풍기는 성숙한 기녀나 임 생각에 겨워하는 젊은 부인이 아니라 재치 있고 깜찍한 '계집아이'라는 점에서 이전의 염정사와는 차이가 있다고 하겠다.

절이 있다.

제2절 | 황주유배 시기의 총체적 사풍

소식은 〈진상원석가사리탑명(眞相院釋迦舍利塔銘)〉에서 "옛날에 문안
현 주부로 중대부를 추증받으신 나의 선친[휘(諱): 순(洵)]과 돌아가신 모
친 무창태군 정씨는 두 분 다 천성이 인자하고 행실이 청렴하셨는데 불보
(佛寶)·법보(法寶)·승보(僧寶) 등 삼보를 숭상하고 믿으셨다. 세상을 떠
나셨을 때 고인의 뜻에 따라 아끼시던 물건을 희사하여 불사(佛事)를 거행
했다"[21]라고 하고, 〈십팔대아라한송(十八大阿羅漢頌)〉에서 "우리 집에는
열여섯 분의 나한상을 소장하고 있었는데 차공양을 올릴 때면 매번 하얀
젖으로 변했다"[22]라고 한 바와 같이, 집안이 불교를 신봉했기 때문에 어릴
적부터 불교를 가까이했을 뿐만 아니라 장성하여서도 봉상부첨판(鳳翔府

---

21) "昔予先君文安主簿, 贈中大夫, 諱洵, 先夫人武昌太君程氏, 皆性仁行廉, 崇信三寶.
捐館之日, 追述遺意, 捨所愛作佛事."[≪소동파전집(蘇東坡全集)≫ 〈전집(前集)〉 권40].
22) "軾家藏十六羅漢像, 每設茶供, 則化爲白乳."[≪소동파전집(蘇東坡全集)≫ 〈후집(後
集)〉 권20].

簽判) 시절에는 왕팽(王彭)에게 불법(佛法)을 배움으로써 불서(佛書)를 좋
아하게 되었고[23], 항주통판 시절에는 승려 친구인 불인(佛印)·혜변(惠
辯) 등의 고승들을 만남으로써 본격적으로 불교철학에 관심을 갖기 시작
하는 등 불교사상의 영향을 많이 받았다. 그리하여 황주에서 유배 생활을
할 때에는 불교의 힘을 빌려 번뇌의 원천을 막아 버리려고 3일마다 한
번씩 안국사(安國寺)에 가서 묵상에 빠지기도 하고[24] 필묵조차 멀리한 채
오로지 불경만 가지고 소일하기도 했다.[25]

그는 또 여덟 살 때 소학에 입학하여 도사 장이간(張易簡)에게 3년 동안
수학한 적이 있으며[26] 그 뒤 봉상부첨판으로 재임할 때 대나무숲 속에

---

23) 소식의 〈왕대년애사(王大年哀辭)〉[≪소동파전집(蘇東坡全集)≫ 〈후집(後集)〉 권8]
에 "가우(1056-1063) 말에 나는 기산 밑의 봉상부(鳳翔府)에서 근무했는데 태원 사람
으로 자가 대년인 왕팽 선생이 봉상부의 여러 군대를 감독하느라 서로 이웃하여 살았
기 때문에 날마다 함께 지냈다. ……나는 처음에 불법을 몰랐는데 왕 선생이 나를
위해 그 대략을 말해 준바, 논리가 지극히 심오했지만 자신의 일로 증명해 주어서
의구심이 생기지 않게 했다. 내가 불서를 좋아한 것은 아마도 왕 선생의 계발에서
비롯된 것 같다(嘉祐末, 予從事岐下, 而太原王君諱彭, 字大年, 監府諸軍, 居相隣,
日相從也. ……予始未知佛法, 君爲言大略, 皆推見至隱以自證耳, 使人不疑. 予之喜
佛書, 蓋自君發之)"라고 했다.
24) 〈황주안국사기(黃州安國寺記)〉[≪경진동파문집사략(經進東坡文集事略)≫ 권54]에
"이에 휴 하고 탄식하며 '나의 도는 나의 혈기를 제어하기에 부족하고 나의 천성은
나의 습관을 이기기에 부족하다. 뿌리를 뽑아 버리지 않고 끄트머리만 제거하면 지금
비록 고쳤다고 할지라도 나중에 틀림없이 또 생길 것이다. 어찌 불문(佛門)에 귀의하
여 깨끗이 씻어 버리기를 추구하지 않으리오?'라고 했다. ……3일 간격으로 한 번씩
가서 향을 피우고 말 없이 앉아서 깊이 자신을 반성해 보았더니 외물(外物)과 자아가
다 잊혀지고 몸과 마음이 다 비게 되었다(於是喟然嘆曰: '道不足以御氣, 性不足以勝
習. 不鋤其本, 而耘其末, 今雖改之, 後必復作. 盍歸誠佛僧, 求一洗之.' ……間三日
輒往, 焚香黙坐, 深自省察, 則物我相忘, 身心皆空)"라고 했다.
25) 소식의 〈장자후에게 보내는 편지(與章子厚書)〉[≪소동파전집(蘇東坡全集)≫ 〈속집
(續集)〉 권11]에 "한가로이 지낼 때는 책을 보지 않을 수 없지만 오직 불경으로 소일할
뿐 다시는 붓과 벼루를 가까이하지 않는다네(閑居未免看書, 惟佛經以遣日, 不復近
筆硯矣)"라는 말이 있다.
26) 소식의 〈중묘당기(衆妙堂記)〉[≪소동파전집(蘇東坡全集)≫ 〈후집(後集)〉 권15]에 "미

초당을 지어 놓고 피세당(避世堂)이라고 부르기도 하고 ≪도장(道藏)≫을 읽기도 하는 등 오대시안을 겪기 전부터 도가사상에도 관심이 많았다. 그 결과 그는 황주로 유배된 원풍 3년(1080)에 35년 동안 함께 지낸 유모 임씨(任氏)의 죽음과 당형(堂兄) 소불기(蘇不欺)의 죽음이 겹치자 그해 동짓날에 천경관(天慶觀) 도당(道堂)에 들어가 손님을 사절하고 49일 동안 수도를 하기에 이르렀다.[27]

소식은 이처럼 불교사상과 도가사상의 영향을 받아 인생을 덧없는 몽환으로 여기거나 잠시 동안의 기우(寄寓)로 보는 소극적 인생관을 지니고 있었음이 그의 시문 도처에 드러나고 있으니,

중년에 외람되이 불도를 깨우쳐서, 몽환에 대해 이미 상세하게 말했네. (中年忝聞道, 夢幻講已詳.)[28]

인생이란 꿈과 같은 것인데 서두를 게 무엇이며 질질 끌 게 무엇이리?(人生如夢, 何促何延?)[29]

산의 도사 장이간은 소학에서 늘 백 명의 학동을 가르쳤는데 나도 어릴 때 그 틈에 끼여 있었다. 천경관 북극원에 거처했는데 내가 그분에게 배운 것이 아마 3년인 것 같다. 해남도에서 유배 생활을 할 때 하루는 꿈에 그곳으로 달려가 장도사가 옛날처럼 물을 뿌리며 정원을 관리하는 것을 보았다.……그분의 제자들 중에는 ≪노자≫를 낭송하는 아이가 있었다(眉山道士張易簡, 敎小學常百人, 予幼時亦與焉. 居天慶觀北極院, 予蓋從之三年. 謫居海南, 一日夢至其處, 見張道士如平昔, 汎治庭宇.…… 其徒有誦≪老子≫者)"라는 말이 있다.

27) 왕문고(王文誥), ≪소문충공시편주집성총안(蘇文忠公詩編注集成總案)≫[성도(成都): 파촉서사(巴蜀書社), 1985] 권20 참조.
28) 〈작년 9월 27일에 황주에서 아들 둔이를 낳아 아명을 간아라고 했거니와 헌걸차고 영특했는데 금년 7월 28일에 금릉에서 병사했기에 시를 두 수 지어서 애도한다(去歲 九月二十七日, 在黃州, 生子遁, 小名幹兒, 頎然穎異. 至今年七月二十八日, 病亡於 金陵, 作二詩哭之〉 제2수≪소식시집(蘇軾詩集)≫ 권23].

인생의 슬픔과 즐거움은 몽환처럼 눈앞을 지나가지요.(人生悲樂, 過眼如夢幻.)30)

사람 사는 세상은 한바탕의 긴 꿈으로 눈 깜짝할 사이에 백 번이나 변화하나니 괴이하게 여길 것이 없습니다.(人世一大夢, 俛仰百變, 無足怪者.)31)

나는 느지막이 도를 깨우쳤나니 몽환이 바로 내 몸이다. 진실이 곧 꿈이요 꿈이 곧 진실이다.(予晚聞道, 夢幻是身. 眞卽是夢, 夢卽是眞.)32)

라고 한 것은 인생을 몽환으로 본 예이고,

인생이란 하숙 같을 따름이거늘, 어찌 유독 이번의 이별만 있겠는가?(吾生如寄耳, 寧獨爲此別?)33)

인생이란 하숙 같을 따름인지라, 본래부터 갈 곳을 안 가린다네.(吾生如寄耳, 初不擇所適.)34)

인생이란 하숙 같을 따름이거늘, 무엇이 재앙이고 무엇이 행복이리?(吾生如寄耳, 何者爲禍福?)35)

29) 〈단군황 제문(祭單君暁文)〉[≪소동파전집(蘇東坡全集)≫ 〈전집(前集)〉 권35].
30) 〈왕경원에게(與王慶源三首)〉 제2수[≪소동파전집(蘇東坡全集)≫ 〈속집(續集)〉 권6].
31) 〈송한걸에게(與宋漢傑二首)〉 제1수[≪소동파전집(蘇東坡全集)≫ 〈속집(續集)〉 권7].
32) 〈참료천명과 그 서문(參寥泉銘幷敍)〉[≪소동파전집(蘇東坡全集)≫ 〈속집(續集)〉 권10].
33) 〈서주지주의 임기를 마치고 남경으로 가는 길에 말 위에서 붓을 휘둘러 자유에게 부친다(罷徐州, 往南京, 馬上走筆寄子由五首)〉 제2수[≪소식시집(蘇軾詩集)≫ 권18].
34) 〈회수를 건너(過淮)〉[≪소식시집(蘇軾詩集)≫ 권20].
35) 〈왕진경의 시에 화답하는 시와 그 서문(和王晉卿幷引)〉[≪소식시집(蘇軾詩集)≫ 권27].

인생이란 하숙 같을 따름이거늘, 어느 것이 내 집인가?(吾生如寄耳, 何者
爲吾廬?)36)

인생이란 하숙 같을 따름인지라, 영남지방에서도 한가로이 노니네.(吾生
如寄耳, 嶺海亦閑遊.)37)

라고 한 것은 인생을 잠시 동안의 기우(寄寓)로 본 예이다. 그는 그 덕분에
엄청난 역경 속에서도 비교적 초연하게 지낼 수 있었다. 그리고 그것은
그의 사풍을 청려광달하게 하는 요인이 되어 이 시기 소식 사 가운데 청광
사가 약 3분의 2를 차지한다.

行香子
――與泗守過南山晩歸作――
北望平川. 野水荒灣. 共尋春·飛步屛顏, 和風弄袖, 香霧縈鬟.
正酒酣時, 人語笑, 白雲間.
飛鴻落照, 相將歸去, 澹娟娟·玉宇清閒. 何人無事, 宴坐空山. 望長橋上,
鐙火亂, 使君還.

행향자
――사주태수와 함께 남산에 갔다가 저녁에 돌아와서――
북쪽으로 잔잔한 강물을 바라보니

---

36) 〈도연명의 〈고시를 본떠서〉에 화답하여(和陶〈擬古〉九首)〉 제3수《소식시집(蘇軾詩
集)》 권41].
37) 〈울고대(鬱孤臺)〉[《소식시집(蘇軾詩集)》 권45].

들판을 달리는 강의 물굽이가 황량했네.
둘이 함께 봄을 찾아
수척한 얼굴로 날 듯이 걷노라니
따스한 바람은 소매를 희롱하고
향긋한 안개는 머리를 휘감았네.
한창 술이 거나할 때
웃으며 얘기했네
흰 구름 사이에서.

기러기는 날아가고 석양은 뉘엿거려
함께 돌아오노라니
맑은 빛이 교교하고
옥 궁전이 고요했네.
누군가 할일 없는 사람이 있어
인적 없는 이 산에 앉아 바라봤다면
기다란 장교 위에
등불도 요란하게
태수가 돌아가는 모습이 보였겠네.

원풍 7년(1084) 사주지주(泗州知州) 유사언(劉士彦)과 함께 남산인 도량산(都梁山)에 올라가 봄경치도 구경하고 술을 마시며 담소도 하고 하다가 저녁 무렵에야 돌아왔는데 이 사는 그 때의 정취를 그린 것이다. 담담한 심경으로 자연을 즐기는 사인의 태도가 상당히 초연스럽게 느껴지며 근심의 흔적 같은 것은 찾아볼 수 없는 비교적 명랑한 분위기이다.

위의 사가 청광 풍격을 지닌 우정사라면 다음의 사는 보다 본격적으로
청광 풍격을 드러낸 철리사이다.

臨江仙

──夜歸臨皐──

夜飮東坡醒復醉, 歸來髣髴三更. 家童鼻息已雷鳴.

敲門都不應, 倚杖聽江聲.

長恨此身非我有, 何時忘却營營. 夜闌風靜縠紋平. 小舟從此逝,

江海寄餘生.

임강선

──밤에 임고정으로 돌아가──

동파에서 밤 술 마셔 깰 만하면 또 취하다가

돌아오니 아마도 삼경은 된 듯한데

아이는 벌써 우레같이 코를 골며 자고 있다.

대문을 두드려도 도통 대꾸가 없는지라

지팡이에 기대어 강물 소리 듣는다.

이 몸이 내 것 아님을 항상 한탄하거니와[38]

---

38) ≪장자(莊子)·지북유(知北遊)≫에 "순임금이 승에게 '도는 소유할 수 있습니까?' 하
고 묻자 승이 '임금님의 몸도 임금님의 소유가 아닌데 임금님이 어떻게 도를 소유할
수 있겠습니까?' 하고 대답했다. 순임금이 '내 몸이 내 소유가 아니라면 누가 그것을
소유합니까?'라고 하자 승이 '이는 천지가 형체를 위탁한 것입니다'라고 했다(舜問乎

안달복달하는 생활 언제 벗어나려나?
밤 깊어 바람 자니 비단 무늬 잔잔하다.
작은 배를 잡아타고 이곳을 떠나
강해에다 여생을 맡겨 보련다.

소식은 원풍 3년(1080) 5월부터 임고정(臨皐亭)에서 살았는데 원풍 5년
(1082)의 어느 날 그는 설당(雪堂)에서 밤늦게까지 술을 마시다가 삼경 무
렵에야 임고정으로 돌아갔다. 밤늦은 시간인지라 시중드는 아이마저 잠이
들어 문을 열어 주지 않자 그는 지팡이에 기대선 채 강물 소리를 들으면서
명상에 빠져 인생이 무엇인지 생각해 보았다. 이 사는 그의 이 명상의 과
정과 결과를 서술한 것이다. "이 몸이 내 것 아님을 항상 한탄하거니와,
안달복달하는 생활 언제 벗어나려나?(長恨此身非我有, 何時忘却營營?)"
를 통하여 사인은 자신이 세속적인 일의 부질없음을 깨닫기는 했으되 아
직은 세속적인 욕망에서 완전히 자유로워지지 못했음을 암시하고 있다.
그러나 어쨌든 그는 결국 세속적인 욕망을 버리고 강해에서 여생을 보냄
으로써 스스로 터득한 철리를 실천에 옮기기로 결심했음을 이 사는 보여
준다.

定風波
──三月七日, 沙湖道中遇雨, 雨具先去, 同行皆狼狽,

余獨不覺. 已而遂晴, 故作此.──

丞曰: '道可得而有乎?' 曰: '汝身非汝有也, 汝何得有夫道?' 舜曰: '吾身非吾有也. 孰
有之哉?' 曰: '是天地之委形也.')"라는 순임금과 승의 대화가 있다.

莫聽穿林打葉聲. 何妨吟嘯且徐行. 竹杖芒鞵輕勝馬. 誰怕.

一簑煙雨任平生.

料峭春風吹酒醒. 微冷. 山頭斜照却相迎. 回首向來蕭瑟處. 歸去.

也無風雨也無晴.

정풍파

──3월 7일 사호로 가는 도중에 비를 만났는데

우비를 가진 사람이 앞서 간지라 함께 간 사람들이 모두

낭패감을 느꼈으나 나만 유독 느끼지 못했다.

얼마 안 있어서 마침내 날이 개었기에 이것을 짓는다.──

숲을 뚫고 잎 때리는 빗소리를 듣지 마라.

소리 내어 읊조리며 천천히 걸은들 어떠랴!

대지팡이에 짚신이 말 탄 것보다 경쾌한데

무엇을 두려워하랴?

도롱이 쓰고 이슬비 속에 한평생을 맡기리라.

서늘한 봄바람이 술 기운을 날려 보내

몸이 약간 선득한데

산꼭대기 석양이 다시 나를 맞는다.

여태껏 서늘했던 곳을 되돌아보니

비가 돌아갔도다.

비바람만 있지도 않고 갠 날만 있지도 않도다.

원풍 5년(1082) 3월 7일 황주 교외의 사호(沙湖)라는 곳에 농토를 좀 사 두기 위하여 땅을 보러 가는 도중 갑자기 소나기가 내리자 일행들이 당황하여 어쩔 줄 몰라 했지만 소식은 별로 마음의 동요 없이 태연자약했다. '소나기는 금방 지나간다. 그리고 이 세상 어디에도 계속 비만 내리는 곳은 없다'는 것이 그의 평소 신념이었기 때문이다. 과연 그의 믿음은 적중했다. 이 사는 소나기가 내리다가 금방 그친 것을 계기로 인생에 항상 나쁜 일만 있지도 않고 항상 좋은 일만 있지도 않다는 자신의 인생 철학을 노래한 것으로 작품 속에 묘사되어 있는 초연한 마음가짐과 의연한 행동이 청려광달한 분위기를 물씬 풍긴다.

황주유배 시기에는 소식의 대표적 호방사로 일컬어지는 〈염노교(念奴嬌)〉(大江東去)가 지어졌고 그밖에도 〈남향자(南鄕子)〉(晚景落瓊杯)·〈만강홍(滿江紅)〉(江漢西來)·〈염노교(念奴嬌)〉(憑高眺遠)·〈수조가두(水調歌頭)〉(落日繡簾捲) 등 호방사의 범주에 넣을 수 있는 사도 상당수 있다는 사실이 주목할 만하다. 항주통판 시기에 시작하여 밀주·서주 시기를 거치며 조금씩 발전해 온 호방사가 이 시기에 이르러 정점에 달했다고 할 수 있다. 세속적인 욕심에서 벗어나 초연하고 자유분방한 삶을 누리고자 하는 그의 인생관과 드넓은 장강(長江)을 비롯한 황주 일대의 광활한 자연이 작품의 배경을 이루었기 때문에 다른 시기에 비해 호방사가 비교적 많았을 것으로 보인다.

완약사풍은 이 시기의 소식 사 가운데 약 4분의 1을 차지하는데, 특히 상실감과 좌절감에서 아직 벗어나지 못한 초기에 완약사가 많은 편이다.

제3절 │ 소결(小結)

　　이상에서 황주유배 시기 약 5년 동안의 소식 사를 살펴본 바, 정치적
시련에 따른 좌절과 실의를 노래한 사는 소수에 불과하고, 비교적 초연한
자세로 친구들과의 교우관계, 사물이나 자연경물의 아름다움, 어촌의 풍
경이나 어부들의 삶의 모습 등을 담담하게 그리면서 인생무상감이나 초월
의 의지를 곁들인 것이 많으며, 직접적으로 초월의 의지나 탈속적인 삶의
단면을 그린 것도 적지 않음을 알 수 있었다. 또 가기사(歌妓詞)도 꽤 있기
는 하지만 그것들은 대부분 이성에 대한 애틋한 사랑의 감정을 다룬 것이
아니고 친구의 어린 시녀들을 인격적으로 대하여 그녀들의 아리따운 자태
와 뛰어난 재능을 점잖고 진지하게 칭송한 것이라는 점에서 이전의 염정
사와는 구별된다고 할 수 있다.

　　제재면에서 이 시기의 소식 사는 항주통판 시기 및 밀주·서주 시기와
마찬가지로 우정사가 가장 큰 비중을 차지하여 약 3분의 1에 달한다. 이는

비율적으로 항주통판 시기의 2분의 1보다는 적고 밀주·서주 시기의 4분의 1보다는 많은 것인데 친구와의 만남·헤어짐·그리움이 창작동기임에도 불구하고 감정의 동요가 적으며 탈속적이고 초연한 태도를 자주 내비친다. 또 직접적으로 초월의 의지를 표방하거나 탈속적인 삶의 단면을 그린 사도 약 4분의 1이라는 큰 비중을 차지한다.

풍격은 제재의 지배를 받기 때문에 이 시기의 소식 사는 청광 풍격의 작품이 대부분이다. 완약 풍격과 호방 풍격의 작품은 비교적 적은 편으로 약 10분의 1이 호방풍격에 속하고 약 4분의 1이 완약 풍격에 속한다고 하겠다. 장강(長江) 주변의 광활한 배경에 힘입어 이 시기에는 호방사의 수가 이전에 비해 꽤 늘어나기는 했지만 호방한 정도로 말한다면 결코 이전보다 발전했다고 볼 수 없다. 예컨대, 이 시기에 지어진 〈염노교(念奴嬌)〉(大江東去)는 배경이 광활하고 우국충정이 담겨 있는 그의 대표적 호방사이지만[39] 밀주·서주 시기에 지어진 〈강성자(江城子)〉(老夫聊發少年狂)에 비해 호방한 정도가 떨어진다. 그것은 이 사에 현실을 부정하는 탈속적이고 소극적인 그의 인생관이 반영되어 있기 때문이라고 생각된다.[40] 완약 풍격의 사는 그 비중이 항주통판 시기의 3분의 2는 물론 밀주·서주 시기의 3분의 1보다 적어졌을 뿐만 아니라 각 작품의 완약한 정도도 이전에 비해 약해졌으므로 전체적으로 보아 완약 풍격이 매우 약화

---

39) 극단적인 예로 명나라 사람 유언(兪彦)은 ≪원원사화(爰園詞話)≫에서 "그의 호방사는 역시 〈염노교(念奴嬌)〉(大江東去) 한 수뿐이다(其豪放亦止〈大江東去〉一詞)"라고 하여 이 사를 소식의 유일한 호방사로 보았다. 제1장 주51 참조.
40) "옛날의 그 나라로 내 마음은 달려가나니, 정이 많아 흰 머리가 일찍 났다고, 틀림없이 나를 보고 웃어 대겠지. 이 세상은 꿈같은 것, 강 속의 달에게 술이나 따르는 게 낫겠지(故國神遊, 多情應笑我, 早生華髮. 人生如夢, 一樽還酹江月)"와 같은 구절이 그 예이다.

되었다고 할 수 있다.

　요컨대, 정치적으로 커다란 역경에 처해 있었던 황주유배 시기에 소식은 그 좌절감과 상실감을 일찌감치 극복하고 불교사상과 도가사상에서 비롯된 탈속적 인생관을 견지하여 비교적 초연한 삶의 자세를 취했는데, 이것은 그의 사에 반영되어 제재면에서 간접적으로 초월의지를 내비치거나 직접적으로 초월의지 또는 초탈한 삶의 모습을 그린 것도 상당히 많으며, 따라서 풍격면에 있어서도 청광 풍격이 압도적인 지위를 차지한다.

제5장

항주지주(杭州知州)
시기의 사풍

항주지주(杭州知州) 시기의 사풍

원풍 8년(1085) 3월에 신종이 승하하고 어린 철종이 즉위하면서 조모인 선인태후(宣仁太后)가 섭정하게 되었을 때, 소식은 그의 인품과 재능을 극도로 아끼던 선인태후에 의하여 그해 6월에 당장 조봉랑(朝奉郎)으로 복직됨과 동시에 지등주군주사(知登州軍州事), 즉 등주지주에 임명되었 다. 그리고 등주[지금의 산동성(山東省) 봉래(蓬萊)]에 도착한 지 5일 만인 10월 20일에는 다시 예부낭중(禮部郎中)에 임명되어 조정으로 들어갔다. 이로써 왕안석(王安石, 1021-1086) 일파와의 정치적 갈등으로 위기의식을 느낀 나머지 지방관을 자청하여 항주통판(杭州通判)으로 부임한 희령 4년 (1071) 이래의 15년이라는 오랜 지방관 생활과 유배 생활이 끝나고 다시 조정으로 복귀한 것이었다. 곧이어 철종 원우 원년(1086) 3월에 그는 중서 사인(中書舍人)이 되었고 8월에는 또 한림학사지제고(翰林學士知制誥)가 되어 원우 4년(1089) 2월까지 지냈으니 이때가 그의 정치 생애에 있어서 가장 득의한 시기였던 셈이다.

그러나 옳지 않은 일을 적당히 보아 넘기지 못하는 소식의 경사(京師) 생활은 오래 가지 못했다. 원풍 8년(1085)에 문하시랑(門下侍郎)이 된 사마광(司馬光, 1019-1086)이 보갑법(保甲法)·방전균세법(方田均稅法)·시역법(市易法)·보마법(保馬法) 등의 신법을 폐지하고 이듬해에도 계속하여 청묘법(靑苗法)과 면역법(免役法)을 폐지하는 등 신법을 완전히 폐지해 버리려고 하자 소식은 신법 중에도 면역법 같은 것은 보존할 가치가 있다고 고집하여 사마광과의 사이에 감정 대립을 초래했다. 그리고 사마광이 죽은 뒤 보수파가 촉파(蜀派)·낙파(洛派)·삭파(朔派)로 나누어지고 이들 사이에 분쟁이 일어났는데 그중에도 낙촉(洛蜀) 양파는 작은 일에도 사사건건 서로 치고받았다. 이러한 정계의 분위기에 싫증을 느낀 소식은 다시금 지방관을 자청하여 원우 4년(1089) 3월에 지항주군주사(知杭州軍州事), 즉 항주지주에 임명되어 그해 7월에 항주에 도착했다. 희령 7년(1074) 8월 항주통판의 임기를 마치고 떠난 이후 15년 만에 다시 항주로 돌아간 것이었다. 이로부터 한림학사승지(翰林學士承旨)가 되어 다시 경사로 들어간 원우 6년(1091) 2월까지 1년 반 남짓 항주에 머물면서 그는 범람을 방지하기 위해 서호(西湖)를 준설하는 등 많은 업적을 남겼다. 이때 서호 준설로 생긴 퇴적물이 쌓여서 만들어진 제방이 바로 서호십경(西湖十景) 가운데 소제춘효(蘇堤春曉)의 현장인 소제이다.

오대시안(烏臺詩案)으로 인하여 황주(黃州)로 유배되었을 때 그는 처음 한동안 좌절감에 빠져 있었지만 얼마 지나지 않아 곧 이를 극복하고 마음의 안정을 회복했다. 그리하여 당시의 그의 사에 좌절과 실의를 노래한 것은 소수에 불과하고 비교적 초연한 자세로 친구들과의 교우관계, 사물이나 자연 경물의 아름다움, 어촌의 풍경이나 어부들의 생활상 등을 담담하게 그리면서 인생무상감 또는 초월의 의지를 곁들여 노래했으며 직접적으로 초월의 의지 또는 탈속적인 삶의 모습을 그린 것도 적지 않았다. 이처럼 죽을 고비를 넘긴 경험도 있고 오랜 유배 생활도 견뎌 낸 소식인 만큼 이번에 다시 조정을 떠나 지방으로 밀려나는 것이 별로 마음 아픈 일이 아니었을 가능성이 크다. 어쩌면 정쟁의 소용돌이에서 벗어나 천당에 비견될 만큼 경치도 좋고 물자도 풍부한 항주에서 지내게 된 것을 오히려 다행으로 생각했을지도 모른다. 그리고 이것이 사실이라면 이 기간 동안 그는 감정의 동요가 별로 없었을 것이고 그것은 궁극적으로 이 시기 소식 사의 성격을 결정하는 주요한 요인이 되었을 것이라고 유추할 수 있다.

이 장에서는 이 시기의 소식 사 23수를 대상으로 항주지주로 재임한 이 1년 반, 즉 항주지주 시기의 소식 사가 어떠한 면모를 지니고 있는지를 확인해 보고자 한다.

제1절 | 항주지주 시기의 제재별 사풍

먼저 이 시기 소식 사의 제재를 살펴보면 친구와의 만남과 헤어짐에서 비롯되는 갖가지 감정을 노래한 우정사, 명절을 맞아 일어나는 색다른 감회를 노래한 절서사(節序詞), 자연물의 아름다움을 묘사한 영물사와 서경사 등이 있다. 이 사 작품들 가운데 약간의 향수가 배어 있는 작품은 2~3수 있지만 본격적으로 귀전의 의지나 초월의 의지를 표명한 작품은 거의 없다. 그리고 아리따운 목소리로 이성에 대한 사랑의 감정을 노래한 염정사(艶情詞)나 격앙된 목소리로 나라와 백성에 대한 사랑을 부르짖은 우국사(憂國詞)는 1수도 없다.

이 시기의 소식 사 23수 가운데 절반을 차지하는 우정사는 다시 만남의 기쁨을 노래한 것, 이별의 아쉬움을 노래한 것, 헤어진 뒤의 그리움을 노래한 것 등으로 나누어지는데 이 가운데 이별의 아쉬움을 노래한 것이 대부분을 차지한다.

漁家傲

——送吉守江郎中——

送客歸來鐙火盡. 西樓淡月凉生暈. 明日潮來無定準. 潮來穩.

舟橫渡口重城近.

江水似知孤客恨. 南風爲解佳人慍. 莫學時流輕久困. 頻寄問.

錢塘江上須忠信.

어가오

——길주태수 강 낭중을 전송하고——

손님 보내고 돌아오니 등불은 꺼져 가고

서쪽 누각의 희미한 달은 서늘하게 무리를 짓네요.

내일 조수가 밀려오는 데 정해진 시간은 없겠지만

조수가 밀려 온 뒤 다시 잔잔해지면

배는 나루에 떠 있고 겹친 성은 가깝겠군요.

강물도 나그네 한을 아는 듯하고

남풍도 가인의 화를 풀어 줄 줄 알겠지요.

오랜 곤경을 경시하는 시류를 본보려 하지 말고

소식 자주 보내시고

전당강에선 최선을 다하고 믿음을 가져야 해요.

길쥐[吉州, 지금의 강서성(江西省) 길안(吉安)] 지주로 부임해 가는 도중
에 소식에게 잠시 들른 강공저(江公著)를 전송하고 저녁 늦게 돌아오면서

그 감회를 읊은 것이다. 상편 제2구의 "서늘하게 무리를 짓네요(涼生暈)"가 작품의 배경을 다소 썰렁하게 만들고 있고 하편 첫 구절에서 나그네의 신세를 "나그네 한(孤客恨)"으로 표현함으로써 나그네 신세에 대한 자신의 관점이 약간은 부정적임을 내비치고 있기는 하지만 송별사가 일반적으로 지니는 우울하고 슬픈 정조는 지니고 있지 않아 당시 소식의 심경이 비교적 담담한 상태였음을 엿보게 한다. 이것을 항주통판으로서 역시 항주에 있을 때 지은 10여 년 전의 작품과 비교해 보면[1] 그의 심리상태가 많이 달라져 있음을 알 수 있다..

定風波

——送元素——

今古風流阮步兵. 平生遊宦愛東平. 千里遠來還不住. 歸去.

空留風韻照人淸.

紅粉尊前添懊惱. 休道. 如何留得許多情. 記取明年花絮亂. 看泛.

西湖總是斷腸聲.

정풍파

——양원소를 전송하며——

고금의 풍류객인 보병교위 완적이

평생의 임지 중에 동평을 가장 좋아한 것처럼

천 리 먼 길 오셨다가 머물지 않고

---

1) 본문 62쪽 참조.

되돌아가시면서
풍취만 남겨 남은 사람 맑게 비추게 하는군요.

발갛게 분 바른 가인이 술잔 앞에서 오뇌에 빠졌으니
말씀하지 마셔요
어찌하면 많은 정을 남길 수 있을까를.
기억하셔요 내년에 꽃과 버들개지 흩날릴 때
배 뜨는 것을 보면
서호에 여기저기 애끊는 소리 날 것임을.

이 사는 진양(陳襄)의 후임으로 항주지주로 부임해 온 양회(楊繪)가 3개월 만에 다시 조정으로 소환되어 갈 때 그를 전송하여 지은 것으로 감정의 색채가 상당히 노골적으로 드러나 있음을 볼 수 있다. 특히 "천 리 먼 길 오셨다가 머물지 않고(千里遠來還不住)", "발갛게 분 바른 가인이 술잔 앞에서 오뇌에 빠졌으니(紅粉尊前添懊惱)", "서호에 여기저기 애끊는 소리 날 것임을(西湖總是斷腸聲)" 등의 구절은 ≪화간집(花間集)≫이나 ≪악장집(樂章集)≫에서 흔히 볼 수 있는 그런 구절들이다.

虞美人
────送馬中玉────

歸心正似三春草. 試著萊衣小. 橘懷幾日向翁開. 懷祖已瞋文度 · 不歸來.

禪心已斷人間愛. 只有平交在. 笑論瓜葛一杯同. 看取靈光新賦 · 有家風.

우미인

──마중옥을 전송하며──

돌아가는 마음이 꼭 봄철의 풀과 같아

노래자의 작은 옷을 입어 보셨겠군요.[2]

귤 품은 가슴을 며칠 뒤면 어버이께 열 것인데[3]

문도가 돌아오지 아니한다고

회조는 이미 화가 많이 나셨겠군요.[4]

참선으로 편한 마음 세속의 사랑은 이미 끊고

오로지 담담한 교유만 있는지라

바둑판에서 엉킨 것과 같을 뿐이라고 웃는군요.[5]

---

2) 춘추시대(春秋時代) 초(楚)나라의 이름난 효자였던 노래자(老萊子)는 자신의 나이가
70세임에도 불구하고 부모님을 기쁘게 해 드리기 위하여 색동옷을 입고 재롱을 피웠
다. 당(唐) 구양순(歐陽詢)의 ≪예문유취(藝文類聚)≫ 권20에 인용된 ≪열녀전(列女
傳)≫ 참조.

3) 후한(後漢) 사람 육적(陸績)이 여섯 살 때 원술(袁術)의 집에 갔더니 원술이 그에게
귤을 주었다. 육적이 그 가운데 세 개를 어머니께 갖다 드리기 위하여 품속에 감추어
두었다. 나중에 하직 인사를 하기 위하여 절을 하는 바람에 그만 귤이 바닥으로 떨어
져 육적이 당황했는데 원술이 그 까닭을 알고 오히려 기특하게 여겼다. ≪삼국지(三
國志)·육적전(陸績傳)≫ 참조.

4) ≪진서(晉書)·왕술전(王述傳)≫에 "왕탄지[자(字): 문도(文度)]가 환온의 장사가 되
었을 때 환온이 자기 아들을 위해 왕탄지 집안에 청혼하고 싶어 했다. 왕탄지가 집으
로 돌아가 부친을 찾아 뵙자 왕술[자(字): 회조(懷祖)]이 왕탄지를 사랑하여 비록 장성
했지만 여전히 안아서 무릎 위에 올려놓았다. 왕탄지가 그 김에 환온의 뜻을 말했더니
왕술이 대노하여 얼른 밀쳐서 밑으로 내려놓았다.……이에 왕탄지가 다른 이유를 대
어서 사절했다(坦之爲桓溫長史, 溫欲爲子求婚於坦之. 及還家省父, 而述愛坦之, 雖
長大, 猶抱置膝上. 坦之因言溫意, 述大怒, 遽排下.……坦之乃辭以他故)"라는 일화
가 소개되어 있다.

5) 진(晉)나라 사람 왕도(王導)는 아들 왕열(王悅)을 매우 사랑했는데 함께 바둑을 둘
때는 "서로 얽히고설켰는데 내가 어떻게 너를 위할 수 있겠느냐?"라고 하면서 양보하

새로 지은 그대의 〈영광전부〉를 읽어 보니[6]
그 속에 가풍이 스며들어 있군요.

  자기 자신이 일흔 살의 고령임에도 불구하고 어버이를 즐겁게 해 드리기 위하여 색동옷을 차려입고 재롱을 부렸다는 노래자(老萊子) 이야기, 여섯 살의 어린 나이에 어머니께 갖다 드리기 위하여 원술(袁術)이 준 귤 가운데 세 개를 품 안에 감추어 두었다가 들켰다는 육적(陸績)의 회귤고사(懷橘故事), 어른이 된 아들을 무릎에 앉혀 놓고 이야기를 나눌 정도로 정다웠던 왕술(王述) 부자 이야기, 아들을 지극히 사랑하면서도 바둑을 둘 때는 양보하지 않고 치열하게 겨루었다는 왕도(王導) 부자의 지극히 인간적인 이야기, 아들이 지은 〈노영광전부(魯靈光殿賦)〉를 보고 흐뭇해져서 자신은 붓을 놓고 말았다는 왕일(王逸) 부자 이야기 등 어버이와 자식 사이에 얽힌 정겨운 이야기를 다섯 가지나 비유로 들어서 마감[馬瑊, 자(字): 중옥(中玉)]의 심경을 헤아려 보거나 그의 부친의 마음을 추측해 보기도 하고, 나아가 미래의 다정한 부자관계를 상정해 보기도 하면서 마감의 귀향을 축복한 사이다. 부모와 자식이 오순도순 모여 사는 평범한 가정생활에 대한 동경이 행간에 서려 있음이 느껴지기는 하지만 전체적으

지 않았다. 《진서(晉書)·왕열전(王悅傳)》 및 《세설신어(世說新語)·우스갯소리(排調)》 참조.
6) 《문선(文選)》 권11에 후한 사람 왕연수[王延壽, 본명: 왕문고(王文考)]의 〈노영광전부(魯靈光殿賦)〉가 수록되어 있는바, 영광전(靈光殿)은 한나라 경제(景帝)의 아들인 노나라 공왕(恭王) 유여(劉餘)가 세운 궁전이다. 왕일(王逸)이 〈노영광전부(魯靈光殿賦)〉를 짓기 위하여 아들 왕연수에게 노나라로 가서 그 모습을 기록해 오게 했더니 왕연수가 부를 지어 와서 보여 주었는데 왕일이 더 보탤 것이 없다고 하면서 새로 짓지 않았다. 부간(傅幹), 《주파사(注坡詞)》 권8 참조.

로 보면 역시 이별의 슬픔 같은 것은 찾아 볼 수도 없는 담담하고 초연한
작품이라고 할 수 있다.

臨江仙

——送錢穆父——

一別都門三改火, 天涯踏盡紅塵. 依然一笑作春溫.

無波眞古井, 有節是秋筠.

惆悵孤帆連夜發, 送行淡月微雲. 尊前不用翠眉顰. 人生如逆旅,

我亦是行人.

임강선

——전목보를 전송하며——

도성문을 떠나온 뒤 불이 세 번 바뀌어

천애에서 홍진을 다 밟았건만

웃음으로 봄 온기를 짓는 것은 여전하군요.

파란이 없기는 정말로 오래된 우물이요

절개가 있기는 가을철의 대나무군요.

서글픈 외로운 배 밤을 도와 떠나가면

희미한 달과 엷은 구름이 배웅해 드릴 테니

술 앞에서 눈썹을 찌푸릴 필요 없어요.

인생이란 여관 같고

우리 또한 잠시 묵는 행인이지요.

월주지주(越州知州)의 임기를 마치고 북쪽으로 돌아가던 전협[錢勰, 자 (字): 목보(穆父)]이 항주를 지나면서 소식에게 들렀다가 떠날 때 지은 이 사 역시 인간의 만나고 헤어짐을 담담하게 생각하는 그의 태도를 잘 보여 주고 있다. 특히 마지막의 "인생이란 여관 같고, 우리 또한 잠시 묵는 행인 이지요(人生如逆旅, 我亦是行人)"는 당시 인생에 대한 그의 태도가 어떠 했는가를 여실히 보여 주고 있다.

이별의 상태가 오래되면 그리움이 생긴다. 이별의 슬픔이 순간적이면 서 강렬한 아픔이라면 그리움은 지속적이면서 아련한 아픔이다. 그리움을 낳는 감정적 결핍은 이별의 슬픔을 낳는 감정적 결핍만큼 강렬하지 않기 때문에 그리움은 금방 작품으로 형상화되지는 않는다. 그러나 얼마간의 시간이 지나면 이 역시 창작의 동기로 작용한다. 이 시기의 소식 사 가운 데 친구에 대한 그리움을 노래한 추억사는 3수 정도로 송별사의 3분의 1에 불과하다.

臨江仙
——疾愈登望湖樓贈項長官——
多病休文都瘦損, 不堪金帶垂腰. 望湖樓上暗香飄.
和風春弄袖, 明月夜聞簫.
酒醒夢回淸漏永, 隱床無限更潮. 佳人不見董嬌嬈. 徘徊花上月,
空度可憐宵.

임강선
——병이 나은 뒤 망호루에 올라가서 항 현령에게——

병 많은 이 심휴문은 몸이 잔뜩 여위어
허리에 드리운 황금 띠도 이겨 내지 못합니다.
망호루 위에 그윽한 향기가 나부끼더니
따스한 바람이 봄을 맞아 소매를 희롱하고
밝은 달이 밤을 맞아 통소 소리를 듣습니다.

술도 깨고 꿈도 깨면 물시계 소리 똑똑 나고
침대에 누워 있노라면 조수 소리 자꾸 들리겠군요.
동교요 같은 가인을 보지 못한 채
달님은 꽃 위에서 배회하는데
좋은 밤을 헛되이 보내겠군요.

병석에서 일어난 뒤 모처럼 항주 서호 가에 있는 망호루에 올라가 항 (項) 현령(縣令)을 그리며 지은 이 사는 앓고 난 뒤에 어쩔 수 없이 찾아오는 약간의 심약함이 없지 않음에도 불구하고 대체로 밝고 경쾌한 정조를 지니고 있다고 할 수 있다. 자신의 근황을 상대방에게 알리는 것을 주된 내용으로 하고 마지막 세 구절에 가서야 비로소 상대방의 근황을 상상해 보는 형식으로 친구에 대한 그리움을 드러낸 만큼 그것이 변하여 병이 될 정도로 애틋한 그리움과는 거리가 있다. 항주지주 시기에는 추억사 역시 항주통판 시기의 그것에 비해[7] 그리움의 강도가 매우 약해져 있음을 알 수 있다.

---

7) 본문 51쪽 참조.

行香子

————丹陽寄述古————

攜手江村. 梅雪飄裙. 情何限·處處消魂. 故人不見, 舊曲重聞.

向望湖樓, 孤山寺, 湧金門.

尋常行處, 題詩千首, 繡羅衫·與拂紅塵. 別來相憶, 知是何人. 有湖中月,

江邊柳, 隴頭雲.

행향자

————단양에서 술고에게————

강마을에서 손잡을 때

매화 눈이 바지에 휘날렸지요.

정이란 끝없는 것

가는 곳마다 그리움에 정신이 아찔하군요.

옛 친구는 안 보이지만

옛날의 그 곡조는 또다시 들리나니

망호루

고산사

그리고 용금문을 바라보고 섰겠군요.

늘 가던 곳에

써 놓은 시 천 수는

수놓은 비단 적삼으로

먼지를 닦아 주겠지요.

헤어진 뒤 이처럼 그리움에 빠지나니
이것을 아는 사람 누구일까요?
호수 속의 저 달과
강가의 버드나무
그리고 언덕 위의 구름이지요.

이 사는 희령 7년(1074) 정월 항주통판으로 재임 중이던 소식이 잠시 단양으로 출장을 갔을 때 항주에 있는 항주지주 진양을 그리며 지은 것이다. 잠시 동안 항주를 떠나 있었는데도 그 사이에 이처럼 그리움이 사무친 것을 보면 15년 전의 소식은 지금의 소식과 심리상태가 사뭇 달랐음을 확인할 수 있다.

한유(韓愈, 768-824)는 "대체로 사물은 평형을 잃으면 소리를 낸다"[8]라고 했거니와 사람의 마음도 기쁘거나 슬퍼서 평형을 잃으면 어떻게든 그것을 표출하려는 경향이 있다. 그것은 시나 문장이 될 수도 있고 노래나 춤이 될 수도 있다. 그리고 때로는 그림이 될 수도 있다. 그러나 구양수(歐陽修, 1007-1072)가 "세상에 전해지는 시는 옛날 곤궁한 사람의 말에서 나온 것이 많다"[9]라고 한 것은 무엇 때문인가? 그것은 기쁨은 슬픔에 비해 읽는 사람의 마음을 움직이는 힘이 약하기 때문에 많은 사람을 감동시키기 힘들고, 또한 기쁨은 슬픔에 비해 마음의 평형을 깨뜨리는 정도가 작기 때문에 작자의 시심(詩心)을 자극하여 창작동기를 부여하는 일도 적기 때문이다. 그러므로 이 시기의 소식 사 가운데 만남의 기쁨을 노래한 사가

---

8) 제2장 주7 참조.
9) "蓋世所傳詩者, 多出於古窮人之辭也."[〈매성유시집서(梅聖兪詩集序)〉].

오직 1수뿐인 것도 당연하다고 하겠다.

定風波

——余昔與張子野·劉孝叔·李公擇·陳令擧·楊元素會於吳興.

時子野作〈六客詞〉, 其卒章云: "見說賢人聚吳分. 試問. 也應旁有老人星."

凡十五年, 再過吳興, 而五人者皆已亡矣.

時張仲謀與曹子方·劉景文·蘇伯固·張秉道爲坐客,

仲謀請作〈後六客詞〉云.——

月滿苕溪照夜堂. 五星一老鬪光芒. 十五年間眞夢裏. 何事.

長庚配月獨凄涼.

綠髮蒼顔同一醉. 還是. 六人吟笑水雲鄕. 賓主談鋒誰得似. 看取.

曹劉今對兩蘇張.

정풍파

——나는 옛날에 장자야·유효숙·이공택·진영거·양원소와
오흥에서 만났는데 당시 장자야가 〈육객사〉를 지어 그 마지막 장에서
"듣자하니 어진 이들 오흥 땅에 모였다는데, 어디 한번 물어 보자,
그 옆에 노인성도 있어야 하는지를"이라고 했다. 15년이 지난 지금
다시 오흥에 들르니 다섯 사람은 이미 없어졌다.

장중모와 조자방·유경문·소백고·장병도가 좌객이 되었는데
장중모가 나에게 〈후육객사〉를 지을 것을 청했다.——

초계를 메운 달이 전당을 비추는 밤

오성과 노인성이 다투어 빛을 내누나.

십오 년 세월이 정말 꿈만 같나니

무슨 일로

태백성은 달을 보며 홀로 처량하였나?

검은 머리와 창백한 얼굴이 함께 취하여

예전처럼 여전히

여섯 명이 물의 고장에서 읊고 웃고 하나니

주객간의 이 말발을 누가 흉내내겠나?

조씨와 유씨가 지금

두 소씨와 장씨를 마주하고 있구나.

희령 7년(1074) 항주통판에서 밀주지주로 전임해 가는 도중 소식은 장선[張先, 자(字): 자야(子野)]·유술[劉述, 자(字): 효숙(孝叔)]·이상[李常, 자(字): 공택(公擇)]·진순유[陳舜兪, 자(字): 영거(令擧)]·양회[楊繪, 자(字): 원소(元素)] 등과 함께 송강(松江)의 수홍정(垂虹亭)에서 노닌 적이 있다. 장선이 이때의 감회를 그린 〈정풍파령(定風波令)〉을 지었으니 이것이 이른바 〈육객사〉이다. 그 뒤 15년 만에 소식은 다시 오흥[吳興, 지금의 절강성(浙江省) 호주(湖州)]을 지나면서 호주지주(湖州知州) 장순[張詢, 자(字) 중모(仲謀)]의 청으로 장선의 〈육객사〉를 본떠서 이 사를 지었으니 이것이 이른바 〈후육객사〉이다. 이 사에서 그는 옛날의 육객 가운데 자신을 제외한 나머지 다섯 사람이 없어진 것에 대한 아쉬움과 함께 새로 형성된 후육객에 대한 만남의 기쁨을 노래했다. 하편 전체에 걸쳐 만남의 기쁨이 상당히 진하게 배어 있음을 느낄 수 있다.

계절의 변화는 시간의 흐름을 감지할 수 있는 중요한 계기가 된다. 그것은 한동안 잊고 지내던 시간의 흐름을 눈으로 확인시켜 주는 요인이 되기 때문이다. 더구나 계절마다 정해져 있는 각종 명절은 시간의 흐름을 깨닫게 할 뿐만 아니라 객지생활을 하는 사람에게는 자신이 고독한 존재임을 확인하는 계기가 되기도 한다. 명절에 때맞추어 지어진 작품이 많은 것은 이 때문이다. 이 시기의 소식 사 가운데 명절을 맞은 감회를 노래한 절서사는 모두 5수로 단오절과 중양절을 노래한 것이 각각 2수이고 칠석을 노래한 것이 1수이다.

點絳唇
──己巳重九和蘇堅──
我輩情鍾, 古來誰似龍山宴. 而今楚旬. 戲馬餘飛觀.
顧謂佳人, 不覺秋强半. 箏聲遠. 鬢雲撩亂. 愁入參差鴈.

점강순
──기사년 중양절에 소견에게 화답하여──
우리네 속인들의 정이 넘친 일이야
예로부터 그 무엇이 용산 잔치 같으리오?
그리고 지금도 초나라 도성 교외의
희마대에 나는 듯한 누각이 넘쳐 나겠지요.

옆에 있는 가인을 돌아보면서
어느새 가을이 반 넘게 지났다 할 제

쟁 소리는 아련하고
구름 같은 살쩍은 어지러운데
비스듬한 기러기발에 근심이 스미네요.

상편에서는 진(晉)나라 정서장군(征西將軍) 환온(桓溫)이 용산(龍山)에
서 자신의 막료들을 위하여 중양절 잔치를 베풀었을 때 그의 참군(參軍)이
던 맹가(孟嘉)가 바람에 모자가 날아가는 것도 모른 채 흔쾌하게 놀았다는
이야기와 송(宋) 무제(武帝)가 중양절날 빈객을 데리고 서주(徐州)의 희마
대(戲馬臺)에 올라가 시를 지으며 놀았다는 이야기 등 중양절에 얽힌 일화
를 제시하여 비교적 도도한 중양절의 분위기를 고조시키는 데 성공했지
만, 하편에서는 시간의 흐름 앞에 어쩔 수 없이 수심에 찬 모습을 드러내고
말았다.

그러나 이것은 이 시기의 절서사 가운데 감상적인 색채가 가장 짙은
작품이고 다른 절서사에는 이것처럼 강하게 감상적 색채가 드러나 있지
않다. 특히 다음의 〈남가자(南歌子)〉는 이러한 감상에서 완전히 자유로워
진 작품이다.

南歌子
────杭州端午────

山與歌眉斂, 波同醉眼流. 游人都上十三樓. 不羨竹西歌吹·古揚州.

菰黍連昌歜, 瓊彝倒玉舟. 誰家水調唱歌頭. 聲繞碧山飛去·晚雲留.

남가자

—————항주의 단오—————

청산은 노래하는 이의 눈썹과 더불어 찡그려져 있고

물결은 술 취한 이의 눈빛과 함께 흐르는 이곳

유람객들 너도나도 십삼루에 오르나니

죽서정에서 노래하고 피리를 불었다는

그 옛날의 양주가 부럽지 않네.

줄 잎에 싼 기장밥과 창포절임을 먹고

옥으로 만든 술병을 옥 받침대 위에서 기울이는데

뉘 집에서 〈수조가〉의 첫머리를 부르는가?

그 소리가 푸른 산을 한 바퀴 돌고 날아가니

지나가던 저녁 구름이 멈추어 서네.

절서사이면서도 시간의 흐름에 대한 안타까운 심정이나 타향생활에 대한 싫증에서 오는 향수와 같은 감상적인 정서는 전혀 나타나 있지 않다. 너도나도 전당문(錢塘門) 밖에 있는 십삼루10)에 올라가 봄경치를 구경하고 줄풀에 싼 기장밥과 창포절임을 먹으며 더러는 술도 마시고 노래도 부르는 항주 사람들의 단오절 풍습을 묘사했을 뿐이다.

범상치 않은 사물이나 자연경관 역시 작자의 시심을 움직이는 주요한

---

10) 십삼루(十三樓) 또는 십삼간루(十三間樓)는 송나라 때의 항주 명승으로 송나라 사람 잠열우(潛說友)의 ≪함순임안지(咸淳臨安志)≫ 권32 〈십삼간루(十三間樓)〉에 "전당 문 밖의 대불두(大佛頭) 남선석산(纜船石山) 뒤에 있다. 동파가 항주태수로 재임할 때 자주 그 위에 올라가서 놀았다. 지금은 상엄원(相嚴院)이다(在錢塘門外, 大佛頭纜 船石山後. 東坡守杭日, 多遊處其上. 今爲相嚴院)"라는 설명이 있다.

요인 중의 하나이다. 이 시기의 영물사로는 여지(荔支)를 읊은 것 1수와
서향화(瑞香花)를 읊은 것 2수가 있다.

減字木蘭花

──西湖食荔支──11)

閩溪珍獻. 過海雲帆來似箭. 玉坐金盤. 不貢奇葩四百年.

輕紅釀白. 雅稱佳人纖手擘. 骨細肌香. 恰是當年十八娘.

감자목란화

──서호에서 여지를 먹으며──

민계의 보배로운 헌상품을 가득 싣고

바다 건너 돛단배가 화살처럼 달렸는데

옥으로 만든 자리에 금 쟁반으로

진기한 꽃을 안 바친 지 사백 년이 되었구나.

불그레한 껍질에 새하얀 과육

가인의 고운 손으로 쪼개야 한다고들 하더니

---

11) 주조모(朱祖謀)의 ≪강촌총서(疆村叢書)≫본 ≪동파악부(東坡樂府)≫와 용유생(龍
楡生)의 ≪동파악부전(東坡樂府箋)≫에는 이 사가 미편년사(未編年詞)로 분류되어
있는데 조수명(曹樹銘)이 첫머리 두 구절에 나타난 지리형세에 근거하여 항주통판 시
기 또는 항주지주 시기의 작품으로 판단하고 일단 항주지주로 재임 중이던 원우 5년
(1090)에 편입했다. 소식은 소성 2년(1095) 4월에 혜주(惠州)에서 처음으로 여지를 먹
어 보고 〈4월 11일에 여지를 처음 먹어 보고(四月十一日初食荔支)〉라는 시를 지었는
데, 이 시에서 그는 스스로 혜주에 가서 처음으로 여지를 먹어 보았다고 했으므로 여지
를 먹어 본 감회를 노래한 이 사 역시 혜주 서호에서 지었을 가능성이 크지만 일단
조수명의 편년을 따랐다.

가느다란 뼈대와 향내 나는 살결이
한창 좋은 시절의 십팔낭과 꼭 같구나.

  상편에서 옛날에 여지가 수송되던 과정과 진상품으로 사용되던 역사적
배경을 설명하고, 하편에서 여지의 생김새를 애정 어린 눈으로 바라보며
그것을 의인화하여 섬세하게 묘사해 놓았다. 그러나 여지를 빌려 소식 자
신의 감개를 기탁하지는 않았다.

西江月

——寶雲眞覺院賞瑞香——

公子眼花亂發, 老夫鼻觀先通. 領巾飄下瑞香風. 驚起謫仙春夢.

后土祠中玉蕊, 蓬萊殿後輕紅. 此花淸絶更纖穠. 把酒何人心動.

서강월

——보운사 진각원에서 서향화를 구경하며——

공자는 어지러이 안화가 피고

늙은이는 콧구멍이 먼저 뚫렸다.

목도리에서 솔솔 서향 바람이 내려와

적선의 봄꿈을 놀라 깨게 하겠네.

후토부인 사당에 옥 같은 꽃이 있고

봉래전 뒤편에 정홍이 있다지만

이 꽃은 청아하고 더욱더 농염하여

술잔 잡고 누군가가 마음이 설렌다네.

당나라 현종이 친왕과 바둑을 두고 있을 때 양귀비(楊貴妃)의 머리에
두르는 수건이 궁중 악사인 하회지(賀懷智)에게 떨어져 그 향기가 온몸에
배었다는 이야기, 현종이 침향정(沈香亭)에서 양귀비를 데리고 모란을 구
경하다가 술에 취한 이백(李白)을 데려다 물을 끼얹어 깨운 다음 ≪청평악
(淸平樂)≫ 3수를 짓게 했다는 이야기, 양주(揚州) 후토부인(后土夫人)의
사당에 있는 경화(瓊花) 즉 옥예(玉蕊)가 천하에 둘도 없다는 사실, 봉래전
(蓬萊殿) 뒤편에 가죽 허리띠와 같은 색깔의 아름다운 모란인 정홍(輕紅)
이 핀다는 사실 등을 끌어다 코를 간질이는 서향화의 향기와 눈을 현혹하
는 서향화의 자태를, 마치 눈앞에 두고 직접 보고 있는 것처럼 생동감 있게
묘사했다. 그러나 이것 역시 서향화 자체의 아름다움을 그려 내고자 했을
뿐 그것을 빌려 자신의 생각을 담아내고자 한 것이라고 볼 수는 없다.

영물사에 있어서는 일반적으로 기탁(寄託)이 중시된다. 예컨대, 하승도
(夏承燾)는 단순히 사물의 형상을 묘사했을 뿐 별다른 우의(寓意)가 없는
영물사, 전고(典故)만 늘어놓았을 뿐 조금도 의의가 없는 영물사, 기탁이
있는 영물사 등의 세 가지 유형 가운데 기탁이 있는 영물사를 가장 가치
있는 것으로 쳤고,[12] 오매(吳梅)는 "영물사는 반드시 별도로 기탁이 있어
야지 직접적으로 읊어서는 안 된다"[13]라고 했으며, 양영기(梁榮基)는 더
욱 나아가 영물의 목적이 기탁에 있다고까지 보았다.[14] 그러나 영물사가

---

12) 하승도(夏承燾), ≪당송사 감상(唐宋詞欣賞)≫, 115쪽 참조.
13) 오매(吳梅), ≪사학통론(詞學通論)≫, 48쪽.
14) 양영기(梁榮基), 〈사학 이론의 종합적 고찰(詞學理論綜考)〉(하편)[≪국립편역관관간
    (國立編譯館館刊)≫ 제8권 제2기, 대북(臺北): 국립편역관(國立編譯館), 1979.12.],

반드시 기탁을 창작의 목적으로 삼을 필요는 없다. 오히려 작자의 감정을 개입시키지 않고 순수하게 자연물 자체의 아름다움을 포착하여 그림을 그리듯이 그것만을 묘사한 것이 더욱 아름다워 보인다. 소식의 영물사 가운데에는 기탁이 있는 것도 있고 기탁이 없는 것도 있는데 이 시기에 지어진 영물사는 모두 아무런 기탁 없이 담담한 심정으로 자연물 자체의 아름다움을 묘사한 것이라고 볼 수 있다.

"하늘에는 천당이 있고 땅에는 소주(蘇州)·항주(杭州)가 있다"라는 속담도 있듯이 항주는 소주와 더불어 지상천국으로 간주된다. 지상천국인 항주에는 아름다운 경관이 많을 것이고 그것은 작자로 하여금 시와 사를 쓰게 하기에 충분했을 것이다. 이러한 자연경관은 물론 이 시기 소식 사의 배경이 되고 있지만 순수하게 자연경관 자체의 아름다움을 그려내는 데에 목적을 두고 쓴 서경사도 3수가 있다.

好事近
──西湖夜歸──

湖上雨晴時, 秋水半篙初沒. 朱檻俯窺寒鑑, 照衰顔華髮.
醉中吹墮白綸巾, 溪風漾流月. 獨棹小舟歸去, 任煙波搖兀.

호사근
──서호에서 밤에 돌아가며──
호수에 비 그치자

30쪽 참조.

가을 호수에 상앗대가 절반이나 잠긴다.
붉은 난간에 기대어 찬 거울을 굽어보니
노쇠한 얼굴과 흰 머리가 물 위에 비쳐 있다.

하얀 관건이 취중에 바람 맞아 떨어지고
계곡에서 부는 바람에 물속의 달이 흐르는데
혼자 노 저어 돌아가는 작은 조각 배
안개 속의 파도가 흔들도록 버려둔다.

서호에서 뱃놀이를 하다가 밤이 되어 귀가하면서 비 온 뒤에 물이 불어
나 호수가 더욱 넉넉해진 모습과, 바람에 일렁이는 수면을 따라 그 위에
뜬 달빛도 함께 흔들리는 밤 풍경, 그리고 그 물결을 따라 자신의 배도
자연의 일부가 되어 함께 뒤뚱거리는 물아일체의 장면 등을 묘사한 것이
다. 이 사를 보면 소식은 이렇게 대자연 속에서 지내는 구속 없는 생활에
대하여 매우 만족스러워했음을 알 수 있다.

減字木蘭花
——錢塘西湖有詩僧淸順, 所居藏春塢, 門前有二古松,
各有凌霄花絡其上, 順常晝臥其下. 時余爲郡, 一日屛騎從過之, 松風騷然.
順指落花求韻, 余爲賦此.——
雙龍對起. 白甲蒼髥煙雨裏. 疏影微香. 下有幽人晝夢長.
湖風淸軟. 雙鵲飛來爭噪晩. 翠颭紅輕. 時上凌霄百尺英.

감자목란화

——전당의 서호에 시승 청순이 있는데
그가 사는 장춘오의 대문 앞에는 늙은 소나무 두 그루가 있고
그 위에 각각 능소화가 얽혀 있는데
청순은 늘 그 밑에서 낮잠을 잔다.
당시 나는 군을 다스리고 있었는데
하루는 수행원을 물리치고 혼자 그곳에 들렀더니
소나무에 바람이 쏴아 하고 불었다.
청순이 떨어진 꽃을 가리키며 시를 지으라고 하기에
그를 위해 이것을 지었다.——
마주 보고 서 있는 두 마리의 용
하얀 갑옷에 푸른 수염으로 가랑비 속에 우뚝 서서
엷은 그림자 드리우고 은은한 향기 풍기는데
그 아래에서 한 은자가 백일몽을 길게 꾼다.

호수에서 부는 바람 맑고도 따스한데
까치 한 쌍이 날아와 울어 대는 저녁 나절
푸른 잎은 살랑살랑 붉은 꽃은 팔랑팔랑
이따금 백 자 높이에서 능소화가 떨어진다.

이것은 항주 시승 청순의 장춘오 대문 앞에 있는 두 그루의 늙은 소나무
와 거기에 날아와 우짖는 한 쌍의 까치, 바람에 날려 하늘로 치솟는 능소화
꽃잎, 그리고 세속적인 일을 잊고 그 아래에서 한가로이 낮잠을 즐기는

청순의 모습 등을 담박한 필치로 그린 한 폭의 풍경화이다. 눈앞의 광경을
있는 그대로 그려 냈을 뿐 사인 자신의 감정은 전혀 개입되어 있지 않다.
이러한 생활은 소식이 평소에 늘 동경해 오던 것이지만 그것에 대한 동경
마저도 깃들어 있지 않다. 이처럼 이 시기의 소식 사에서 감정이 배제되어
있다는 사실은 당시 그의 심경이 그만큼 평온했음을 의미한다.

제2절 | 항주지주 시기의 총체적 사풍

　이상에서 본 바와 같이 항주지주 시기의 소식 사는 친구와의 만남과 헤어짐에서 비롯되는 기쁨과 아쉬움 및 떨어져 있음에서 생기는 그리움 등을 제재로 하는 우정사가 전체의 절반 가량을 차지하고, 그밖에 명절을 맞은 감회를 노래한 절서사와 자연물 자체의 아름다움을 그려낸 영물사 및 서경사가 몇 수씩 있다. 이들 사의 작풍은 감상적이거나 애상적이기보다는 오히려 다소 메마르다고 여겨질 정도로 청아하고 담박하다. 영물사나 서경사는 작품에서 작자의 감정을 배제하기가 비교적 쉽지만 송별사나 절서사는 감정을 배제하기가 어렵다. 그러나 이 시기의 소식 사는 영물사와 서경사에 자신의 감정이 개재되어 있지 않음은 물론 비교적 감정의 동요가 드러나기 쉬운 송별사와 절서사마저도 별로 감상적인 정조를 띠고 있지 않다는 것이 특징이다.

　세속을 떠나 대자연 속에서 욕심없이 살아가려는 초월의지(超越意志)

나 귀전의지(歸田意志)를 담은 작품은 다른 작품에 비해 소탈하고 광달한 작풍을 지니는데 이 시기의 소식 사에서는 초월의지나 귀전의지를 노래한 사를 보기 힘들다. 다음의 〈작교선(鵲橋仙)〉이 이 시기의 사 가운데 초월의지와 귀전의지를 비교적 강하게 드러낸 작품이다.

鵲橋仙

——七夕和蘇堅——

乘槎歸去, 成都何在, 萬里江沱漢漾. 與君各賦一篇詩, 留織女·鴛鴦機上. 還將舊曲, 重賡新韻, 須信吾儕天放. 人生何處不兒嬉, 看乞巧·朱樓綵舫.

작교선

——칠석날에 소견에게 화답하여——

뗏목 타고 고향으로 돌아가려 하나니

내 고향 성도가 어디 있나요?

장강 타수 한수 양수가 만리 밖에 있군요.

그대와 나 둘이 함께 시 한 편씩 지어서

직녀의 베틀 위에

남겨 두어요.

그리고 또 옛 곡조로

새로 지은 노래의 뒤를 이으며

거리낌 없이 멋대로 하게 놓아둬야 되겠지요.

우리 인생 어디 가나 아이들 장난

붉은색 누각과 오색 배에서

바느질 솜씨 빌어 대는 부녀자가 보이네요.

이것은 소견과 함께 칠석을 보내는 감회를 묘사한 사이다. 고향인 성도 쪽을 바라보거나 자신의 고향에 있는 장강(長江)의 지류인 타수(沱水)와, 한수(漢水)의 상류인 양수(漾水)를 생각한 것은 향수심에서 비롯된 것이고, 인생을 애들 장난으로 파악한 것은 세속적인 삶의 무가치성을 간파한 소치이다. 그리하여 그는 아무런 구속이 없는 상태에서 자기 마음대로 살고 싶었던 것이다.

이 시기에 초월의지나 귀전의지를 담은 사가 거의 없다는 것은 이 시기의 그의 심리상태가 초월을 추구하고 있는 상태가 아니라 이미 초월의 경지에 도달했음, 즉 그의 심경이 지극히 초연하고 안정되어 있었음을 뜻하는 것으로, 당시 그는 세속적인 일에 애착을 갖지도 않았지만 그렇다고 굳이 세속을 떠나려고 애쓰지도 않았던 것 같다. 세속을 떠날 수 있으면 떠나도 좋고 떠날 수 없으면 떠나지 않아도 무방하다는 식이었던 것 같다. 이것으로 미루어 보건대 소식은 이 시기에 진정한 정신적 은일, 즉 자신이 오래 전부터 추구해 오던 중은(中隱)[15]의 경지에 이르렀던 것으로 보

---

15) 중은(中隱)이란 완전히 세속을 떠나는 것이 아니라 몸은 한직을 맡고 있으면서 마음은 세속적인 일에 얽매이지 않고 산림 속에 은거하는 은자들처럼 거리낌 없이 사는 것을 말한다. 소식은 희령 5년(1072)에 쓴 《6월 27일에 망호루에서 술에 취해 쓴 절구 다섯 수(六月二十七日望湖樓醉書五絶)》 제5수에서 이미 "소은을 못 이루고 중은이나 하나니, 늘 한가할 수 있다면 잠시 한가한 것보다 나을 텐데, 내 본시 집 없거늘 더 이상 어디로 가리? 고향에는 이리 좋은 호수와 산도 없는데(未成小隱聊中隱, 可得 長閑勝暫閑. 我本無家更安往, 故鄕無此好湖山)"라고 하였으니 그는 젊은 시절부터 중은을 염원하고 있었음을 알 수 있다.

인다.

이처럼 정신적으로 이미 세속을 초월해 있었고 그리하여 세상만사를 초
연하고 담담한 심경으로 관조할 수 있었기 때문에 이 시기에 지어진 그의
사는 거의 모두 청려광달한 풍격을 지닌다. 〈남가자(南歌子)〉 1수를 보자.

南歌子

古岸開靑葑, 新渠走碧流. 會看光滿萬家樓. 記取他年扶病·入西州.
佳節連梅雨, 餘生寄葉舟. 只將菱角與雞頭. 更有月明千頃·一時留.

남가자

오래된 언덕에는 파란 줄뿌리 사라지고
새로 판 도랑에는 푸른 물이 달리리라.
내 반드시 빛이 가득한 누각 만 채를 바라보며
지난날에 사안이 병든 몸을 지탱하고
서주문으로 들던 일을 생각하리라.

매우가 연이어 내리는 명절을 쇠며
일엽편주에 여생을 맡겨 보리라.
마름과 가시연이나 손에 들고 즐기고
휘영청 밝은 달이 둥실 떠올라
온 누리에 잠시 동안 머문 것도 즐기리라.

이 사는 별도의 제서(題序)를 가지고 있지는 않지만 "항주 단오(杭州端

午)"라는 제서가 붙어 있는 바로 앞의 〈남가자(南歌子)〉(山興歌眉斂)와 동일한 운자(韻字)를 썼고, 하편 첫 구절에 "매우가 연이어 내리는 명절을 쇠며(佳節連梅雨)"라고 한 점으로 미루어 볼 때 앞의 사와 마찬가지로 단옷날의 항주 풍정을 그린 것임에 틀림없다. 이 사에는 서호에 배 띄우고 서호에서 나는 마름과 가시연이나 먹는 소박한 생활에 만족하겠다는 초연한 인생관이 나타나 있다. 자신에 의하여 잘 준설된 서호와 그 주위의 풍경들이 청아하게 그려진 가운데 그것을 즐기며 소박하게 살고 싶어 하는 사인의 초월의지가 배어 있는 작품이다. 다만 그 초월은 현재 생활의 부정이 아니라 그것의 적극적 수용이라는 점에서 이 사의 풍격을 더욱 청려광달하게 한다.

이 사는 이 시기 소식 사의 풍격을 대표할 만한 표준적인 작품이므로 이것으로 미루어 다른 작품의 풍격을 짐작할 수 있을 뿐만 아니라 앞에서 예시한 다른 작품들을 통해서도 이 시기의 사풍을 가늠해 볼 수 있기 때문에 이 시기 소식 사의 청광풍격에 대해서는 더 이상의 설명이 필요하지 않다.

제재는 풍격을 결정하는 주요한 요인이 되는 만큼, 이 시기의 소식 사에 남녀간의 애틋한 사랑과 그것의 결핍에서 오는 미어지는 슬픔을 노래한 염정사나, 조국의 장래를 생각하고 백성의 질고를 염려하는 우국사가 1수도 없다는 사실은, 이 시기의 소식 사 가운데 완약사는 1~2수에 불과하고 호방사는 1수도 없다는 사실과 결코 무관하지 않을 것이다. 그리고 염정사와 우국사가 없다는 사실은 또 당시의 그의 심리상태가 초연하고 담담했다는 데에 기인한다. 아무튼 이 시기의 소식 사는 이전의 어느 시기보다 더욱 두드러지게 청려광달한 풍격을 지니고 있다는 것이 특징이다.

제3절 | 소결(小結)

오대시안(烏臺詩案)으로 인하여 간신히 죽음을 면하고 황주로 유배되었을 때 소식은 처음 한동안 좌절감과 상실감에 빠지기도 했으나 오래지 않아 이를 극복하고 불교사상과 도가사상에 힘입어 반현세주의적 인생관을 견지하여 비교적 초연한 삶의 자세를 취할 수 있었다. 그러한 그가 다시 자청하여 경사를 떠나 항주지주로 나갔으니 그곳 생활이 무척이나 즐거웠을 것이라고 짐작할 수 있다. 다만 그 즐거움은 좋아서 어쩔 줄 모를 정도로 열정적인 즐거움이 아니라 그저 담담하고 흐뭇한 그런 즐거움이었을 것이다. 더구나 이때는 나이도 천명을 알 때를 훨씬 지나 있었으니 산전수전 다 겪은 노장으로서 초탈한 심경으로 담담하게 세상을 관조할 수 있었을 것이다. 그리고 이러한 그의 심경은 사 작품에도 반영되었을 것이다.

이러한 가설 하에 항주지주 시기의 소식 사 23수를 검토해 본 결과 다음과 같은 애당초의 가설을 확인할 수 있는 결론을 얻었다. 먼저 제재면에 있어서 우정사가 절반 이상이고 절서사가 5수, 영물사와 서경사가 각각 3수씩이었으며, 염정사와 우국사는 1수도 없었다. 그리고 우정사 중에서는 또 송별사가 8수로서 압도적인 다수를 차지했다. 이러한 사실은 당시의 그의 심리상태가 세월의 흐름도 잊은 채 그저 다정한 친구나 인심 좋은 이웃과 더불어 아름다운 대자연 속에서 자연물을 벗 삼아 유유자적하고 싶을 뿐 정치적 득의에 무심함은 말할 것도 없고, 심지어 나라의 장래와 백성의 안위조차도 관심의 대상에서 제외하고 싶을 정도였음을 뜻한다. 당시 그의 마음에 가장 크게 파문을 일으킨 것은 친구와의 이별과 이별 후의 그리움이었다. 그러나 저승의 문 앞에까지 가 본 경험이 있는 그로서는, 그리고 천명을 알고도 남을 만큼 노숙해진 그로서는 친구와의 이별이라고 해서 눈물이 날 정도로 애달픈 것이 아니라 그냥 조금 서운하기는 하지만 인생이란 원래 그런 것이거니 하는 정도의 것이었다.

이러한 심리상태를 반영하고 있는 만큼 이 시기의 소식 사는 다소 완약한 풍격을 지녔다고 할 수 있는 1~2수의 송별사를 제외하고는 거의 모두가 청려광달한 풍격을 지니고 있다. 그리고 호방풍격의 사는 1수도 없다. 이것은 90수 가운데 약 4분의 1이 완약풍격에 속하고 약 10분의 1이 호방풍격에 속하는 황주유배 시기의 사와 비교해 보면 상당히 큰 차이라고 할 수 있다.

요컨대, 오대시안으로 죽을 고비를 넘기기도 했고 황주 등지에서의 유배 생활을 통하여 인생에 관하여 철저하게 통찰해 본 적이 있을 뿐만 아니라 50대 중반의 노숙한 나이였던 만큼, 항주지주 시기의 소식 사는 달관한 사람의 면모를 다분히 보여 주고 있다. 이것은 당시 그가 이미 정신적으로 세속을 초월해 있었기 때문이라고 할 수 있을 것이다.

제6장

영주(潁州)·양주(揚州) 시기의 사풍

영주(穎州)·양주(揚州) 시기의 사풍

지항주군주사(知杭州軍州事), 즉 항주지주로서 원우 4년(1089) 7월부터 1년 반 정도 항주에 머문 소식은 원우 6년(1091) 2월에 한림학사승지(翰林學士承旨)에 임명됨으로써 3월 초에 항주를 떠나 개봉으로 들어갔다. 그는 절서(浙西) 지방의 농촌 실정을 자기 눈으로 직접 확인하기 위해 매우 수고스러운 일임에도 불구하고 둘러가는 길을 선택했다. 그는 나중에 이것이 그의 입장을 난처하게 하는 사단이 될 줄은 꿈에도 생각지 못했다. 당시 조정은 유지(劉摯)·유안세(劉安世)·왕암수(王巖叟) 등의 삭당(朔黨) 인사들에게 좌지우지되고 있었고 이에 우두머리를 잃어 갈 데가 없어진 주광정(朱光庭)·가이(賈易)·양외(楊畏) 등 낙당(洛黨)의 잔재들이 삭당에 빌붙어 개인적인 영달을 꾀하는 형국이었는데, 삭당의 영도자 유지(1030-1097)의 힘을 빌려 시어사(侍御史)가 된 가이가 사사건건 소식을 모함하고 그에게 시비를 걸었다. 합리적이고 과학적인 사고방식의 소유자였던 소식은 옛날에 보수적이고 융통성 없는 정이(程頤, 1033-1107)의 주장에 대해 자주 비판을 했었는데 정이의 일당인 가이가 삭당의 힘을 믿고 옛날에 있었던 이 일에 대하여 보복을 하는 것이었다. 소식은 더 이상 이런 추한 꼴을 보고 싶지 않아서 몇 차례나 외직을 자청하는 상소문을 올렸지만 유지 등의 삭당 인사들에게 전횡되고 있는 정국을 바로잡아야만 했던 태황태후로서는 소식의 청을 들어줄 수가 없었다.

소식을 모함하는 사람은 가이 일당만이 아니었다. 소식은 항주에서 개봉으로 갈 때 자기 눈으로 직접 살펴보고 알게 된 절서지방 농민들의 수재 상황을 태황태후에게 보고하고 그들을 구제해 달라는 상소문을 올렸었는데 태황태후가 소식의 건의를 받아들이려 하자 가이가 양외(楊畏)·안정(安鼎) 등과 연명으로 상소문을 올려 소식의 주장은 사실무근이라고 우겨댔다. 난처해진 소식은 어사중승(御史中丞) 조군석(趙君錫)에게 도움을 청했다. 조군석은 2년 전에 소식이 항주지주로 나가게 되었을 때, 그가 조정을 떠나 있게 해서는 안 된다고 간곡하게 주청하기도 했고 소식의 문하생인 진관(秦觀)을 비서성정자(秘書省正字)로 추천해 주기도 한 사람이었다. 그러나 천만 뜻밖에도 조군석은 이미 소식의 적이 되어 있었다. 그가 그동안 소식에게 우호적이었던 것은 태황태후가 소식을 지극히 총애하고 있기 때문이었는데 이제 소식에게 아무런 힘도 없다는 사실을 안 이상 계속적으로 그를 지지할 필요가 없어진 것이었다. 그보다는 차라리 이 기회에 소식을 팔아서 개인적인 영달을 추구하는 편이 낫겠다는 생각이었다. 그는 결국 소식이 어사들의 사이를 이간질하려 한다고 모함하는 상소문을 올렸다.

조정에서 이 사건을 놓고 치열한 논쟁을 벌인 결과 원우 6년(1091) 8월

마침내 소식과 가이를 둘 다 외직으로 내보내기로 결정했다. 소식의 직함은 용도각학사(龍圖閣學士) 좌조봉랑(左朝奉郎) 지영주군주사(知潁州軍州事)였다. 언제 대역죄를 뒤집어쓸지 모르는 살벌한 조정에서 한시바삐 벗어나고 싶은 것이 소식의 심정이었던 만큼 이번 결정은 그에게 정말로 반가운 것이었다. 더구나 영주(潁州, 지금의 안휘성(安徽省) 부양(阜陽))는 일찍이 북송 초의 명재상으로 유명 사인(詞人)이기도 한 안수(晏殊, 991-1055)와 소식의 스승으로 북송 문단의 영수였던 구양수(歐陽修, 1007-1072) 같은 대문호들이 지주를 지낸 곳이었다. 특히 구양수의 경우 그곳의 산천과 풍토를 너무나 좋아한 나머지 벼슬에서 물러난 뒤 죽을 때까지 그곳에서 만년을 보내기까지 했다. 자신이 외직으로 나가기를 그토록 염원한 데다 금상첨화로 이렇게 아름다운 고을 영주의 지주로 나가게 되어서 소식은 참으로 기분이 좋았다.

소식은 원우 6년(1091) 8월에 영주에 도착하여 6개월 동안 머문 뒤 원우 7년(1092) 2월에 다시 지양주군주사(知揚州軍州事), 즉 양주지주로 옮기라는 명을 받아 양주(揚州, 지금의 강소성(江蘇省) 양주)로 옮겼다. 양주로 옮기게 되었을 때 소식은 마음이 상당히 들떴다. 양주 역시 구양수가 일찍이 지주를 지낸 곳이기 때문에 여기저기 남아 있을 스승의 자취를 느껴볼 수 있기 때문이기도 했지만, 양주로의 이동이 소식을 들뜨게 한 보다 큰 요인이 하나 있었다. 양주는 장강(長江) 가에 있기 때문에 거기서 물길로 죽 거슬러 올라가면 그의 고향인 미산(眉山)이 있는바, 당시 소식은 일단 양주로 갔다가 거기서 벼슬을 그만두고 먼저 고향으로 돌아가 동생이 돌아오기를 기다려 그 옛날 개봉의 회원역(懷遠驛)에서 제과(制科) 시험을 준비할 때 동생과 함께 꾸었던 '대상야우(對床夜雨)'의 꿈을 이룰 생각을 하고 있었던 것이다. 그러나 '대상야우'의 꿈은 쉽게 실현되지 않았다. 양주에 조금 있다가 관직을 그만두고 고향으로 돌아가겠다던 생각은 꿈으로 끝나고 원우 7년(1092) 8월에 그는 다시 병부상서겸시독(兵部尙書兼侍讀)에 임명되어 9월 초에 바로 양주를 떠나야 했던 것이다.

소식은 원우 6년(1091) 8월부터 원우 7년(1092) 8월까지 약 1년 동안 자신이 좋아하는 영주·양주 두 고을에서 지방관 생활을 한 만큼, 어느 때보다 심경이 담담하고 초연했으며 따라서 이 시기의 그의 사가 어느 때보다 초탈하고 청려광달한 풍격을 지닐 것이라고 생각되는바, 이 장에서는 이 시기의 사 작품 12수를 대상으로 소식의 사풍을 살펴보고자 한다.

제1절 | 영주 · 양주 시기의 제재별 사풍

사를 제재의 유형에 따라 자연사(自然詞)와 인정사(人情詞)의 둘로 대별해 본다면, 자연사란 인간적인 감정의 개입을 최대한 배제하면서 객관적인 입장에서 대자연의 아름다움을 그린 것이고, 인정사란 사람이 살아가면서 느끼는 갖가지 인간적인 감정을 노래한 것이다. 자연사는 세분하면 미시적 관점에서 어느 한 가지 자연물의 아름다움을 묘사한 영물사와 거시적 관점에서 여러 가지 작은 자연물이 어우러져서 연출한 아름다운 풍경을 묘사한 서경사가 있다. 인정사는 세분하면 이성간의 야릇한 감정을 노래한 염정사, 만나는 기쁨이나 헤어지는 아쉬움 및 헤어진 뒤의 그리움 따위를 노래한 교유사, 계절의 변화나 명절의 도래를 계기로 발생하는 시간의 흐름에 대한 감개를 노래한 절서사, 유유자적하는 전원생활의 즐거움을 노래한 전원사, 세속적 명리의 무가치성을 설파하며 초월의지나 귀전의지를 노래한 은일사, 적에 대한 분개심과 조국에 대한 우국충정을 노래한 애국사, 사회문제를 고발하고 백성을 긍휼히 여기는 마음을 노래한 사회사 등 여러 가지 유형이 있을 수 있다.

제재면에서 이 시기 소식 사에는 자연사 5수와 인정사 7수가 있으며 자연사에는 다시 영물사 3수와 서경사 2수가 있다. 다음은 거문고 소리의 아름다움을 묘사한 영물사이다.

減字木蘭花

空牀響琢. 花上春禽冰上雹. 醉夢尊前. 驚起湖風入坐寒.

轉關鑊索. 春水流絃霜入撥. 月墮更闌. 更請宮高奏獨彈.

감자목란화

빈 거문고 받침대에서 울려 나오는 옥 쪼는 소리

꽃에서 우는 새 소리 얼음을 치는 우박 소리

술동이 앞에서 술에 취해 꿈을 꾸다가

놀라 깨니 호수바람이 자리에 불어 서늘하네.

〈전관육요〉와 〈확삭양주〉를 연주하는데

봄물이 현에서 흐르고 서리가 채에 든 듯하네.

달도 지고 물시계의 물도 떨어졌는데

고음의 궁조곡을 독주해 달라고 다시 청하네.

쪼르르쪼르르 날렵한 새가 꽃나무 위를 뛰어다니는 소리, 후드득후드득 얼음 위에 우박이 떨어지는 소리, 조르륵조르륵 봄철의 시냇물이 흐르는 소리, 사그락사그락 차가운 하늘에서 서리가 내리는 소리 등에 비유함으로써 맑고 낭랑한 거문고 소리를 참신하고 실감 나게 그려 냈다. 이 사는 객관적 관점에서 거문고 소리를 묘사했을 뿐 자신의 감정은 배제되어 있음을 볼 수 있다.

양주에는 매년 봄에 작약꽃 10여 만 가지를 모아 놓고 감상하는 만화회(萬花會)라는 행사가 있었다. 낭만과 운치가 넘치는 행사로 양주 사람들이 너도나도 즐기는 행사였지만, 이로 인하여 곳곳에 있는 화원이 황폐해질 뿐만 아니라 그곳 관리들이 이 행사를 기화로 백성들을 착취하는 문제가 있었기 때문에, 소식은 양주지주로 부임하자마자 이 만화회부터 폐지했다. 그러나 만화회를 폐지했다고 해서 그가 작약을 좋아하지 않은 것은 결코 아니었다.

浣溪沙

芍藥櫻桃兩鬪新. 名園高會送芳辰. 洛陽初夏廣陵春.

紅玉半開菩薩面, 丹砂穠點柳枝脣. 尊前還有箇中人.

완계사

신선함을 다투는 작약과 앵두

이름난 정원에서 멋진 잔치로 좋은 시절 보내나니

낙양의 초여름이요 광릉의 늦봄이네.

홍옥이 반쯤 열린 모습은 보살님의 얼굴이요

단사를 짙게 찍은 모습은 유지의 입술인데

술동이 앞에는 또 그에 필적할 아리따운 사람이 있네.

역시 광릉(廣陵, 양주의 다른 이름)의 명물인 작약꽃과 앵두의 아름다운 자태를 반쯤 열린 홍옥, 보살의 얼굴, 젓가락에 묻혀서 찍은 단사(丹砂), 기녀 유지(柳枝)의 새빨간 입술 등에 비유하여 참신하게 그렸을 뿐 자신의 감정은 드러내지 않은 담담한 작품이다.

減字木蘭花

——五月二十四日, 會於无咎之隨齋, 主人汲泉置大盆中, 漬白芙蓉,

坐客翛然無復有病暑意.——

回風落景. 散亂東牆疏竹影. 滿座清微. 入袖寒泉不濕衣.

夢回酒醒. 百尺飛瀾鳴碧井. 雪灑冰麾. 散落佳人白玉肌.

감자목란화

——5월 24일 조무구의 수재에서 모였는데 주인이 샘물을 길어 큰 동이에 붓고 거기에 흰색 부용을 담가 놓으니 좌객들이 금방 더 이상 더위를 못 견뎌 하는 마음을 갖지 않게 되었다.——

해거름 무렵에 회오리바람 불어와

엉성한 대 그림자 동쪽 담에 어지럽다.

온 좌중이 시원하게

찬 샘물이 옷도 안 적시고 소매를 파고 든다.

꿈도 깨고 술도 깨니

백 자나 되는 높은 파도가 우물 속을 울린다.

하얀 눈이 얼어붙은 깃발 위에 뿌리고

흩날려서 고운 이의 백옥 살결에 떨어진다.

양주지주로 재임 중이던 원우 7년(1092)의 어느 한여름날 소문사학사
(蘇門四學士)의 한 사람으로서 당시 양주통판으로 재임 중이던 조보지[晁
補之, 자(字): 무구(无咎)]의 집에서 샘물을 길어 동이에 부어 놓고 거기에
흰색 부용을 담가 더위를 식힌 일을 서술한 것이니 보통의 영물사와는
다소 거리가 있지만 흰색 부용을 노래한 영물사라고 볼 수도 있을 법한
작품이다. 회오리바람이 불어와 담장에 대나무 그림자가 일렁거리는 해거
름 같고, 소매에 묻은 찬물이 살결에 닿는 것 같고, 꽁꽁 언 깃발에 눈발이
치는 것 같고, 미인의 하얀 살결에 눈이 떨어지는 것 같은 시원한 공기가
읽는 이의 여름을 다 시원하게 해 주는 듯 청량한 작품이다.

영물사는 개인적 감정의 개입을 최대한 억제하면서 자연물의 아름다움
을 묘사하기 때문에 작풍이 대체로 청려광달한 편인데 이상에서 본 바와
같이 이 시기 소식 사 중의 영물사도 예외가 아니었다.

묘사의 대상이 확대되기는 하지만 서경사 역시 대자연의 아름다움을
묘사하기는 영물사와 마찬가지이다.

減字木蘭花

——二月十五日夜, 與趙德麟小酌聚星堂——

春庭月午. 搖蕩香醪光欲舞. 步轉廻廊. 半落梅花婉娩香.

輕煙薄霧. 總是少年行樂處. 不似秋光. 只與離人照斷腸.

감자목란화

——2월 15일 밤에 취성당에서 조덕린과 함께 술을 조금 마시고——

따뜻한 봄 뜨락에 높이 뜬 달이

출렁출렁 막걸리 잔에서 춤을 추려 하는구나.

낭하를 빙빙 돌며 어슬렁거리고 있노라니

반쯤 진 매화가 은은히 향을 풍기는구나.

엷은 안개 아스라이 덮인 이곳은

곳곳이 젊은이들 찾아와서 노는 곳

싸늘한 가을 달이 이별한 사람을 비춰

애간장이나 끊는 것과는 같지 않구나.

조영치[趙令畤, 자(字): 덕린(德麟)]의 ≪후정록(侯鯖錄)≫에 이 사의 창작 동기가 된 일화가 기록되어 있다.

원우 7년(1092) 정월 동파선생이 여음주[潁州, 지금의 안휘성(安徽省) 부양(阜陽)]에 있을 때 대청 앞에 매화가 흐드러지게 피었는데 거기에 달빛이 훤하게 비쳤다. 선생의 부인 왕씨가 "봄철의 달빛이 가을철의 달빛보다 낫습니다. 가을철의 달빛은 사람을 슬프게 하는데 봄철의 달빛은 사람을 기쁘게 하니까요. 조덕린 같은 사람들을 불러 이 꽃 밑에서 한잔 하시는 것이 어떻습니까?"라고 했다. 선생이 크게 기뻐하며 "당신이 시를 잘 짓는 줄을 몰랐구려. 이 말은 정말로 시인의 말이구려"라고 하고는 조덕린 등을 불러 두 구양씨[1]와 함께 술을 마셨다. 그리고 이 말을 써서 〈감자목란화〉 사를 지었다. (元祐七年正月, 東坡先生在汝陰州, 堂前梅花大開, 月色鮮霽. 先生王夫人

日: "春月色勝如秋月色, 秋月色令人悽慘, 春月色令人和悅. 何如召趙德麟
輩來, 飮此花下?" 先生大喜曰: "吾不知子能詩耶. 此眞詩家語耳." 遂相召,
與二歐飮. 用是語作〈減字木蘭〉詞.)2)

조영치의 ≪후정록(侯鯖錄)≫이 전하는 바와 같이 원우 7년(1092) 2월
15일 밤에 조영치 등과 함께 취성당(聚星堂)에서 술을 마시면서 보고 느낀
취성당 주변의 그림처럼 아름다운 풍경을 묘사한 것이다. 하늘 한가운데
에 휜히 떠 있는 동그란 보름달이 막걸리 잔에 비쳐 막걸리와 함께 흔들리
는 아름다운 광경과 어디선가 날아와 아련히 코를 간질이는 은은한 매화
향이 한덩어리가 되어 훈훈한 느낌을 주는 봄밤의 풍경이 정겹게 그려져
있다. 회랑을 왔다 갔다 하면서 그것을 즐기는 사인 역시 풍경의 일부가
된 듯하다. 그러나 별로 감정의 동요가 있어 보이지는 않는다.

木蘭花令

高平四面開雄壘. 三月風光初覺媚. 園中桃李使君家, 城上亭臺遊客醉.

歌翻楊柳金尊沸. 飮散憑闌無限意. 雲深不見玉關遙, 草細山重殘照裏.

목란화령

고평에는 사방에 웅장한 보루

삼월 되자 풍광이 비로소 곱게 느껴진다.

정원에 복사꽃과 자두꽃 핀 태수의 집

---

1) '두 구양씨(二歐)'는 구양수(歐陽修)의 두 아들을 가리킨다. 구양수가 은퇴 후 영주(潁
州)에서 만년을 보냈기 때문에 당시에 그의 자손들이 영주에 거주하고 있었다.
2) 송(宋) 조영치(趙令畤), ≪후정록(侯鯖錄)≫ 권4.

성 위의 정자에서 나그네는 취했다.

노래는 개작한 〈양류지〉요 금동이에선 술이 부글부글
술자리 파한 뒤 난간에 기대니 자꾸만 생각이 나건만
머나먼 옥문관은 구름이 깊어 보이지 않고
석양 아래 풀은 간들간들 산은 겹겹이 막혔다.

술을 마시며 바라본 고평(高平)³⁾의 봄 풍경을 그린 것이다. 하편에 일
말의 그리움이 배어 있는 듯하나 전체적으로 보아 대체로 담담한 편이다.

개인적인 감정의 개입을 최대한 억제하는 자연사가 비교적 담담하고
초연한 정조를 띠는데 반하여, 사람에 따라 정도의 차이는 있지만 많든
적든 개인적인 감정이 개입되는 인정사는 비교적 격동적이거나 감상적인
정조를 띨 수밖에 없다.

이 시기 소식 사의 과반수를 차지하는 인정사는 다시 교유사(交遊詞)와
절서사(節序詞)로 나누어지고, 교유사를 더욱 세분하면 헤어짐의 아쉬움
을 토로한 송별사 3수와 헤어진 뒤의 그리움을 호소한 추억사 2수가 있다.

青玉案
——和賀方回韻, 送伯固還吳中——

三年枕上吳中路. 遣黃犬·隨君去. 若到松江呼小渡. 莫驚鴛鷺.

四橋盡是, 老子經行處.

---

3) 사주(泗州) 임회군(臨淮郡), 지금의 강소성(江蘇省) 우이(盱眙) 서북쪽. 조수명(曹樹
銘), 《소동파사(蘇東坡詞)》, 370쪽 참조.

輞川圖上看春暮. 常記高人右丞句. 作個歸期天已許. 春衫猶是, 小蠻針線,

曾濕西湖雨.

청옥안

──하방회의 사에 차운하여 오중으로 돌아가는 소백고를 전송하며──

삼 년 동안 베개에 어렸을 오중의 길

우리 집 누렁이에게

그대를 따라가게 할까 싶다오.

송강에 이르러 나루에서 뱃사공을 부르거든

원앙새와 백로를 놀라게 하지 말지니

다리 네 개가 있는 그곳 어느 곳이나

이 늙은이가 지나다니던 정든 데라오.

〈망천도〉에서 봄빛이 저무는 광경을 보며

왕우승의 시구를 늘 생각하겠지요.

돌아갈 계획 세웠고 하늘이 이미 허락했나니

봄적삼은 그래도

소만의 바느질 솜씨이거늘

그것이 그만 서호의 가랑비에 젖었었지요.

소식이 항주에 있을 때인 원우 4년(1089)에 그를 찾아간 소견[蘇堅, 자 (字): 백고(伯固)]은 그 뒤로도 오랫동안 소식과 함께 지내다가 원우 7년 (1092) 소식이 양주를 떠나 개봉으로 돌아갈 무렵에 오중[吳中, 지금의 강소성(江蘇省) 소주(蘇州)]으로 돌아갔다. 이 사는 이때 소견과의 이별을 아쉬워하여 지은 것으로 3년 전부터 함께 지낸 친구와의 작별을 노래한 사이지만 그다지 애잔한 느낌을 주지는 않는 비교적 담담한 정조를 지닌 작품이다. 이것은 소식의 이전 시기 사에서 흔히 볼 수 있는 현상이었다. 그러나 다음 사는 상당히 애상적인 작풍을 지니고 있다.

生査子

——送蘇伯固——

三度別君來, 此別眞遲暮. 白盡老髭鬚, 明日淮南去.

酒罷月隨人, 淚濕花如霧. 後夜逐君還, 夢繞湖邊路.

생사자

——소백고를 보내며——

세 번째로 맞이한 그대와의 헤어짐

이번에는 참으로 늘그막에 맞았구려.

노쇠한 수염이 모조리 하얘진 채

내일이면 회남에서 떠나는구려.

술자리 끝나 돌아가면 달이 사람을 따라가는데

눈물이 어려 안개 속에 꽃을 보는 것 같겠구려.

내 마음은 늦은 밤에 그대 따라갔다 와서

꿈속에 호숫가를 맴돌겠구려.

3년 동안 함께 지낸 친한 친구와의 이별이니 그럴 수밖에 없을 것 같기도 하지만 소식의 다른 송별사와 비교하면 너무 애상적인 정조를 띠고 있어서 소식 사답지 않다는 느낌을 지울 수 없다.

減字木蘭花

——送趙令晦之——

春光亭下. 流水如今何在也. 歲月如梭. 白首相看擬奈何.

故人重見. 世事年來千萬變. 官況闌珊. 慚愧靑松守歲寒.

감자목란화

——조회지 현령을 전송하며——

춘광정 밑에

흘러가던 강물은 지금 어디 있을까요?

세월이 북 같으니

백발 되어 만나면 어찌할까요?

옛 친구를 다시 만날 그때가 되면

세상사가 몇 년 사이에 바뀌고 또 바뀌어

벼슬길이 무척이나 썰렁할 테니

겨울에도 절개 지키는 청송에게 부끄럽겠지요.

친구인 조창[趙昶, 자(字): 회지(晦之)] 현령을 전송하면서 지은 이 사에는 인생무상에 대한 감개가 진하게 배어 있는 가운데 미래의 벼슬살이에 대한 강한 회의가 담겨 있어서 초연하고 의연하던 이전 시기의 사와는 작풍이 상당히 다르다는 느낌을 준다.

항주지주 시기에 지은 다음 사를 보면[4] 이 시기의 석별의 정이 이전 시기의 작품에 비해 상당히 농도가 진하다는 것을 확연히 느낄 수 있다.

臨江仙

——送錢穆父——

一別都門三改火, 天涯踏盡紅塵. 依然一笑作春溫.

無波眞古井, 有節是秋筠.

惆悵孤帆連夜發, 送行淡月微雲. 尊前不用翠眉顰. 人生如逆旅,

我亦是行人.

임강선

——전목보를 전송하며——

도성문을 떠나온 뒤 불이 세 번 바뀌어

천애에서 홍진을 다 밟았건만

웃음으로 봄 온기를 짓는 것은 여전하군요.

파란이 없기는 정말로 오래된 우물이요

절개가 있기는 가을철의 대나무군요.

서글픈 외로운 배 밤을 도와 떠나가면

---

4) 본문 212쪽 참조.

희미한 달과 엷은 구름이 배웅해 드릴 테니
술 앞에서 눈썹을 찌푸릴 필요 없어요.
인생이란 여관 같고
우리 또한 잠시 묵는 행인이지요.

소식이 항주지주로 재임 중이던 원우 6년(1091) 봄에 월주지주(越州知州)의 임기를 마치고 북쪽으로 돌아가던 전협[錢勰, 자(字): 목보(穆父)]이 그를 찾아 항주에 들렀다가 떠날 때 지은 이 사에는 사람이 살다가 서로 만나거나 헤어지는 것을 일상적인 다반사로 생각하는 그의 태도가 잘 나타나 있다. 특히 마지막 두 구절은 인생에 대한 그의 근본적인 자세가 어떠했는가를 엿볼 수 있게 하는바, 송별사임에도 불구하고 어느 정도 철리가 담겨져 있다고 할 수 있을 정도이다. 이전 시기의 소식 송별사는 대체로 이런 작풍이었다. 영주·양주 시기의 사와 비교해 보면 작풍에 상당히 큰 차이가 있음을 확인할 수 있다.

추억사는 제재의 특성으로 인하여 어느 정도 애상적인 정조를 띨 수밖에 없지만 이 시기의 소식 추억사는 이전 시기의 추억사에 비하여 애상적인 정조가 훨씬 짙은 것이 특징이다.

木蘭花令
──次歐公西湖韻──

霜餘已失長淮闊. 空聽潺潺清潁咽. 佳人猶唱醉翁詞, 四十三年如電抹.
草頭秋露流珠滑. 三五盈盈還二八. 與余同是識翁人, 惟有西湖波底月.

목란화령

──서호를 노래한 구양공의 사에 차운하여──

서리가 내려 긴 회하의 공활함은 이미 사라지고

졸졸거리며 흐느끼는 영하 소리만 들리네.

가인들은 아직도 취옹의 사를 부르건만

사십삼 년 세월이 번개 치듯 지나갔네.

풀잎 끝에는 가을 이슬이 수은 되어 미끄러지고

보름이라 둥글더니 순식간에 열엿새네.

나와 함께 취옹을 아는 이라곤

서호의 물결 밑 저 달뿐이네.

예부시(禮部試)에서 자기 형제를 선발해 준 스승으로서 일찍이 영주지주를 지낸 바 있는 구양수를 그린 것으로 43년이라는 세월이 번개처럼 후딱 지나가 그 옛날 구양수가 이곳에 살았다는 사실마저 점점 잊혀져 가는 것에 대한 감개가 진하게 서려 있다. 그것은 인생무상의 감개일 수도 있고 '설니홍조(雪泥鴻爪)'[5]의 감개일 수도 있다.

---

5) 소식의 시 〈면지에서의 옛날 일을 생각한 자유의 시에 화답하여(和子由澠池懷舊)〉 [≪소식시집(蘇軾詩集)≫ 권3]에 "정처 없는 우리 인생 무엇 같을까? 눈밭을 배회하는 저 기러기 같으리. 오며 가며 눈밭 위에 발자국을 남기지만, 날아가 버린 뒤엔 간 곳을 어찌 알리? 노승은 이미 죽어 사리탑이 새로 서고, 절의 벽은 허물어져 글씨가 간데없네. 기구했던 지난 날을 아직 기억하는가? 길이 멀어 우리는 지칠 대로 지치고, 나귀도 절뚝대며 울어 댔었네(人生到處知何似, 應似飛鴻踏雪泥. 泥上偶然留指爪, 鴻飛那復計東西. 老僧已死成新塔, 壞壁無由見舊題. 往日崎嶇還記否, 路長人困蹇驢嘶)"라고 한바, 여기서 '설니홍조(雪泥鴻爪)'라는 성어가 유래했다.

계절이 바뀌거나 명절을 맞게 되면 새삼스레 세월의 덧없음을 깨닫게 된다. 이 시기의 소식 사 가운데 중양절을 맞은 감개를 노래한 절서사 2수가 있다.

浣溪沙
—— 重九 ——

珠檜絲杉冷欲霜. 山城歌舞助凄涼. 且餐山色飲湖光.
共挽朱轓留半日, 强揉靑蕊作重陽. 不知明日爲誰黃.

완계사
—— 중양절 ——

서리가 오려는 듯 노송나무 삼나무 싸늘한 날
산성에서의 노래와 춤이 처량한 기운을 돋우는데
잠시 산빛을 만끽하고 호숫빛을 마신다.

붉은 흙받이 함께 당겨 한나절을 머물면서
푸른 꽃술 애써 만지며 중양절을 쇠나니
내일이면 이 꽃이 누굴 위해 노란색을 띨지 모르겠다.

중양절을 맞아 야외로 나가 연회를 벌이고 국화를 구경하다가 문득 다시 얼마간의 세월이 지난 뒤면 저 국화가 누구의 중양절을 위해 피어 있을지, 즉 내년의 중양절에는 어떤 다른 사람이 자신을 대신하여 저 꽃을 감상할지 알 수 없다는 생각이 든 것이다. 역시 '설니홍조'의 감개가 배어 있는 사이다.

浣溪沙

霜鬢眞堪揷拒霜. 哀絃危柱作伊涼. 暫時流轉爲風光.

未遣淸尊空北海, 莫因長笛賦山陽, 金釵玉腕瀉鵝黃.

완계사

서리 내린 살쩍은 참 거상화 꽃기에 어울리지만

구슬픈 현의 안주를 높여 〈이주〉와 〈양주〉를 연주하매

풍광을 보기 위해 잠시 빙빙 돈다네.

공북해의 술동이를 비어 있게 하지 말고

피리 소리에 산양의 일을 읊지 말지니

금비녀 꽂은 옥 팔뚝이 노란 술을 따른다네.

앞의 사 〈완계사(浣溪沙)〉(珠檜絲杉冷欲霜)와 사패(詞牌)도 같고 운자
(韻字)도 동일한 것으로 보아 같은 시기에 앞의 운을 다시 써서 지은 작품
일 가능성이 큰바, 중양절을 쇠기 위해 마련된 연회에서 어느새 머리카락
이 하얀 노인이 된 채로 늙어 감에 대한 안타까운 심경을 토로한 것으로
보인다. 세월이 덧없고 따라서 인생이 무상하다는 세속적인 생각이 상당
히 강하게 작품의 정조를 지배하고 있다.

제2절 | 영주·양주 시기의 총체적 사풍

이 시기 소식 사의 풍격을 살펴본 결과 자연사 5수는 비교적 담담하고
청아한 정조를 띠고 있고 인정사 7수는 상당히 감상적이고 애상적인 정조
를 띠고 있음이 확인되었다. 따라서 이 시기 소식 사가 절반쯤은 청려광달
한 풍격을 지니고 절반쯤은 완약한 풍격을 지닐 것으로 예측할 수 있다.
그리고 그것은 사실인 것으로 확인되었다. 이 시기의 완약사는 애상적인
면이 특히 강하다.

滿江紅

——懷子由作——

淸潁東流, 愁來送·征鴻去翮. 情亂處·靑山白浪, 萬重千疊.

孤負當年林下語, 對床夜雨聽蕭瑟. 恨此生·長向別離中, 彫華髮.

一尊酒, 黃河側. 無限事, 從頭說. 相看恍如昨, 許多年月. 衣上舊痕餘苦淚,

眉間喜氣占黃色. 便與君·池上覓殘春, 花如雪.

만강홍

——자유를 그리며——

맑디맑은 영하가 동쪽으로 흐르는데

근심 어린 눈으로 보내고 있겠구나

저 멀리 남쪽으로 길 떠나는 기러기를.

벼슬 따라 여기저기 돌아다니노라면

푸른 산과 흰 파도가

천 겹 만 겹 쌓였겠지.

숲속에서 살자던 그때 그 말 저버렸구나

마주 누워 쓸쓸한 밤비 소리 듣자던 그 약속을.

한스럽게도 내 인생은

언제나 헤어져 있는 가운데

흰머리가 자꾸만 빠지는구나.

한 동이 술을 놓고

황하 옆에서

끝없이 많은 일을

처음부터 하나하나 얘기했었지.

서로 쳐다보던 것 어제 일만 같은데

수많은 세월이 지나 버렸지.

옷 위의 묵은 자국에 쓰라린 눈물이 남았지만

양미간에 노란색이 기쁨의 징조를 보이니

그대와 손잡고 연못가에서

남은 봄을 찾노라면
꽃잎이 눈처럼 흩날리겠지.

   소식은 동생 소철(蘇轍)과 함께 변하(汴河) 남쪽에 있는 회원역에서 제
과 시험을 준비하던 젊은 시절에 위응물(韋應物, 737-786?)의 시 〈전진과
원상에게(示全眞元常)〉를 읽고 그중의 "나는 군수 직인을 풀어놓고 떠났
는데, 그대들은 나랏일에 끌려다니니, 어찌 알리오 바람 불고 비 오는 밤
에, 또 이렇게 마주 보고 잘 수 있을지?"[6]라는 구절에 크게 감명을 받았다.
그는 누구보다 친한 친구인 동생 소철과 어릴 적부터 지금까지 한시도
떨어지지 않고 줄곧 한 집에서 살아왔지만 얼마 안 있어서 각자 벼슬길에
나아가게 되면, 나란히 놓인 침상에 마주 보고 누워서 두런두런 옛날 얘기
를 나누며 형제의 정을 나눌 기회가 다시는 오지 않을지도 모른다는 불안
감이 그를 사로잡았기 때문이었다. 그들 형제는 이때 일찌감치 벼슬에서
물러나 오순도순 함께 살자고 약속했었다. 이른바 '대상야우(對床夜雨)'의
약속이었다.
   소식은 이 약속을 이행하고 싶은 생각이 간절했지만 약속은 쉬이 지켜
지지 않았다. 영주지주로 재임 중이던 원우 7년(1092) 2월에 지은[7] 이 사
는 동생과 함께 정겹게 지내던 옛날을 안쓰러울 정도로 간절하게 그리워
하면서 동생과 헤어져 지내야 하는 안타까운 심경을 호소하고 나아가 '대

---

6) "余解郡符去, 爾爲外事牽. 寧知風雨夜, 復此對床眠?"(송(宋) 축목(祝穆), ≪고금사문
   유취(古今事文類聚)≫ 〈후집(後集)〉 권8).
7) 청나라 사람 왕문고(王文誥)의 ≪소문충공시편주집성총안(蘇文忠公詩編注集成總
   案)≫ 권34 '원우 7년 2월(元祐七年二月)'에 "자유를 그리며 지은 〈만강홍〉이 있다(有
   懷子由作〈滿江紅〉)"라고 했다.

상야우'의 약속을 이행하고 싶어 하는 그의 간절한 소망을 노골적으로 드러냈다. 소식 형제의 우애는 가히 각별했다고 할 수 있지만 동생에 대한 그리움을 이처럼 노골적으로 표현한 예는 일찍이 없었다. 밀주지주로 재임할 때 동생에 대한 그리움을 노래한 사와 비교해 보면[8] 그 차이가 극명하게 드러난다.

水調歌頭

——丙辰中秋, 歡飮達旦, 大醉作此篇, 兼懷子由.——

明月幾時有, 把酒問靑天. 不知天上宮闕, 今夕是何年. 我欲乘風歸去,

惟恐瓊樓玉宇, 高處不勝寒. 起舞弄淸影, 何似在人間.

轉朱閣, 低綺戶, 照無眠. 不應有恨, 何事長向別時圓. 人有悲歡離合,

月有陰晴圓缺, 此事古難全. 但願人長久, 千里共嬋娟.

수조가두

——병진년 중추절에 새벽까지 흔쾌하게 마시고 크게 취하여

이것을 짓고 아울러 자유를 그린다.——

명월이 하늘에 떠 있는 것 그 얼마인지

술잔 잡고 저 푸른 하늘에 물어본다.

천상의 궁궐은 오늘 이 밤이

어느 해쯤 되었는지 잘 모르겠다.

바람을 잡아타고 돌아가고 싶건만

---

8) 본문 146쪽 참조.

다만 하나 구슬로 지은 멋진 그 집이

너무 높아 추위를 못 이길까 두렵다.

일어나서 춤추며 그림자를 희롱하니

이게 어찌 속세에 사는 것과 같겠나?

달은 붉은 누각을 살며시 돌아

비단문에 내려와

잠 못 드는 사람을 비추어 준다.

달은 한을 품고 있을 턱이 없는데

어째서 늘 헤어져 있을 때 둥글어지나?

사람은 슬프다가 기쁘고 헤어졌다가 만나는 것

달은 찼다가 기울고 흐려졌다가 개는 것

이 일은 예로부터 온전하기 어려웠으니

다만 하나 바라는 건 우리 오래 살아서

천 리 밖에서나마 고운 달 함께 보는 것.

마찬가지로 동생에 대한 그리움을 호소한 작품이지만 이 사 속의 소식
은 앞에서 본 〈만강홍(滿江紅)〉(淸穎東流) 속의 소식과는 전혀 다른 사람
이다. 이 사 속의 소식은 원래 월궁에 살던 존재, 그래서 언젠가는 바람을
타고 그곳으로 돌아가야 하는 신선적인 존재이다. 세속적인 존재가 아니
라 신선적인 존재이기 때문에 그는 세상사에 대하여 이미 달관한 사람이
고 그렇기 때문에 그는 사람들이 만나고 헤어지는 일에 대하여 지극히
초연하다.

이처럼 그동안 세속적인 감정을 억제한 채 초연한 모습을 보여 왔던 소식이 영주·양주에 이르러 부쩍 인간적인 면모를 보이고 따라서 그의 사 역시 그동안의 풍격과는 상당히 다른 면모를 보인다. 다음의 도표를 통하여 소식 사의 풍격 변화를 엿볼 수 있다.

창작 시기	완약사(%)	청광사(%)	호방사(%)
항주통판 시기	65	33	2
밀주·서주 시기	30	65	5
황주유배 시기	25	65	10
항주지주 시기	8	92	0
영주·양주 시기	50	50	0

위의 도표를 보면 소식의 사는 완약풍격이 점점 적어지고 반대로 청려 광달한 풍격이 점점 많아져서 막 사를 짓기 시작한 항주통판 시기 이외에 는 줄곧 청광풍격이 완약풍격을 압도해 오다가 영주·양주 시기에 이르러 완약풍격이 급격히 늘어났음을 알 수 있다. 소식의 사가 갑작스럽게 풍격의 변화를 일으킨 것은 무엇 때문일까?

소식은 〈만강홍(滿江紅)〉(淸潁東流)에서 "숲속에서 살자던 그때 그 말 저버렸구나, 마주 누워 쓸쓸한 밤비 소리 듣자던 그 약속을. 한스럽게도 내 인생은, 언제나 헤어져 있는 가운데, 흰머리가 자꾸만 빠지는구나(孤負當年林下語, 對床夜雨聽蕭瑟. 恨此生·長向別離中, 彫華髮)"라고 하여 노골적으로 '대상야우'의 꿈이 이루어지지 않는 것이 한탄스럽다고 했다. 그리고 이로부터 몇 달 뒤인 원우 7년(1092) 2월에 다시 양주지주로 옮기라는 명령을 받았을 때도 '대상야우'의 꿈이 머지않아 이루어질 것을 기대하며 희망에 부풀어 있었다. 이것은 이 무렵에 이르러 고향으로 돌아가 동생과 마주 보고 누워서 오순도순 얘기하다 잠들고 싶은 생각이 부쩍 간절해졌기 때문일 것이다. 그것은 그가 그 어느 때보다도 깊이 정치에 회의를 느꼈기 때문일 것인바, 조군석처럼 소식이 권세를 잡을 것 같을 때와 그가 조정에서 밀려날 것 같을 때의 태도가 판이하게 달라지는 소인배들에게 인간적인 환멸을 느낀 것이 커다란 요인으로 작용했을 것이다.

섭가영(葉嘉瑩)은 이백(李白, 701-762)과 소식의 차이점에 주목하여 이백을 '신선이면서 사람으로 사는 자(仙而人者)'라고 하고 소식을 '사람이면서 신선으로 사는 자(人而仙者)'라고 했거니와[9] 이것은 두 사람의 차이점을 매우 적확하게 지적한 것이라고 하겠다. 소식이 '사람이면서 신선으로 사는 자'라고 한 것은 무슨 뜻인가? 소식이 본질적으로 사람이면서 표면적으로는 신선인 것처럼 살았다는 뜻이고, 뒤집어서 말하면 소식은 아무리 신선이 되려고 노력해 봐야 궁극적으로 인간임을 부정할 수 없다는 뜻이된다.

그는 과연 태생적으로 다정다감한 한 명의 인간이었다. 이는 그 자신이 사에서 스스로 천명한 바였다.[10] 그리고 그가 평생 꾸고 있었던 '대상야우'의 꿈도 사실 신선적인 삶이 아니라 지극히 인간적인 삶이었다. 그는 그만큼 인간적인 감정이 풍부했던 사람이고 따라서 인간적인 정에 목말라 있었던 것이다.

소식은 신선으로 취급된 경우가 많았다. 그래서 그에게는 '파선(坡仙)'이라는 별명도 있었다.[11] 그것은 그가 그만큼 세속적인 가치를 부정하고

---

9) 이일빙(李一冰)의 《소동파신전(蘇東坡新傳)》 1015쪽에 인용된 《가릉담시(迦陵談詩)》의 표현이다.
10) 48쪽 〈채상자(采桑子)〉(多情多感仍多病) 참조.
11) 예를 들면, 남송(南宋) 사람 대복고(戴復古)가 그의 시 〈적벽(赤壁)〉에서 "장강에서

신선적인 존재로서 초연하게 살려고 노력한 결과였다.

그러나 이제는 그도 더 이상 인위적 신선이 되기에 지쳤던 모양이다. 이제 더 이상 자신의 마음 밑바닥에 깔려 있는 인간으로서의 감정을 감추기 힘들었던 모양이다. "바람을 잡아타고 돌아가고 싶은"12) 것이 자기 본연의 모습이 아니고 허장성세였음을 시인한 모양이다. 그래서 신선적 존재로 살기를 포기하고 원래 타고난 그대로 인간적인 삶으로 복귀한 모양이다. 아프면 아프다고 말하고 슬프면 슬프다고 말하기로 작심한 모양이다. 그리하여 정치적 소용돌이에서 한 발 벗어나 있는 지방관으로서, 평소에는 고요하고 평화로운 마음을 견지하다가도 명절을 맞거나 가까이 지내던 사람을 전송하는 등의 계기가 있을 때마다 문득문득 인간적인 감정이 발동한 모양이다.

명월에게 술을 따르노라니, 나이 많은 '파선(坡仙)'이 더욱 그립다(長江酹明月, 更憶老坡仙)"라고 한 것과, 금(金)나라 사람 원호문(元好問)이 그의 시 〈식헌이 그린 해관목마도(奚官牧馬圖息軒畵)〉에서 "해관은 안목이 있으니 틀림없이 웃을 텐데, 세상에 '파선(坡仙)'이 없으니 누가 소리를 알아주리?(奚官有知應解笑, 世無坡仙誰賞音?)"라고 한 것, 원(元)나라 사람 유인본(劉仁本)이 그의 시 〈육방옹의 제안 묵적에 부쳐(題陸放翁齊安墨迹)〉에서 "오늘 아침 갑자기 시를 써 놓은 글씨를 보니, 다시금 '파선(坡仙)'의 옛 설당이 그립구나(今朝忽睹題詩迹, 重憶坡仙舊雪堂)"라고 한 것, 원나라 사람 구원(仇遠)이 그의 시 〈초충도(草蟲圖)〉에서 "'파선(坡仙)'의 옛날 시엔 여덟 가지만 읊었으니, 이 그림을 보았다면 마음 더욱 기뻤겠네(坡仙舊詠只八物, 若見此圖心更喜)"라고 한 것 등이 있다.
12) "我欲乘風歸去." 소식 〈수조가두(水調歌頭)〉〈明月幾時有)의 한 구절이다.

제3절 | 소결(小結)

　소식이 영주지주와 양주지주로 부임해 간 것은 정치적 소용돌이에서 벗어나 마음 편한 생활을 향유하기 위해 자신이 그토록 간청한 일이었다. 그러므로 이 기간 동안 그는 심경이 매우 담담하고 초연했으며 따라서 이 시기의 그의 사가 어느 때보다도 초탈하고 청려광달한 풍격을 지닐 것이라고 추측할 수 있다.

　이 시기의 소식 사를 살펴본 결과 제재면에서 영물사가 3수, 서경사가 2수, 송별사가 3수, 추억사가 2수, 절서사가 2수 있었다. 바꾸어 말하자면 비교적 인간적 감정이 배제된 편인 자연사가 5수이고 상대적으로 인간적 감정이 많이 개입된 편인 인정사가 7수였다는 뜻이 된다. 그리고 풍격면에 있어서는 완약사와 청광사가 각각 6수로 절반씩이었다. 이는 청려광달한 작품이 주류를 이룰 것이라는 추측에서 좀 벗어나는 결과이다.

　그동안 점점 커져 가던 청려광달한 풍격의 비중이 이 시기에 이르러 갑자기 작아진 것은 아마 지금까지는 자신이 신선의 세계에 살던 존재로 언젠가는 '바람을 잡아타고 돌아가야' 한다는 자각을 가지고 신선적인 삶을 살려고 노력하면서 살았으나 이제는 지쳐서 더 이상 그러한 노력을 계속하기가 힘들게 되었기 때문일 것이다. 그동안은 부단한 노력에 의해 표면상으로는 세속을 초월한 듯한 삶을 살 수 있었고 그래서 그의 사에도 청려광달한 작품이 많을 수 있었지만 그러한 노력을 포기한 이 시기에 이르러서는 '대상야우'를 갈망하는 소식 본연의 인간적 모습에 충실해졌기 때문일 것이다. 그가 지금까지 견지해 온 삶도 사실은 세속적인 명리에 대해 초연했던 것이지 그것 자체가 바로 신선의 삶이었다고 하기는 어려운 것이었던바, 이 시기에 이르러 그의 태도가 도가적인 것에서 유가적인 것으로 본질적 변화를 일으킨 것이라고 할 수는 없다. 그리고 그가 젊은 시절부터 시종일관 꾸어 온 '대상야우'의 꿈 역시 도가적 사유였다기보다는 오히려 유가적 사유였다고 해야 할 것이다.

제7장

영해유배(嶺海流配) 시기의 사풍

영해유배(嶺海流配) 시기의 사풍

원풍 8년(1085) 3월에 어린 철종의 즉위와 함께 소식의 인품과 재능을 극도로 아끼던 선인태후(宣仁太后)가 섭정하게 됨으로써 유배 중이던 소식은 그해 6월에 당장 조봉랑(朝奉郎)의 품계를 회복하고 지등주군주사(知登州軍州事), 즉 등주지주에 임명된 것을 시작으로 이후 약 10년 동안 특별한 어려움 없이 예부낭중(禮部郎中)·중서사인(中書舍人)·한림학사지제고(翰林學士知制誥)·지항주군주사(知杭州軍州事)·한림학사승지(翰林學士承旨)·지영주군주사(知潁州軍州事)·예부상서(禮部尙書) 등의 중앙관직과 지방관직을 두루 역임했다.

그러다가 원우 8년(1093) 9월 선인태후가 승하하고 철종의 친정 체제가 시작되면서 정세는 다시 역전하여 신법파가 정권을 잡고 구법파인 이른바 원우(元祐) 대신들을 마구 핍박하기 시작했다. 정치에 싫증을 느낀 소식은 여러 차례 사직을 청원했지만 철종은 끝내 그의 청원을 들어주지 않고 그를 지정주군주사(知定州軍州事), 즉 정주지주로 임명했다. 그는 지금 떠나면 다시는 돌아올 기약이 없을 것임을 예감하면서도[1] 별수 없이 정주로 부임해 갔다. 그의 예감은 적중했다.

철종 소성 원년(1094)에 재상이 된 장돈(章惇, 1035-1105)은 옛날에 왕안석(1021-1086)이 반대파를 숙청하던 것과는 비교도 안 될 정도로 무자비하게 복수의 칼을 휘두르기 시작했다. 소식은 소성 원년(1094) 윤4월에 단명전학사겸한림시독학사(端明殿學士兼翰林侍讀學士)의 품계를 삭탈당하고 좌조봉랑지영주(左朝奉郎知英州)에 임명되었다가 곧이어 더욱 강등되어 좌승의랑지영주(左承議郎知英州)의 명을 받았고, 6월 25일 당도[當塗, 지금의 안휘성(安徽省) 회원현(懷遠縣) 동남쪽]에 이르렀을 때 다시 좌승의랑(左承議郎)의 품계를 삭탈당함과 동시에 책수건창군사마(責授建昌軍司馬) 혜주안치(惠州安置)의 유배령을 받았다. 대유령(大庾嶺) 이남의 광동 지방으로까지 유배된 것이다. 그는 그해 10월 2일 혜주에 도착하여 소성 4년(1097)까지 그곳에서 지냈다. 거기서 지내는 동안 그는 북으로 돌아갈 희망이 없음을 알고는 마음을 편안하게 가지기 위해 자신을 혜주 사람으로 여기려고 노력했다.[2]

---

1) 〈동부에서 빗속에 자유와 작별하며(東府雨中別子由)〉[《소식시집(蘇軾詩集)》 권37]라는 시에서 그는 정주[定州, 지금의 하북성(河北省) 정주]로 떠나가는 자신의 심경을 "마당에 서 있는 오동나무야, 삼 년에 세 차례 너를 봤구나. 재작년에 영주로 떠날 때에는, 가을비에 울고 있는 너를 보았고, 작년에 가을비가 내릴 때에는, 내가 막 양주에서 돌아왔었지. 금년에 또 정주로 떠나가다니, 백발이라 돌아올 기약이 없겠구나(庭下梧桐樹, 三年三見汝. 前年適汝陰, 見汝鳴秋雨. 去年秋雨時, 我自廣陵歸. 今年中山去, 白首歸無期)"라고 표현했다.
2) 그는 외사촌 형 정지재(程之才)에게 보낸 편지 〈정정보에게(與程正輔七十一首)〉[단서위(段書偉)·이지량(李之亮)·모덕부(毛德富) 주편(主編), 《주역본소동파전집(注譯本蘇東坡全集)》, 북경(北京): 북경연산출판사(北京燕山出版社), 1998, 3755-3806쪽] 제13수에서 "저는 최근의 세상사를 살펴보고 북쪽으로 돌아갈 희망을 이미 버렸습

이처럼 소식이 자신을 혜주 사람으로 생각하며 거기서 여생을 보낼 각 오로 마음 편하게 지낸다는 사실을 안 장돈은 이를 심히 못마땅하게 여겨 마침내 그를 바다 건너 담주[儋州, 지금의 해남성(海南省) 담주시 중화진 (中和鎭)]까지 보내고 말았다. 소성 4년(1097) 4월 17일에 책수경주별가(責 授瓊州別駕) 창화군안치(昌化軍安置)의 명을 받은 62세 노인 소식은 가족 들을 혜주에 남겨 둔 채 막내 아들 소과(蘇過)만 데리고 4월 19일에 출발하 여 7월 21일에 유배지인 담주에 도착했다. 그는 더위·습기·장기(瘴氣)· 가난 등과 싸우면서 3년 동안 그곳에서 유배 생활을 했다.

원부 3년(1100) 1월 철종이 승하하고 휘종(徽宗)이 즉위하자 그해 4월에 원우 대신들이 대거 사면되었다. 소식은 5월에 경주별가(瓊州別駕) 염주 안치(廉州安置)로 감형되고 8월에 서주단련부사(舒州團練副使) 영주거주 (永州居住)로 감형되었다가 11월에는 다시 조봉랑의 품계를 회복하고 제 거성도옥국관(提擧成都玉局觀)이 되었으며 거주의 자유도 회복되어 북쪽 으로 돌아갔다. 그러나 건중정국 원년(1101) 6월에 관직에서 물러나 상주 [常州, 지금의 강소성(江蘇省) 상주]에 머무는 동안 병세가 점점 악화되어 7월 28일에 마침내 세상을 떠나고 말았다.

소식은 자신의 평생을 회고하여 "너의 평생 공적이 무엇이더냐? 황주· 혜주·담주라네"[3]라고 했거니와 황주·혜주·담주에서의 유배 생활은 그

니다만 마음은 심히 편안합니다(某睹近事, 已絶北歸之望. 然中心甚安之)"라고 했고, 문하생 손협(孫緽)에게 보낸 편지 〈손지강에게(與孫志康二首)〉[《주역본소동파전집 (注譯本蘇東坡全集)》, 3889-3892쪽] 제2수에서 "이제 북쪽으로 돌아가는 날은 없을 것이므로 마침내 스스로 혜주 사람이라 생각하고 차츰 영구적으로 이곳에서 살 계획 을 세워 가고 있네. 정말로 여기서 일생을 마친다고 한들 안 될 것이 뭐 있겠나?(今北 歸無日, 因遂自謂惠人, 漸作久居計. 正使終焉, 亦有何不可?)"라고 했다.
3) "問汝平生功業, 黃州惠州儋州."[《소식시집(蘇軾詩集)》 권48 〈스스로 금산사의 초

의 생애에 있어서 매우 중요한 위치를 차지한다. 따라서 이 시기의 그의 사도 그만큼 중요성을 지닌다.

앞에서 살펴본 바와 같이, 소식은 황주로 유배된 시기에 처음 얼마간 좌절감과 상실감에 빠져 있었던 것말고는 대체로 초연하고 탈속적인 자세를 견지했고 그러한 삶의 자세가 그의 사에 반영되어 있었다. 60대 초반에서 60대 중반에 해당하는 영해유배 시기는 40대 후반이었던 황주유배 시기에 비해 연륜이 15~20년 더 쌓인 만큼 그의 처세태도가 더 원숙해지고 유연해졌을 것이며 이것은 그의 사에도 반영되어 있을 것으로 추측할 수 있다. 이 장에서는 소식이 유배령을 받아 혜주로 떠난 소성 원년(1094) 6월부터 혜주와 담주에서의 유배 생활을 거쳐 휘종의 감형과 사면을 받아 북쪽으로 돌아가는 도중 상주에서 마침내 병사하고 만 건중정국 원년(1101) 6월까지의 7년 동안에 지어진 그의 사 16수를 대상으로 이 시기 소식 사의 성격을 살펴봄으로써 이 추측을 확인해 보기로 한다.

상화에 부처(自題金山畫像)〉1.

제1절 | 영해유배 시기의 제재별 사풍

이 시기의 소식 사는 여성에 대한 자신의 애틋한 사랑의 감정을 노래한 염정사, 친구와의 이별의 슬픔이나 친구에 대한 그리움을 노래한 우정사, 자연의 아름다움을 묘사한 영물사와 서경사, 인생무상감이나 자신의 불우한 신세를 하소연한 감개사가 각각 3~5수씩으로 비슷비슷한 비중을 차지한다. 먼저 염정사를 살펴보자.

浣溪沙

----端午----

輕汗微微透碧紈. 明朝端午浴芳蘭. 流香漲膩滿晴川.

綵線輕纏紅玉臂, 小符斜挂綠雲鬟. 佳人相見一千年.

완계사
——단오——

조금씩 솟은 땀이 깁을 뚫고 나오나니
내일은 단오절이니 난초 물에 목욕하면
맑은 날의 시내에 향기와 기름기 넘치리라.

홍옥 같은 팔뚝엔 비단 색실을 살짝 묶고
검푸른 쪽머리엔 작은 부적이 기우뚱
가인과 더불어 천 년 만 년 살고 지고.

　이 사는 소성 2년(1095) 단오절 하루 전에 시첩(侍妾) 조운(朝雲)을 위하
여 지은 것으로 여겨진다.[4] 조운은 열두 살 되던 해인 희령 7년(1074)에
소식의 시첩으로 들어온 이래 한시도 그의 곁을 떠나지 않은 충직한 반려
자였다. 소식이 혜주로 유배될 때 다른 시첩들은 모두 소식의 곁을 떠났지
만 유독 조운만은 고생을 마다 않고 그를 따라 귀양길에 올랐다.[5] 이 사에
는 이처럼 고생할 줄 뻔히 알면서 낯설고 물선 머나먼 남방까지 자신을
따라와 준 조운에 대한 애틋한 사랑이 드러나 있다.

---

　4) 조수명(曹樹銘), ≪소동파사(蘇東坡詞)≫, 396쪽 및 증조장(曾棗莊), 〈동파 사 중의
　　조운(東坡詞中的朝雲)〉[소식연구학회(蘇軾硏究學會), ≪동파사논총(東坡詞論叢)≫,
　　성도(成都): 사천인민출판사(四川人民出版社), 1982], 222쪽 참조.
　5) 소식은 그의 시 〈조운(朝雲詩)〉[≪소식시집(蘇軾詩集)≫ 권38]의 서문에서 "우리 집에
　　는 시첩이 몇 명 있었는데 4~5년 사이에 하나하나 떠나가고 유독 조운만 나를 따라
　　남쪽으로 옮겨 갔다(予家有數妾, 四五年相繼辭去, 獨朝雲者, 隨予南遷)"라고 했다.

殢人嬌

――贈朝雲――

白髮蒼顔, 正是維摩境界. 空方丈·散花何礙. 朱脣筋點, 更髻鬢生彩.

這些個, 千生萬生只在.

好事心腸, 著人情態. 閒窗下·斂雲凝黛. 明朝端午, 待學紉蘭爲佩.

尋一首好詩, 要書裙帶.

체인교

――조운에게――

새하얀 머리에 파리한 얼굴

지금의 나는 바로 유마의 경지

사방이 한 길 되는 유마의 빈 방에서

천녀가 되어 천화를 뿌려 본들 어떠리[6]

젓가락으로 점 찍은 조그만 붉은 입술

게다가 반들반들 윤이 나는 쪽머리

이러한 것들

---

6) 부간(傅幹)의 ≪주파사(注坡詞)≫ 권8에 "유마힐은 사방 열 자 되는 방에 2만 2천 개의 사자좌(설법을 위해 마련하는 좌석)를 들여놓을 수 있으니 그렇게 하는 데에 아무런 장애도 없다. 방 안에 천녀가 한 명 있어서 설법을 들을 때마다 모습을 드러내어서는 여러 보살과 대제자에게 천화를 뿌린다(維摩詰以一丈之室, 能容二萬二千師子座, 無所妨礙. 室中有一天女, 每聞說法, 便現其身, 卽以天花散諸菩薩大弟子上)"라는 주석이 있고, 용유생(龍楡生)의 ≪동파악부전(東坡樂府箋)≫ 권2에 ≪유마힐경(維摩詰經)≫을 인용한 "천녀가 천화를 여러 보살에게 뿌리자 다 떨어져 버리고, 대제자에게 뿌리자 달라붙어서 떨어지지 않았다. 그러자 천녀가 '번뇌가 다 없어지지 않았기 때문에 꽃이 몸에 달라붙는 것입니다. 번뇌가 다 없어지면 꽃이 몸에 달라붙지 않습니다'라고 했다(天女以天花散諸菩薩, 卽皆墮落, 至大弟子, 便著不墮. 天女曰: '結習未盡, 故花著身. 結習盡者, 花不著身.')"라는 주석이 있다.

천 생이고 만 생이고 변함없이 존재하라.

나를 돕기 좋아하는 갸륵한 마음씨에
애교가 철철 넘치는 표정과 태도
인적 없는 창 밑에서
검은 머리 쪽 찌고 눈썹을 그리는구나.
내일이면 단오절
난초 꼬아 패물 만든 굴원을 본받을 제7)
멋진 시를 한 수 지어
치마 끈에 써 주리라.

　　이것은 앞의 사와 같은 시기에 같은 목적으로 지은 사이다. 단오절 선물
로 난초 패물과 시밖에 줄 것이 없음을 안타까워하면서 그녀의 외로운
처지를 위로하고 그녀의 고결한 품성을 찬양했다. 사인 자신을 사방으로
한 길밖에 안 되는 좁은 방에 2만 2천 명의 제자를 앉혀 놓고 불법을 가르
쳤다는 유마힐(維摩詰)에 빗대고 조운을 그 유마힐의 방에서 보살(菩薩)
과 대제자(大弟子)들에게 천화(天花)를 뿌렸다는 천녀에 빗대는 등 번뇌
에서 벗어나 적정(寂靜)의 경지에 이른 듯한 인상을 준다.

蝶戀花

──同安君生日放魚, 取金光明經救魚事.──

---

7) 굴원(屈原)의 〈이소(離騷)〉에 "강리(江離)와 벽지(辟芷)를 몸에 두르고, 가을 난초
　　꼬아서 패물로 삼았도다(扈江離與辟芷兮, 紉秋蘭以爲佩)"라는 구절이 있다.

泛泛東風初破五. 江柳微黃, 萬萬千千縷. 佳氣鬱蔥來繡戶.

當年江上生奇女.

一琖壽觴誰與擧. 三箇明珠, 膝上王文度. 放盡窮鱗看圉圉.

天公爲下曼陀雨.

접련화
——동안군의 생일날 물고기를 방생하고
《금광명경》의 물고기를 구해 준 이야기를 읊는다.——
온 천지에 동풍 부는 정월 초닷새
강가의 버들은 누르스름해져서
천 가닥 만 가닥의 실이 하늘거리고
봄기운이 성큼성큼 비단 문을 찾아올 제
그 옛날 강가에 비범한 여자가 태어났네.

장수를 비는 술잔 누구와 함께 드나?
세 개의 야광주가[8]
무릎 위의 왕문도네.[9]
물 잃은 물고기 다 놓아주고 비실대는 모습 보고 있자니
하늘이 만다라화를 비처럼 뿌려 주네.

---

8) 세 개의 야광주(三箇明珠)는 소식의 세 아들 소매(蘇邁)·소태(蘇迨)·소과(蘇過)를
   가리킨다.
9) 제5장 주4 참조.

소성 3년(1096) 정월에 지은 일종의 도망사(悼亡詞)로 3년 전에 죽은
두 번째 부인 왕윤지(王閏之)의 생일을 맞아 독실한 불교 신자였던 그녀를
위해 ≪금광명경≫의 고사에 따라 물고기를 사서 방생해 주고 지은 것이
다. 부인의 비범한 면모를 찬양하고, 그녀가 먼저 저 세상으로 가 버리는
바람에 세 아들과 함께 오순도순 살지 못하게 된 안타까움을 토로했다.
비교적 평온한 가운데 잔잔한 물결 같은 아련한 아픔이 느껴진다.

위의 사가 노골적으로 도망사임을 표방한 것이라면 다음의 사는 외견상
영물사의 형태를 띠면서 실질적으로는 시첩 조운의 죽음을 애도한 것
이다.

西江月

玉骨那愁瘴霧, 冰姿自仙風. 海仙時遣探芳叢, 倒挂綠毛么鳳.

素面常嫌粉涴, 洗妝不褪脣紅. 高情已逐曉雲空, 不與梨花同夢.

서강월

옥 같은 몸이 어찌 장기를 걱정하리

얼음 같은 자태가 원래 신선의 풍채인데?[10]

바다의 신선이 때때로 꽃을 찾게 하는지라

깃털 푸른 작은 봉황이 거꾸로 매달렸네.[11]

---

10) ≪장자(莊子)·소요유(逍遙遊)≫에 "막고야산에 신선이 살고 있는데 피부가 빙설과
  같고 나긋나긋하기가 처녀와 같습니다. 오곡을 먹지 않고 바람을 들이켜고 이슬을
  마시며 구름을 타고 비룡을 몰아 사해의 바깥에서 노닙니다(藐姑射之山, 有神人居
  焉, 肌膚若冰雪, 綽約若處子. 不食五穀, 吸風飮露, 乘雲氣, 御飛龍, 而遊乎四海之
  外)"라는 말이 있다.

11) '깃털 푸른 작은 봉황(綠毛么鳳)'이란 혜주[惠州], 지금의 광동성(廣東省) 혜주의 매화

맨 얼굴을 한 채 언제나 분으로 더럽히길 싫어하나

화장을 씻어도 발그레한 빛이 바래지 않네.12)

고아한 정은 벌써 새벽 구름을 따라가고

배꽃과는 함께 꿈을 꾸려고 하지 않네.

　이 사는 남송 사람 부간(傅幹)의 ≪주파사(注坡詞)≫와 명나라 사람 모
진(毛晉)의 ≪송육십명가사(宋六十名家詞)≫본 ≪동파사≫에 각각 '오래
된 매화(古梅)'와 '매화(梅花)'라는 제목이 붙어 있다.13) 또 혜홍(惠洪,
1071-1128)의 ≪냉재야화(冷齋夜話)≫에는 "동파가 혜주에서 매화사를 지
어 '……'라고 했는데 당시 시첩 조운이 죽은 지 얼마 안 되었으므로 거기
에 깃든 의미는 조운을 뜻한다"14)라고 했다. 그러므로 이 사는 표면적으로
는 혜주의 매화를 읊으면서 이면적으로는 조운을 그린 것이라고 할 수

나무 숲에 사는 진귀한 새로 녹모봉(綠毛鳳)과 비슷하나 더욱 작으며 도괘자(倒掛子)
라고도 한다. 증조장(曾棗莊), 〈동파 사 중의 조운(東坡詞中的朝雲)〉, 224쪽 참조.

12) 영남(嶺南)의 매화나무는 중원(中原)과 달라서 꽃이 복숭아꽃처럼 붉고 향기가 있으
며, 잎의 가장자리도 붉어서 꽃이 시든 뒤에도 잎은 여전히 붉다. 증조장(曾棗莊),
〈동파 사 중의 조운(東坡詞中的朝雲)〉, 224쪽 참조.

13) 부간(傅幹)의 ≪주파사(注坡詞)≫ 권2에 수록되어 있는 이 사에는 '오래된 매화나무
(古梅)'라는 제목이 붙어 있는데 유상영(劉尙榮)의 교감기(校勘記)에 "사의 제목을
보면, 원본[원(元) 연우(延祐) 7년(1320)에 섭증(葉曾)의 운간남부초당(雲間南阜草堂)
에서 간행한 ≪동파악부(東坡樂府)≫]에는 제목이 없고 오늘의 초본과 ≪이묘집≫본
및 모본[명(明) 모진(毛晉), ≪송육십명가사(宋六十名家詞)≫본 ≪동파사(東坡詞)≫]
에는 제목이 '매화(梅花)'로 되어 있으며 ≪동파외집≫에는 제목이 '혜주에서 매화를
읊는다(惠州詠梅)'로 되어 있다(詞題, 元本無題, 吳訥鈔本 · ≪二妙集≫本 · 毛本題
作'梅花', ≪東坡外集≫題作'惠州詠梅')"라고 했다. 송(宋) 소식(蘇軾) 저(著)/송(宋)
부간(傅幹) 주(注)/유상영(劉尙榮) 교증(校證), ≪부간주파사(傅幹注坡詞)≫, 성도
(成都): 파촉서사(巴蜀書社), 1993, 63쪽 참조.

14) "東坡在惠州作梅詞, 云: '……' 時侍兒朝雲新亡, 其寓意爲朝雲也."[송(宋) 호자(胡
仔), ≪초계어은총화(苕溪漁隱叢話)≫ 〈전집(前集)〉 권41].

있다. 옥과도 같고 얼음과도 같은 매화의 자태를 선녀처럼 맑고 고운 조운의 자태와 결부시키고 나아가 매화의 고상하고 산뜻한 아름다움을 조운의 고결한 품성으로 연결시켰다. 다른 시첩들이 다 도망가는데도 불구하고 무덥고 습기찬 아열대지방 혜주까지 자신을 따라가 준 조운이 더없이 사랑스럽게 보였을 것임은 당연한 이치이다. 그리고 그러한 그녀가 먼저 가고 없음에 따른 허전함과 가슴 아픔 또한 클 수밖에 없었을 것이다. 그리하여 이 사는 앞의 여섯 구절에서 매화, 즉 조운의 자태를 청려하게 묘사했음에도 불구하고 마지막 두 구절로 인하여 전체적으로 찡한 애상감(哀傷感)을 느끼게 한다.

이상에서 본 바와 같이 이 시기의 염정사는 대개 자신의 처첩에 대한 사랑이나 그리움을 노래한 작품들이고 처첩 이외의 다른 여성을 노래한 것은 다음의 〈자고천(鷓鴣天)〉 1수밖에 없다.

鷓鴣天

——陳公密出侍兒素娘, 歌紫玉簫曲, 勸老人酒, 老人飲盡, 爲賦此詞.——
笑撚紅梅嚲翠翹. 揚州十里最妖嬈. 夜來綺席親曾見, 撮得精神滴滴嬌.
嬌後眼, 舞時腰. 劉郎幾度欲魂消. 明朝酒醒知何處? 腸斷雲間紫玉簫.

자고천

——진공밀이 시첩 소낭을 불러내어 〈자옥소곡〉을 부르고 노인에게 술을 권하게 하기에 노인이 다 마신 뒤에 그 아이를 위해 이 사를 짓는다.——
취교를 늘어뜨린 채 웃으며 홍매를 만지작거리는
십 리 길 양주로에서 으뜸가는 예쁜 아이[15]

밤에 멋진 자리에서 내 눈으로 보았더니
얼굴에 생기가 가득하고 더할 데 없이 아리땁네.

아리따운 그 애의 눈
춤출 때의 그 애 허리
유랑은 몇 번이나 넋이 나가려 했던가?[16]
내일 아침 술이 깨면 어느 곳일까?
구름 속의 〈자옥소〉가 남의 애를 다 끊네.

이것은 원부 3년(1100) 11월 유배에서 풀려나 북쪽으로 돌아가던 도중 소주[韶州, 지금의 광동성(廣東省) 곡강(曲江) 서쪽]에 이르렀을 때 곡강현령 진진[陳縝, 자(字): 공밀(公密)]이 내놓은 시첩 소낭(素娘)의 아리따운 자태를 묘사한 것이다. 가기(歌妓)를 인격체로 대하면서 그녀의 아름다운 자태를 칭송한 점이 황주유배 시기를 포함한 다른 시기의 염정사와 비슷하며 오랜 유배 생활을 끝내고 돌아가는 도중이어서 그런지 밝고 쾌활한 분위기를 느낄 수 있다. 이것은 유배 생활이 끝나고 서울로 돌아가는 도중에 지은 것인 만큼 풍격상 영해유배 시기의 사와 차이가 있을 수밖에 없지만 유배가 풀리기 직전의 사와 대비해 봄으로써 갑작스러운 사풍의 변화를 관찰할 수 있다.

---

15) 당나라 사람 두목(杜牧)의 〈헤어지는 사람에게(贈別)〉에 기녀의 아리따운 자태를 묘사하여 "십 리 되는 양주 길에 봄바람 불어, 주렴을 다 걷어도 모두 너만 못하구나(春風十里揚州路, 捲上珠簾總不如)"라고 했다.
16) 유랑(劉郎)은 표면적으로는 이 사공(司空)의 연회에 참석한 유우석(劉禹錫)을 가리키면서 비유적으로 소식 자신을 가리킨다. 제3장 주2 참조.

황주유배 시기와 영해유배 시기의 염정사를 비교해 보면, 황주유배 시기의 염정사는 대부분 친구가 자기를 위로하기 위해 마련한 연회에서 춤과 노래로 주흥을 돋우어 준 가기들의 용모와 자태를 칭송하고 그들의 노고를 치하한 것으로 자신의 감정을 별로 담고 있지 않아 대체로 담담한 데 반해 영해유배 시기의 염정사는 대부분 자기 자신의 처첩에 대한 사랑과 그리움을 노래한 것으로 자신의 감정을 많이 담고 있어 읽는 이로 하여금 연민의 정을 느끼게 한다. 또 황주유배 시기에는 염정사가 전체의 약 10분의 1을 차지했는데 이에 비해 영해유배 시기에는 염정사가 전체의 약 3분의 1로 가장 큰 비중을 차지한다는 것도 특징적인 면모이다.

친구와의 이별에서 오는 슬픔이나 멀리 있는 친구에 대한 그리움을 노래한 우정사는 전체의 약 4분의 1로, 가장 큰 비중을 차지했던 황주유배 시기 및 다른 시기들에 비하면 다소 비중이 작아졌지만, 여전히 중요한 위치를 차지한다.

歸朝歡

——和蘇伯固——

我夢扁舟浮震澤. 雪浪搖空千頃白. 覺來滿眼是盧山, 倚天無數開靑壁.

此生長接淅. 與君同是江南客. 夢中遊, 覺來淸賞, 同作飛梭擲.

明日西風還挂席. 唱我新詞淚沾臆. 靈均去後楚山空, 澧陽蘭芝無顔色.

君才如夢得. 武陵更在西南極. 竹枝詞, 莫傜新唱, 誰謂古今隔.

귀조환

——소백고에게 화답하여——

꿈속에 조각배를 진택에다 띄웠더니
눈더미 같은 흰 파도가 일망무제로 허공을 흔들었는데
깨어나니 눈에 가득 여산의 풍경
하늘에 기댄 가파른 청산이 무수히 펼쳐졌군요.
언제나 쫓기듯이 떠도는 이내 인생
지금은 그대와 함께 강남 나그네
꿈속에서 놀던 일을
깨어나 담담하게 음미해 보니
우리 모두 북이 되어 던져지는 신세네요.

내일이면 서풍에 또다시 돛을 달고
내 새 노래 부르며 눈물로 가슴을 적시겠지요.
영균이 떠난 뒤로 초 땅의 산은 텅텅 비고
예양의 난초와 지초도 그 빛을 잃었겠지요.
그대의 재주가 유몽득과 맞먹으니
무릉이 더욱 먼 서남단에 있다 해도
〈죽지사〉를 새로 짓고
〈막요가〉를 새로 부르면
고금이 막혔다고 누가 말하겠어요?

소성 원년(1094) 윤4월 지영주군주사(知英州軍州事), 즉 영주지주에 임
명되어 부임해 가던 소식은 6월 25일 당도[當塗, 지금의 안휘성(安徽省)
당도)]에 이르렀을 때 다시 건창군사마(建昌軍司馬) 혜주안치(惠州安置)

의 유배령을 받았다. 이 사는 유배령을 받아 혜주로 가던 도중인 그해 7월
에 여산(廬山) 기슭에 있는 구강(九江)을 지나가다가 친구 소견[蘇堅, 자
(字): 백고(伯固)]과 작별하면서 지은 것이다.17) 유우석(劉禹錫, 772-842)이
낭주[朗州, 지금의 호남성(湖南省) 상덕(常德)] 사마(司馬)로 유배되어 있
을 때 그 지방의 무가(巫歌)가 너무 비속함을 안타깝게 여긴 나머지 굴원
(屈原, 343-290 B.C.)의 《구가(九歌)》를 본떠 〈죽지사(竹枝詞)〉 9수를 지었
기 때문에 무릉(武陵) 사람들이 부르는 노래 가운데 유우석의 가사가 많았
는데18) 소식은 이 고사를 인용하여 소견을 위로하고 동시에 자신을 위한

---

17) 청나라 사람 왕문고(王文誥)의 《소문충공시편주집성총안(蘇文忠公詩編注集成總
案)》 권38 '소성 원년 7월(紹聖元年七月)'에 "구강에 이르러 소견과 눈물로 작별하며
〈귀조가〉 사를 지었다(達九江與蘇堅泣別作〈歸朝歌〉詞)"라고 했는데, '〈귀조가(歸
朝歌)〉'는 '〈귀조환(歸朝歡)〉'의 착오임이 분명하다.
18) 《구당서(舊唐書) · 유우석전(劉禹錫傳)》에 "왕숙문이 패배하자 거기에 연좌되어 연
주자사로 폄적되었는데 도중에 다시 낭주사마로 폄적되었다. 낭주는 지역이 서남쪽
에 있어서 풍속이 비루하고 사방의 습속이 달라 더불어 이야기할 사람이 없었다. 유우
석은 10년 동안 낭주에 있으면서 오로지 문장을 읊조리고 성정을 도야하기만 했다.
남방의 풍속은 무당을 좋아했는데 매번 사당에서 북을 치고 춤을 출 때마다 반드시
비속한 노래를 불렀다. 유우석도 간혹 그 틈에 끼었기 때문에 굴원(屈原)의 작품에
의거하여 새로운 가사를 지어 그것을 무당과 박수에게 가르쳐 주었다. 그러므로 무릉
계곡에서 오랑캐들이 부르는 노래는 대부분 유우석이 지은 가사이다(叔文敗, 坐貶連
州刺史, 在道, 貶朗州司馬. 地居西南夷, 土風僻陋, 擧目殊俗, 無可與言者. 禹錫在
朗州十年, 唯以文章吟詠, 陶冶情性. 蠻俗好巫, 每淫祠鼓舞, 必歌俚辭. 禹錫或從事
於其間, 乃依騷人之作, 爲新辭以敎巫祝. 故武陵谿洞間夷歌, 率多禹錫之辭也)"라고
했고, 유우석의 〈죽지사(竹枝詞)〉 서문에는 "사방의 노래는 곡조는 달라도 즐겁기는
마찬가지이다. 정월에 내가 건평(建平)에 왔더니 마을 아이들이 〈죽지(竹枝)〉를 연달
아 노래하는데 짧은 피리와 북으로 리듬을 맞추고 노래 부르는 사람은 소매를 들고
너울너울 춤을 추는데 곡이 많은 쪽이 이긴 것으로 쳤다. 그 소리를 들으니 황종우(黃
鐘羽)와 일치하고 종장(終章)이 격앙(激昂)하는 것이 마치 오성(吳聲) 같았다. 비록
껄끄러워서 분간할 수 없기는 했지만 그 속에 담긴 생각이 완전(宛轉)하여 〈기수 물굽
이(淇澳)〉의 염려(艶麗)한 음조(音調)가 있었다. 옛날 굴원이 원수(沅水) · 상수(湘
水) 일대에 살 때 그곳 백성들이 신을 맞이했는데 그 가사가 비루한 것이 많아 〈구가
(九歌)〉를 지었거니와 오늘날에 이르기까지 형초(荊楚) 지방에서는 그것을 노래하고

자위의 말로도 삼고 있다. 유배령을 받은 지 얼마 안 된 때라 그런지 자신을 위로하기 위한 안쓰러운 노력에도 불구하고 북받치는 감정이 여기저기에 불거져 나와 있다.

木蘭花令

——宿造口聞夜雨寄子由·才叔——

梧桐葉上三更雨. 驚破夢魂無覓處. 夜涼枕簟已知秋, 更聽寒螿促機杼.

夢中歷歷來時路. 猶在江亭醉歌舞. 尊前必有問君人, 爲道別來心與緒.

목란화령

——조구에서 묵으며 밤비 소리를 듣고 자유와 재숙에게——

오동나무 잎사귀에 삼경의 비가 내려

그 소리에 놀라 깬 꿈 다시 찾을 길이 없네.

밤 공기에 잠자리가 차서 가을인 줄 알겠는데

베 짜기를 재촉하는 귀뚜라미 소리도 들리네.

꿈속에 올 때의 길 또렷하게 보았거니

아직도 정자에서 가무에 취해 있었다네.

술자리에서 틀림없이 묻는 사람이 있을 테니

거기에 맞추어 춤을 춘다. 그러므로 나도 〈죽지(竹枝)〉 9편을 지어 노래 잘하는 사람으로 하여금 목청을 돋우어 부르게 했다(四方之歌, 異音而同樂. 歲正月, 余來建平. 里中兒聯歌〈竹枝〉. 吹短笛, 擊鼓以赴節. 歌者揚袂睢舞, 以曲多爲賢. 聆其音中黃鐘之羽, 卒章激訐如吳聲. 雖傖儜不可分, 而含思宛轉, 有〈淇澳〉之豔音. 昔屈原居沅湘間, 其民迎神, 詞多鄙陋, 乃爲作〈九歌〉. 到於今, 荊楚歌舞之. 故余亦作〈竹枝〉九篇, 俾善歌者颺之)"라고 했다.

나를 위해 헤어진 뒤의 내 심정을 말해 주게.

청나라 사람 주조모(朱祖謀, 1857-1931)는 '강서지방 조구의 벽에 쓰다 (書江西造口壁)'라는 제서(題序)를 가지고 있는 신기질(辛棄疾, 1140-1207) 의 사 〈보살만(菩薩蠻)〉(鬱孤臺下淸江水)에 "울고대 아래의 마알간 강물" 이라고 한 것을 근거로 조구에서 지은 소식의 이 사가 남방으로 유배 가는 도중 감주(贛州) 일대에서 지어진 것으로 보았다.[19] 그렇다면 위의 사와 마찬가지로 이 사 역시 유배령을 받은 지 얼마 안 된 때인 소성 원년(1094) 7~8월경에 지은 것으로, 동생과 친구를 떠나 멀리 남방으로 유배되어 가는 사람으로서의 닥쳐올 미래에 대한 두려움과 속절없이 흘러가 버린 지난 세월에 대한 아쉬움, 그리고 동생과 친구에 대한 애타는 그리움 등 지극히 인간적인 감정이 작품을 관통하고 있다고 할 수 있다.

다음의 사는 위의 2수와 달리 상당히 초연한 면모를 보인다.

浣溪沙
──紹聖元年十月二十三日, 與程鄕令侯晉叔 · 歸善簿譚汲同遊大雲寺,
野飮松下, 仍設松黃湯, 作此閱. 余近釀酒, 名之曰萬家春,
蓋嶺南萬戶酒也.──

---

19) 주조모(朱祖謀)의 ≪강촌총서(疆村叢書)≫본 ≪동파악부(東坡樂府)≫에 "신기질의
사 〈강서지방 조구의 벽에 쓰다(書江西造口壁)〉에 '울고대 아래의 마알간 강물'이라
는 말이 있으므로 지역이 당연히 감주에 있을 것이니 이 사는 남방으로 유배 갈 때
지은 것이다(案辛棄疾〈書江西造口壁〉詞有'鬱孤臺下淸江水語, 地當在贛州, 詞爲
南遷時作)"라고 했다. 울고대(鬱孤臺)는 지금의 강서성(江西省) 감주(贛州) 서북쪽의
장강(章江) 남안(南岸)에 있다[위숭산(魏嵩山), ≪중국역사지명대사전(中國歷史地
名大辭典)≫, 광주(廣州): 광동교육출판사(廣東教育出版社), 1995, 632쪽 참조].

羅襪空飛洛浦塵. 錦袍不見謫仙人. 攜壺藉草亦天眞.

玉粉輕黃千歲藥, 雪花浮動萬家春. 醉歸江路野梅新.

완계사

────소성 원년(1094) 10월 23일 정향현령 후진숙 및
귀선주부 담급과 함께 대운사에 놀러 갔다가 소나무 아래에 앉아
술도 마시고 송황탕도 마신 후 이 사를 지었다.
나는 근래에 술을 빚어 만가춘이라고 이름 지었으니
대체로 영남의 만호주와 비슷하다.────
조식은 비단 버선으로 낙수 가의 먼지만 날렸고[20]
비단 도포 입은 적선인도 눈에 띄지 않는 세상
술병 들고 풀밭에 앉으니 이것이 역시 천진이로다.

옥가루가 누르무레한 천 년 사는 장생약과
눈꽃이 동동 뜬 맛있는 술 만가춘을 마시고
취해서 돌아가니 들매화가 갓 피었다.

그해 10월 혜주의 유배지에 도착한 지 얼마 안 되어 그곳 관리들과 함께
대운사라는 절에 놀러 갔다가 야외에서 술자리를 마련하고 자신이 손수
빚은 만가춘이라는 술과 송홧가루로 만든 송황탕이라는 선약(仙藥)을 마
신 감회를 그린 것이다. 위의 사들에 비해 상당히 초연하고 침착해진 그의

---

20) 삼국시대 위(魏)나라 사람 조식(曹植)의 〈낙신부(洛神賦)〉에 "파도를 넘어가듯 사뿐
사뿐 걸으니, 얇은 비단 버선에서 먼지가 난다(陵波微步, 羅襪生塵)"라는 구절이 있다.

심경을 담고 있다.

이 시기의 우정사로 〈감자목란화(減字木蘭花)〉(海南奇寶)가 1수 더 있는데 이것은 원부 3년(1100) 해남도 담주에서 지은 것으로 왕중옹(王仲翁)이라는 노인의 인품과 처세 태도를 다소 해학적인 필치로 그렸다. 역시 담담한 심경으로 대상을 관찰했을 뿐 자신의 애잔한 정서가 담겨 있지는 않은 작품이다.

이 시기의 우정사는 모두 4수로 2수는 유배에 따른 감정의 동요를 담고 있고, 나머지 2수는 비교적 담담한 필치로 교우의 즐거움을 그리고 있기는 하지만 크게 초연하거나 탈속적이라고 할 수는 없다. 그러므로 전체적으로 볼 때 이 시기의 우정사는 황주유배 시기에 비해 훨씬 처량하고 감상적이라고 할 수 있다.

이 시기의 사 가운데 구체적인 자연물의 아름다움을 미시적으로 묘사한 영물사와 대자연의 아름다움을 거시적으로 묘사한 서경사는 각각 3수와 1수가 있다. 그리고 앞에서 본 〈서강월(西江月)〉(玉骨那愁瘴霧) 역시 처첩에 대한 애도의 정을 기탁한 영물사로 볼 수 있다.

이 시기의 영물사나 서경사는 아무래도 남방에서 처음으로 보게 된 특이한 사물이나 남방 풍경이 묘사의 주된 대상이 되었다. 다음 사는 남방에서 처음으로 그 진가를 알게 된 감귤을 노래한 것이다.

浣溪沙

——詠橘——

菊暗荷枯一夜霜. 新苞綠葉照林光. 竹籬茅舍出靑黃.

香霧噀人驚半破, 淸泉流齒怯初嘗. 吳姬三日手猶香.

완계사

———굴———

국화는 은은하고 연꽃은 시들고 밤새 서리 내릴 제
새 꽃망울과 푸른 잎이 숲을 훤히 비추는데
대 울타리 친 초가집에 파란 것과 노란 것이 보인다.

향긋한 안개가 뿜어져 나와 깜짝 놀라 반으로 쪼개니
맑은 샘물이 이 사이로 흘러 맛을 보기 겁나는데
오지방 여인은 사흘이 지나도 손에서 아직 향내 난다.

서리가 내리는 추운 계절에 노랗게 잘 익은 감귤 열매가 푸른 잎새 사이
로 고개를 내민 모습은 분명 북녘에서는 보기 힘든 이국적인 광경이다.
그리고 그것을 쪼개 먹으면 얼마나 향긋하고 군침이 도는가? 그의 시 〈감
귤을 먹으며(食甘)〉에도 "맑은 샘이 조올졸 이빨 사이로 흐르고, 향긋한
안개가 자욱하게 사람에게 뿜어지려네"[21]라고 한 것을 보면 감귤의 향긋
한 냄새가 그에게 특별히 인상적이었던 모양이다. 이 사는 소성 원년
(1094) 가을 혜주로 가는 도중 광주(廣州)에 이르렀을 때 그곳의 토산물인
감귤을 먹은 감회를 읊은 것으로, 처음으로 맛보는 남방 과일에 대한 자신
의 인상을 담담하게 묘사했을 뿐 유배에 따른 좌절감 같은 것은 전혀 담고
있지 않으며 별다른 우의를 기탁하고 있지도 않다.
이 시기의 영물사로 위의 사 이외에 역시 감귤을 처음 먹은 감회를 읊은

---

21) "淸泉蔌蔌先流齒, 香霧霏霏欲噀人."[《소식시집(蘇軾詩集)》 권22].

〈완계사(浣溪沙)〉(幾共査梨到雪霜)와 비파 소리를 그린 〈우미인(虞美人)〉(定場賀老今何在)이 있는데 위의 사와 대체로 유사한 작풍을 지니고 있다.

減字木蘭花

——己卯儋耳春詞——

春牛春杖. 無限春風來海上. 便丐春工. 染得桃紅似肉紅.

春旛春勝. 一陣春風吹酒醒. 不似天涯. 捲起楊花似雪花.

감자목란화

——기묘년에 담이에서 지은 봄노래——

입춘소가 빚어지고 입춘채찍이 마련된 때

끝없는 봄바람이 바다 위로 불어오더니

대지에다 봄의 조화를 빌려주어서

살결인 양 발그레하게 복숭아꽃을 물들였다.

입춘기를 세우고 입춘장식을 꽂은 때

봄바람이 한바탕 불어 술을 번쩍 깨우더니

하늘 끝의 남방이 아닌 것처럼

버들개지 말아 올려 눈꽃인 양 휘날린다.

원부 원년(1099) 64세 때 해남도 담주의 이른 봄 풍경을 그린 서경사이다. 입춘을 맞아 흙으로 만든 소에 채찍질을 하고 종이를 잘라 무늬나 문자를 만들어 봄맞이 행사를 하는 담주 농촌의 소박한 풍속을 그린 한 폭의 풍속도요, 입춘인데도 벌써 복숭아꽃이 피고 버들개지가 휘날리는 열대 섬지방의 봄풍경을 그린 한 폭의 풍경화로 역시 자신의 개인적인 감정은 배제되어 있다.

이 시기의 영물사나 서경사는 황주유배 시기와 마찬가지로 감정의 동요가 별로 없는 차분한 의경을 지니고 있다. 이는 자연의 아름다움을 포착하여 그것을 객관적으로 묘사하는 영물사나 서경사의 장르적 특징에 기인한다고 볼 수 있다.

이상에서 본 염정사·우정사·영물사·서경사 이외에 자신의 불우한 처지와 덧없는 인생을 노래한 감개사가 3수 더 있다. 이것들은 모두 초월이나 탈속과는 거리가 먼, 애수와 비감에 찬 작품들이다.

南歌子

見說東園好, 能消北客愁. 雖非吾土且登樓. 行盡江南南岸·此淹留.

短日明楓繡, 淸霜暗菊毬. 流年回首付東流. 憑仗挽回潘鬢·莫敎秋.

남가자

소문에 동원이 좋다고들 하기에
나그네의 근심을 씻어 낼 수 있을 듯해
내 고향은 아니지만 잠시 누각에 올라왔네.[22]

---

22) 후한(後漢) 사람 왕찬(王粲)의 〈등루부(登樓賦)〉에 "비록 정말 아름다울지라도 내 고향이 아니니, 잠시인들 어떻게 머물 만하리?(雖信美而非吾土兮, 曾何足以少留?)" 라는 구절이 있다.

강남지방 여기저기 두루 돌아다니다가
오늘은 여기에 발걸음을 멈추었네.

짧은 해에 곱게 물든 단풍잎은 빛나고
무서리에 국화는 향기가 은은하네.
지난 세월 돌아보니 물에 띄워 놓은 듯
동원을 보며 반악 같은 흰 살쩍을 돌려놓아[23]
가을 서리 내리지 못하게 하라.

    소성 원년(1094) 가을 혜주로 가는 도중 진주[眞州, 지금의 강소성(江蘇
省) 의징(儀徵)]에서 지은 것이다. 관직을 따라 여기저기로 돌아다녀야 하
는 떠돌이 생활에 대한 권태로움, 강물 위에 던져져 강물과 함께 떠내려가
는 나무토막과도 같이 속절없이 흘러가는 무정한 세월에 대한 야속함, 그
리고 세월의 흐름을 따라 이렇다 할 공적도 없이 늙어만 가는 자신의 노쇠
현상에 대한 안타까움 등이 진하게 배어 있다.

臨江仙

——惠州改前韻——

九十日春都過了, 貪忙何處追遊. 三分春色一分愁.

雨翻楡莢陣, 風轉柳花毬.

---

23) 진(晉)나라 사람 반악(潘岳)은 〈추흥부서(秋興賦序)〉에서 "나는 나이 서른둘에 검은
    머리와 흰머리가 함께 보이기 시작했다(余春秋三十有二, 始見二毛)"라고 하여 자신
    이 서른두 살에 벌써 흰머리가 나기 시작했다고 술회했다.

我與使君皆白首, 休誇年少風流. 佳人斜倚合江樓. 水光都眼淨,
山色總眉愁.

임강선
──혜주에서 이전의 작품을 고쳐──
구십 일에 걸친 봄이 다 지났으니
어디를 바삐 다니며 놀아보리오?
봄빛을 셋으로 나눈다면 근심이 그중 하나
땅에 널린 느릅 깍지는 빗방울에 뒤집히고
공 같은 버들개지는 바람에 뱅뱅 돕니다.

나와 태수 우리 모두 백발이 성성하니
젊은 시절 풍류는 자랑하지 맙시다.
가인이 합강루에 비스듬히 기댔는데
물빛은 온통 그녀의 눈알 깨끗하기 그지없고
산색은 온통 그녀의 눈썹 수심에 찼습니다.

혜주에서 유배 생활을 하고 있던 소성 2년(1095) 늦은 봄에 자신이 우거
하고 있던 합강루에서 그곳 태수와 함께 이야기를 나누다가 난간에 기대
어 우두커니 서 있는 시첩 조운의 모습을 보고 지은 것이다. 그렇게 서
있는 조운의 모습이 소식에게는 영락없이 고향 생각에 빠진 실향민의 모
습이었고 가고 싶어도 갈 수 없는 고향이기에 수심에 가득 찬 것으로 보일
수밖에 없었다. 그리고 그것은 바로 자신의 고민이요 자신의 향수였다.

제2절 ┃ 영해유배 시기의 총체적 사풍

영해유배 시기의 소식 사는 영물사와 서경사가 비교적 담담한 심경으로 대상 사물에 대해 객관묘사를 하고 있고 우정사의 일부가 초연하고 침착한 자신의 심경을 담고 있기는 하지만, 유배와 이별에 따른 자신의 불우한 신세와 시간의 흐름에 대한 안타까움, 두고 온 친구에 대한 그리움 등 애잔한 인간적 정서를 담은 작품도 많다. 이것은 황주유배 시기의 사와 상당히 다른 면모이다. 먼저 황주유배 시기에 지은 다음의 두 작품[24]을 보자.

臨江仙
——夜歸臨皐——

夜飮東坡醒復醉, 歸來髣髴三更. 家童鼻息已雷鳴.

---

24) 본문 193쪽 및 181쪽 참조.

敲門都不應, 倚杖聽江聲.

長恨此身非我有, 何時忘却營營. 夜闌風靜縠紋平. 小舟從此逝,

江海寄餘生.

임강선

——밤에 임고정으로 돌아가——

동파에서 밤 술 마셔 깰 만하면 또 취하다가

돌아오니 아마도 삼경은 된 듯한데

아이는 벌써 우레같이 코를 골며 자고 있다.

대문을 두드려도 도통 대꾸가 없는지라

지팡이에 기대어 강물 소리 듣는다.

이 몸이 내 것 아님을 항상 한탄하거니와

안달복달하는 생활 언제 벗어나려나?

밤 깊어 바람 자니 비단 무늬 잠잠하다.

작은 배를 잡아타고 이곳을 떠나

강해에다 여생을 맡겨 보련다.

황주에 유배 중이던 원풍 5년(1082) 어느 날 설당(雪堂)에서 한밤중까지 술을 마시고 삼경이 다 되어서야 임고정으로 돌아갔더니 시중드는 아이마저 잠이 들어 문을 열어주지 않는지라 초연하게 지팡이를 짚고 장강(長江)의 물소리에 귀를 기울이며 명상에 빠진 일을 읊조린 이 사는, 비록 세속적인 욕망에서 완전히 자유로워지지는 못했지만, 그것이 얼마나 부질없는지

를 깨달아 그것을 버리고 강해에서 여생을 보냄으로써 스스로 터득한 인
생철리를 진정으로 실천하고 싶어 하는 모습을 보여 준다.

菩薩蠻

買田陽羨吾將老. 從來只爲溪山好. 來往一虛舟. 聊從物外遊.

有書仍懶著. 且漫歌歸去. 筋力不辭詩. 要須風雨時.

보살만
양선 땅에 밭을 사서 이곳에서 늙고 지고
옛날부터 산천만이 나를 좋아했으니.
빈 배를 하나 타고 오고 가면서
흐뭇하게 물외에서 노닐고 지고.

책은 많이 있으니 게을리 짓고
그냥 돌아가자고 노래하리라.
근력이야 시 쓰기를 마다하지 않겠지만
바람 불고 비 올 때가 돼야 하리라.

특수검교상서수부원외랑(特授檢校尙書水部員外郎) 여주단련부사(汝州
團練副使)의 명을 받고 황주에서 여주로 옮겨 가는 중이던 원풍 7년(1084)
3월에 그는 상주(常州) 의흥현(宜興縣)에다 땅을 사 놓고 그해 10월 19일
에 상주 거주를 청원하는 상소문을 올려 이듬해(1085) 3월에 마침내 상주
거주의 허락을 얻어 5월에 의흥으로 되돌아갔는데, 이 사는 이때 자연에의

귀의를 결행한 감회를 노래한 것이다. 작품 전체에 세속적인 일을 멀리하고 대자연 속에서 유유자적할 수 있는 전원생활에 대한 기대감이 가득차 있다.

그러나 만년에 담주에서 지은 다음 사는 다 같이 귀전의 의지를 표명한 것이지만 의경이 위의 2수와 사뭇 다르다.

千秋歲——次韻少游——

島邊天外. 未老身先退. 珠淚濺, 丹衷碎. 聲搖蒼玉佩, 色重黃金帶.
一萬里, 斜陽正與長安對.
道遠誰云會. 罪大天能蓋. 君命重, 臣節在. 新恩猶可覬, 舊學終難改.
吾已矣, 乘桴且恁浮於海.

천추세
——진소유의 사에 차운하여——
먼 섬의 변두리 하늘의 바깥으로
아직 늙기도 전에 몸이 먼저 물러났네.
구슬 같은 눈물이 줄줄 흐르고
임 향한 일편단심 다 부서졌네.
수창옥 패물을 달랑거리고
샛노란 황금띠를 매었었는데
이제는 만 리 밖의 머나먼 변방에서
석양 아래 장안을 대하고 있네.

이토록 길이 먼데 누굴 만나리?

죄가 커서 하늘도 뒤덮을 수 있겠네.

임금님의 명령도 엄중하지만

신하의 절개도 엄존하나니

새 은총을 바랄 수는 있을지언정

옛날의 내 학문을 바꾸기는 어렵네.

나는 이제 끝났으니

일단 이렇게 뗏목 타고 바다 위나 떠다니려네.[25]

　이것은 원부 2년(1099) 담주에서 진관[秦觀, 자(字): 소유(少游), 1049-
1101]의 〈천추세(千秋歲)〉〈수변사외(水邊沙外)〉에 차운하여 지은 것이다. 당시 소식
은 64세의 노인으로 영남으로 유배된 지 5년이 지났고 해남으로 유배된
지도 2년이 지났건만 아직도 구슬 같은 눈물을 줄줄 흘리면서 임 향한
일편단심이 다 부서졌다고 절규할 만큼 임금에 대한 그리움이 절절했다.
정적들의 관점에서는 천지를 뒤덮을 만큼 큰 죄를 지어 이곳 하늘 바깥에
있는 담주까지 유배되었지만 스스로 돌아보면 자신은 결코 죄가 없는데
억울하게 죄를 뒤집어 썼을 뿐이니 결코 자신의 신념을 굽혀 정적들과
뜻을 같이할 수는 없지만 임금님께서 특별히 은총을 베풀어 사면해 주신
다면 그것은 불감청(不敢請)이언정 고소원(固所願)이라고 했다. 이 사에
서도 소식은 귀전의 의지를 표명하고는 있지만 그것은 오히려 자신의 속

---

25) ≪논어(論語)·공야장(公冶長)≫에 "도가 행해지지 않아서 뗏목을 타고 바다로 나간
　　다면 나를 따라갈 사람은 아마 유이리라!(道不行, 乘桴浮於海, 從我者其由與!)"라고
　　했다는 공자의 말이 있다.

마음과는 다른 반어적 표현이라고 할 수 있다.

위의 세 작품은 모두 귀전의 의지를 표명하고 있다. 그러나 그것들이 표명한 귀전의 이유나 귀전에 대한 태도는 같지 않다. 황주유배 시기의 사가 2수 모두 그렇게 하려는 적극적 노력을 표명한 것이거나 실질적 행동을 보여 준 것이라면, 영해유배 시기의 〈천추세(千秋歲)〉(島邊天外)는 그럴 수밖에 없게 된 현실에 대한 불만을 표출한 것이거나 기껏해야 소극적 체념을 표명한 것이다. 그리고 황주유배 시기의 귀전의지가 초연하고 흔연하다면 영해유배 시기의 귀전의지는 냉소적이고 애절하다.

황주유배 시기의 사 중에는 위의 2수처럼 세속적인 일에 대하여 초연하고 담담한 심경을 읊은 사가 상당히 많다. 그러나 영해유배 시기의 사 중에는 있기는 하지만 정도가 약하고 그러한 사가 차지하는 비율도 황주유배 시기보다 오히려 작다. 10~20년 전에 이미 유배 생활을 경험한 적이 있고 연륜도 많이 쌓여 세상을 대하는 안목이 훨씬 더 원숙해졌을 것임에도 불구하고 이처럼 영해유배 시기의 사풍이 황주유배 시기의 사풍보다 오히려 덜 초연하고 덜 탈속적인 것은 무엇 때문일까?

전반적으로 볼 때 소식은 상당한 정도의 초월의지를 가지고 있었으며 그것은 그의 사에도 잘 반영되었다. 그러나 그의 귀전의지는 그의 본성에 바탕을 둔 자연발생적인 것이라기보다는 의도적 노력의 산물이었을 가능성이 크다. 섭가영(葉嘉瑩)이 소식을 '사람이면서 신선으로 사는 자(人而仙者)'라고 한 것은[26] 소식이 얼핏보면 신선인 듯하지만 사실은 세속적인 사람으로서 노력에 의해 신선처럼 보인 것이었음을 지적한 말이라고 하겠

---

26) 제6장 주9 참조.

다. 그가 황주유배 시기에 잠간 동안 좌절에 빠졌다가 금방 그것을 극복하고 초연해진 것은 자신의 적극적인 노력의 결과였다고 생각된다. 황주유배 시기에 그는 아직 패기만만하고 전도가 창창한 젊은이였다. 그러므로 그에게는 아직까지 이 시기를 참고 견디기만 하면 다시 좋은 날이 오리라는 자신이 있었고 희망이 있었을 것이다. 그렇기 때문에 그는 희망의 그날이 올 때까지 자신을 지탱할 필요가 있었고 그러기 위해서는 애써 초연해지지 않으면 안 되었을 것이다. 그가 작품에서 즐겨 초월의지를 표명한 것은 아마도 일종의 자기 최면이었을 것이다.

영해유배 시기에 그는 더 이상 자신감이 없었고 따라서 더 이상의 희망을 갖지 못했을 것이다. 이것은 그로 하여금 애써 자신을 지탱하려는 노력을 포기하게 했을 것이고 그 결과 그는 세속적인 일에 대하여 초연해지려고 노력하는 대신 생각나는 대로 생각하고 느껴지는 대로 느꼈을 것이다. 그는 〈여지를 먹으며(食荔支)〉라는 시에서 "날마다 여지를 삼백 개씩 먹으니, 길이길이 영남 사람 되는 것도 괜찮겠다"[27]라고 초연한 척했지만 이것은 진심이 아니라 자신을 향한 애절한 절규였음이 분명하다. 공자(孔子)가 병을 핑계로 유비(孺悲)와의 면회를 거절한 뒤 금방 슬(瑟)을 탐으로써 병이 났다는 말이 사실이 아님을 알린 것처럼[28] 소식은 "날마다 여지를 삼백 개씩 먹기 때문"이라는 터무니없는 이유를 내세움으로써 "길이길이 영남 사람이 되어도 괜찮다"는 말이 결코 진심이 아님을 밝혀 놓지 않았던

---

27) "日啖荔支三百顆, 不辭長作嶺南人."[《소식시집(蘇軾詩集)》 권40].
28) 《논어(論語)·양화(陽貨)》에 "유비가 공자를 뵈려고 하자 공자께서 병을 구실로 거절하셨다. 말을 전하는 사람이 문을 나가자 공자는 슬을 타면서 노래를 불러 그로 하여금 듣게 하셨다(孺悲欲見孔子, 孔子辭以疾. 將命者出戶, 取瑟而歌, 使之聞之)"라는 말이 있다.

가? 그가 다른 시에서 "천애에서 인일 쇠기 이미 몸에 배었건만, 귀문관을 지날지라도 귀향길은 즐겁겠네"[29]라고 한 것이나, 담주에서의 유배 생활을 마치고 돌아가면서 "황량한 남방에서 아홉 번을 죽어도 여한이 없겠지만, 이번 여행이 내 평생에 가장 멋진 것이로다"[30]라고 한 것도 또한 이 시기의 그가 결코 초연하지 않았다는 명확한 증거이다.

소식은 스스로 천명한 바와 같이 본래 "다정다감하기에 병도 잘 나는"[31], 그래서 누구 못지 않게 인간적인 매력을 지닌 사람이었다. 그러므로 아주 초연한 모습은 노력의 결과이지 결코 소식 본연의 모습이 아니며, 영해유배 시기의 사에 나타난 어느 정도 초연하기도 하고 어느 정도 인간적이기도 한, '사람이면서 신선으로 사는 자(人而仙者)'의 모습이야말로 그의 진면목이라고 할 수 있을 것 같다.

---

29) "天涯已慣逢人日, 歸路猶欣過鬼門."[《소식시집(蘇軾詩集)》 권43 〈경진년 인일에 지었다. 당시 황하가 이미 북쪽 물길을 회복했다는 소문을 들었나니 이 늙은 신하가 옛날에 여러 차례 이렇게 해야 한다고 주장했는데 이제야 이 말이 입증된 것이다(庚辰歲人日作. 時聞黃河已復北流, 老臣舊數論此, 今斯言乃驗)〉].
30) "九死南荒吾不恨, 茲游奇絶冠平生."[《소식시집(蘇軾詩集)》 권43 〈6월 20일 밤에 바다를 건너며(六月二十夜渡海)〉].
31) 본문 48쪽 〈채상자(采桑子)〉(多情多感仍多病) 참조.

제3절 | 소결(小結)

영해유배 시기의 소식 사를 황주유배 시기와 비교해 보면 제재면에서 처첩에 대한 사랑의 감정과 그들에 대한 그리움, 친구와의 이별의 아픔과 그들에 대한 그리움, 자신의 불우한 신세에 대한 슬픔과 덧없는 인생에 대한 무상감 등을 노래한 감상적인 작품의 비중이 커진 반면 초월의지나 귀전의지를 노래한 것은 거의 없으며, 풍격면에 있어서 청광풍격이 3분의 2에서 2분의 1로 줄어든 반면 완약풍격이 4분의 1에서 2분의 1로 늘어났으며 호방풍격은 황주유배 시기에는 10분의 1을 차지했으나 영해유배 시기에는 1수도 없다. 즉, 영해유배 시기의 소식 사는 황주유배 시기에 비해 감상적이고 애상적인 작품의 비중이 커지고 반대로 초연하고 탈속적인 작품의 비중이 작아졌다.

그러나 이것은 소식이 황주유배 시기보다 영해유배 시기에 감정의 동요가 실질적으로 더 컸음을 뜻하지는 않는다. 이미 유배 생활을 겪어 본 경험도 있고 연륜도 상당히 더 쌓여 세상을 대하는 마음가짐도 그만큼 더 초연해졌을 것이므로 실질적인 감정의 동요는 황주유배 시기보다 오히려 작았을 것이다. 그에게 있어서 중요한 서정 수단이었던 사를 황주유배 시기에는 5년 반 동안에 90수나 지었고 영해유배 시기에는 7년 동안에 16수밖에 짓지 않았다는 사실이 이를 뒷받침해 준다.

다만 영해유배 시기에는 황주유배 시기와는 달리 좌절감을 극복하고 초탈한 태도를 취함으로써 슬기롭게 위기를 넘기려는 노력 자체를 포기했기 때문에 생각나는 대로 생각하고 느껴지는 대로 느꼈으며 이러한 자신의 감정을 여과 없이 있는 그대로 사에 토로해 버렸다고 할 수 있다. 그러므로 영해유배 시기에는 실제로는 황주유배 시기보다 조금은 더 평온하고 초연했음에도 불구하고 그의 사는 오히려 더 감상적이고 애상적인 모습을 띠게 되었다고 볼 수 있다. 영해유배 시기의 사에 나타난, 어떤 때는 꽤 초연해 보이기도 하고 또 어떤 때는 슬퍼하거나 그리워하기도 하는 이 지극히 인간적인 모습이야말로 소식 본연의 모습이라고 할 수 있을 것 같다.

요컨대, 영해유배 시기는 황주유배 시기에 비해 연륜이 더 쌓인 만큼 그의 세계관이 더 원숙하고 유연해졌을 것이며 이것은 그의 사에도 반영되어 있을 것이라는 막연한 추측은 소식의 사 작품을 통하여 확인해 본 결과 약간 빗나간 것으로 나타났다. 영해유배 시기의 소식 사에 반영되어 있는 것은 황주유배 시기보다 더 감상적이고 애상적인, 그리하여 보다 인간적인 모습이었다. 그가 이처럼 황주유배 시기보다 영해유배 시기에 더욱 감상에 빠졌던 것은 황주유배 시기와는 달리 초탈해지기 위한 노력을 포기했기 때문일 것으로 추측된다. 그리고 이러한 경향은 영주·양주 시기에 이미 시작되었다고 할 수 있다.

제8장

소식 사의
풍격 변천 양상

제1절 | 완약사풍의 답습과 부활

소식이 지은 최초의 사가 어느 것인지에 대해서는 판본마다 조금씩 관점의 차이가 있다. 주조모(朱祖謀, 1857-1931)의 ≪강촌총서(彊村叢書)≫본 ≪동파악부(東坡樂府)≫가 희령 5년(1072) 항주통판 재임 시절에 지은 〈낭도사(浪淘沙)〉(昨日出東城)를 최초의 사로 규정한 이래로 용유생(龍楡生)의 ≪동파악부전(東坡樂府箋)≫과 조수명(曹樹銘)의 ≪소동파사(蘇東坡詞)≫는 이를 받아들였지만, 석성회(石聲淮)·당영령(唐玲玲)의 ≪동파악부편년전주(東坡樂府編年箋注)≫[1]와 추동경(鄒同慶)·왕종당(王宗堂)의 ≪소식사편년교주(蘇軾詞編年校註)≫[2]는 치평 원년(1064)의 〈화청인(華淸引)〉(平時十月幸蓮湯)을 최초의 사로 쳤고, 설서생(薛瑞生)의 ≪

---

1) 석성회(石聲淮)·당영령(唐玲玲), ≪동파악부편년전주(東坡樂府編年箋注)≫, 무한(武漢): 화중사범대학출판사(華中師範大學出版社), 1990.
2) 추동경(鄒同慶)·왕종당(王宗堂), ≪소식사편년교주(蘇軾詞編年校註)≫, 북경(北京): 중화서국(中華書局), 2002.

동파사편년전증(東坡詞編年箋證)≫3)은 가우 5년(1060)의 〈완계사(浣溪沙)〉(山色橫侵蘸暈霞)를 최초의 사로 쳤다. 그러나 어느 경우든 항주통판으로 부임하기 이전에 창작된 것으로 간주한 사가 10수 정도에 불과하기 때문에4) 소식이 본격적으로 사를 창작하기 시작한 때가 항주통판 시절이라고 보아도 무방할 것이다.

소식이 항주통판으로 재임할 시기에는 원로 사인 장선(張先, 990-1078)이 항주 문단의 좌장으로서 80세가 넘은 고령임에도 불구하고 활발하게 창작 활동을 하고 있었다. 이들은 관직의 이동에 따라 항주로 부임해 오거나 항주를 떠나는 사람이 있을 때마다 한데 모여서 환영회나 송별회를 벌이고 시나 사를 주고받으며 우정을 나누었는데 구양수(1007-1072)가 곤궁에 처한 뒤에 시가 아름다워진다고 한 것처럼5) 만나는 기쁨보다는 헤어지는 아쉬움이 그들의 감정을 더 자극했던지라 항주통판 시기에 지은 소식의 사도 친구들과의 석별의 정을 노래한 것이 절반 이상을 차지한다.

예컨대, 희령 7년(1074) 7월 항주지주 진양(陳襄)이 항주를 떠나 남도(南都)로 가게 되었을 때 그를 위해 벌인 송별연 석상에서 지은 〈보살만(菩薩蠻)〉(娟娟缺月西南落)6)은 기녀들의 입장을 대변하여 진양과의 이별의 슬픔을 노래한 사인데 상편에서 기녀들의 입장에 서서 진양과의 이별이 너무나 아쉬워 밤새도록 슬픔에 몸부림치는 심정을 토로했고, 희령 7년(1074) 9월 진양의 뒤를 이어 항주지주로 부임해 온 양회(楊繪)가 3개월

---

3) 설서생(薛瑞生), ≪동파사편년전증(東坡詞編年箋證)≫, 서안(西安): 삼진출판사(三秦出版社), 1998.
4) 석성회(石聲淮)·당영령(唐玲玲)은 1수, 설서생(薛瑞生)은 13수, 추동경(鄒同慶)·왕종당(王宗堂)은 4수가 항주통판 부임 이전에 창작된 것이라고 보았다.
5) 제5장 주9 참조.
6) 본문 54쪽 참조.

만에 금방 항주를 떠나 개봉(開封)으로 가게 되었을 때 그를 보내는 심경을 노래한 〈정풍파(定風波)〉(今古風流阮步兵)[7])에도 세속적인 석별의 정이 매우 진하게 드러나 있다.

항주통판 시기의 소식 사에는 헤어지는 아쉬움과 헤어진 뒤의 그리움을 노래한 것 이외에 연회에 참석한 기녀의 자태나 연회의 분위기를 묘사한 것, 고향으로 돌아가고 싶은 심경을 노래한 것, 유한한 인생에 대한 무상감을 토로한 것 등이 많다. 이런 사는 제재의 특성상 완약한 풍격을 띠기 쉽다. 따라서 이 시기의 소식 사는 대체로 완약사풍이 주류를 이루어 3분의 2 정도를 차지한다. 한편, 사물이나 대자연의 아름다움을 묘사한 영물사나 서경사를 중심으로 청광사풍이 조금씩 싹트기 시작하여 3분의 1 정도를 차지하며 호방사라고 할 만한 작품은 아직 없었다. 그러므로 이 시기의 소식 사는 이전 사인들의 완약사풍을 학습하고 답습하는 정도에 그쳤다고 할 수 있다.

소식의 완약사풍은 항주통판 시기 이후 점점 적어지기는 했지만 꾸준히 명맥을 이어 갔으니 밀주에서 지은 〈접련화(蝶戀花)〉(花褪殘紅靑杏小)는 역대 평가들의 극찬을 받은 대표적인 완약사이다.

蝶戀花
——春景——
花褪殘紅靑杏小. 燕子飛時, 綠水人家繞. 枝上柳綿吹又少.
天涯何處無芳草.

---

7) 본문 62쪽 및 208쪽 참조.

牆裏鞦韆牆外道. 牆外行人, 牆裏佳人笑. 笑漸不聞聲漸悄.

多情却被無情惱.

접련화

——춘경——

시들어진 붉은 꽃잎 조그만 파란 살구

제비 날아 다닐 때

푸르른 강물이 인가를 에워쌌네.

가지 위의 버들개지는 바람에 날려 더욱 적고

하늘 끝인 이곳에 방초가 가득하네.

담장 안엔 그네 있고 담장 밖은 길인데

담장 밖엔 행인이요

담장 안엔 가인들의 간드러진 웃음소리

웃음소리 차츰 안 들리고 얘기 소리도 점점 낮아지니

다정한 사람이 마침내 무심한 사람 때문에 괴로워하네.

상편의 무르익은 봄 정경과 이로 인한 하편의 춘정이 상당히 감상적이
고 애틋하게 그려져 있는 이 사는 청나라 사람 왕사정(王士禎)이 "'가지
위의 버들개지……'는 아마 감정에 따라 아리땁게 표현한 유둔전[柳屯田,
유영(柳永)]의 수법도 이것을 꼭 능가한다고 할 수 없을 것이니 누가 소동
파(소식)는 〈염노교(念奴嬌)〉(大江東去) 같은 사만 지을 줄 안다고 했는
가?"8)라고 하여 유영 사 이상으로 완약성이 강하다고 평가한 사이다.

원우 4년(1089) 3월 항주지주에 임명되어 3년 만에 다시 개봉을 떠난 소식은 그해 7월 항주에 도착하여 1년 반 남짓 재임하다가 원우 6년(1091) 5월 한림학사승지에 임명되어 다시 조정으로 소환되었다. 그리고 3~4개월 만에 또다시 조정을 떠나 영주지주로 나갔다. 영주지주로 나간 뒤의 소식 사는 청광사풍과 완약사풍이 대략 반반씩을 차지한다. 청광사풍이 다소 약화되고 완약사풍이 약간 강화된 셈이다. 예컨대, 영주지주로 재임 중이던 원우 7년(1092) 2월에 지은 〈만강홍(滿江紅)〉(淸穎東流)⁹⁾은, 동생과 함께 제과 시험을 준비할 때 위응물(737-786?)의 시 〈전진과 원상에게(示全眞元常)〉¹⁰⁾를 읽고 크게 감명을 받아 일찌감치 벼슬에서 물러나, 나란히 놓인 침상에 마주 보고 누워서 두런두런 옛날 이야기를 주고받음으로써 형제의 정을 나누며 정답게 살기로 한 이른바 '대상야우'의 약속을 이행하고 싶은 애절한 심경을 노래한 것으로, 동생에 대한 그리움을 매우 노골직으로 표현해 놓았다.

이 시기에는 친구를 보내는 심경도 매우 애달팠으니, 양주지주로 재임 중이던 원우 7년(1092) 8월 병부상서에 임명되어 개봉으로 들어가게 되었을 때 자신을 찾아와 함께 지낸 친구 소견(蘇堅)과의 석별의 정을 노래한 사인 〈생사자(生査子)〉(三度別君來)의 경우, 친구와의 헤어짐에 대한 아쉬움으로 인하여 전편이 애상적인 정조에 싸여 있음을 느낄 수 있다. 이것을 전협을 보내면서 지은 앞의 〈임강선(臨江仙)〉(一別都門三改火)¹¹⁾과

---

8) "'枝上柳綿', 恐屯田緣情綺靡, 未必能過. 孰謂坡但解作'大江東去'耶?"[청(淸) 왕사정 (王士禎), 《화초몽습(花草蒙拾)》].
9) 본문 259쪽 참조.
10) 제6장 주6 참조.
11) 본문 212쪽 및 254쪽 참조.

비교해 보면 같은 송별사인데도 정조가 현격하게 다름을 쉽게 알 수 있다.

원부 2년(1099) 담주(儋州)에서 지은 〈천추세(千秋歲)〉(島邊天外)[12]는 귀전의 의지를 표명한 것이면서도 매우 애상적인 정조를 지니고 있다. 당시 소식은 혜주와 담주에서 유배 생활을 한 지 7년이 지났을 뿐만 아니라 나이도 이미 이순(耳順)을 훨씬 지나 있었는데도 불구하고 임금을 향한 일편단심을 거두지 못하고 있고, 죄도 없이 아무도 찾아 주지 않는 머나먼 열대 섬 지역에서 유배 생활을 하는 것이 몹시도 억울하다는 말투를 감추지 않았다. 이것은 황주유배 시기의 사와 많이 다른 면모이다.

항주지주 시기에 이미 청광사풍이 완숙한 경지에 도달했던 소식의 사풍이 이 시기에 이르러 다소 완약사풍으로 선회한 것은, 극도의 염량세태와 인간성 상실의 현장을 목격한 허탈감에다 이제는 여생이 얼마 안 남았으니 정든 사람들과 오순도순 살아가는 소시민적 행복을 누릴 기회가 거의 없을 것이라는 불안감까지 엄습했기 때문일 것으로 생각된다.

항주지주로 나갈 때 소식은 여러 차례의 간청 끝에 간신히 태황태후의 윤허를 받았다. 그녀는 더 이상 붙잡을 수 없는 상황에서 소식을 항주지주로 내보낼 때 그에게 옷 한 벌, 금으로 만든 허리띠 하나, 금으로 도금한 은안장과 고삐를 단 말 한 필을 하사했다.[13] 태황태후가 소식을 이처럼 후하게 대하는 것을 본 조군석(趙君錫)은 얼른 소식에게 접근하여 가까운 친구가 되었다. 그러던 그가 원우 6년(1091) 7월에 소식이 가이(賈易)를 비롯하여 양외(楊畏)·안정(安鼎) 같은 정적들의 모함으로 궁지에 몰려 있

---

12) 본문 299쪽 참조.
13) 소식(蘇軾), 〈의복과 금대와 말을 하사해 주신 일에 대하여 감사 드리는 상주문(謝賜對衣金帶馬狀二首)〉[《주역본소동파전집(注譯本蘇東坡全集)》, 2285-2287쪽] 제2수 참조.

을 때 어사중승(御史中丞)인 그에게 요청한 도움을 외면하고 오히려 소식을 팔아서 자신의 영달을 추구하려고 했다. 소식의 편에 서는 것이 위험하다고 판단하고 소식이 어사들의 사이를 이간질하려 한다며 그를 모함하는 상소문을 올린 것이다. 조정에서 이 사건을 놓고 치열한 논쟁을 벌인 결과 원우 6년(1091) 8월에 마침내 소식과 가이를 함께 외직으로 내보내기로 결정하고 소식을 영주지주로 내보냈다.

소식이 영주지주로 나간 것은 자신이 간청한 바이기도 했지만 근본적으로는 정적들의 극심한 모함에 의한 것이기 때문에 이전에 외직으로 나간 것과는 성격이 좀 달랐다. 이때 그는 인간적 신뢰의 붕괴에 따른 배신감과 허탈감, 그리고 이로 인한 마음의 상처가 매우 컸던 것으로 보인다. 그리하여 영원히 정계를 떠나 '대상야우'와 같은 소시민적 행복을 누리고 싶었지만 현실이 그것마저 허락하지 않았기 때문에 마음이 매우 울적했던 것으로 보인다.

혜주유배 시기에도 그는 영원히 이러한 행복을 누릴 수 없을 것 같은 불안감으로 마음이 무거웠던 것 같다. 혜주로 간 뒤 처음 한동안은 북쪽으로 돌아갈 수 있을 것으로 기대했으니 소성 2년(1095) 8월에 대사면령이 있을 것이라는 소문을 듣고 외사촌 형 정지재(程之才)에게 보낸 편지에서 이렇게 자신의 심경을 털어놓았다.

저는 오늘 사면에 관한 문서를 읽었는데 죄에 대한 책임을 물어 강등시킨 관리들을 죄질에 따라 판단하여 가까운 곳으로 옮겨 주라는 지시가 있었습니다. 스스로 생각해 볼 때 형언할 수 없을 만큼 죄가 크기는 하지만 아마도 이번 사면령에 해당될 수 있을 것도 같으니 이렇게 되면 살아서 다시 영북의 강산을 볼 수 있을 것입니다. 참으로 다행스러운 일입니다.(某今日伏讀赦書, 有責降官量移指揮. 自惟無狀, 恐可該此恩命, 庶幾復得生見嶺北江山矣. 幸甚.)14)

사면이 있고 난 뒤에 어리석게도 약간 북쪽으로 옮겨지기를 바라는데 가망이 있는지 모르겠습니다. 형님께서 중론이 어떤지를 들어 보시고 무슨 얘기를 들으시거든 알려 주시기 바랍니다.(赦後癡望量移稍北, 不知可望否. 兄聞衆議如何, 有所聞批示也.)15)

그러나 그해 11월에 자신을 비롯한 원우(元祐) 대신들이 사면 대상에서 제외되었다는 소문을 듣고 다시 정지재와 손협(孫鑢)에게 보낸 편지에서 각각 다음과 같이 말했다.

저는 최근의 세상사를 살펴보고 북쪽으로 돌아갈 희망을 이미 버렸습니다만 마음은 심히 편안합니다.(某覩近事, 已絶北歸之望, 然中心甚安之.)16)

스스로 반성해 볼 때 죄가 오랫동안 쌓였으니 이렇게 되는 것도 당연한 이치인즉 실로 달게 받아들여야 할 일이네. 이제 북쪽으로 돌아가는 날은 없을 것이므로 마침내 스스로 혜주 사람이라 생각하고 차츰 영구적으로 이곳에서 살 계획을 세워 가고 있네. 정말로 여기서 일생을 마친다고 한들 안될 것이 뭐 있겠나?(自省罪戾久積, 理應如此, 實甘樂之. 今北歸無日, 因遂

---

14) 〈정정보에게(與程正輔七十一首)〉[≪주역본소동파전집(注譯本蘇東坡全集)≫, 3755-3806쪽] 제49수.
15) 〈정정보에게(與程正輔七十一首)〉[≪주역본소동파전집(注譯本蘇東坡全集)≫, 3755-3806쪽] 제40수.
16) 제7장 주2 참조.

316 소식의 인생 역정과 사풍

自謂惠人, 漸作久居計. 正使終焉, 亦有何不可?)[17]

그는 이때 북쪽으로 돌아갈 희망을 완전히 버린 것이었다. 그리하여 그는 마침내 혜주에서 영원히 살 요량으로 백학봉(白鶴峰)에다 새 집을 짓기까지 했다. 그러나 그것은 그가 진심으로 원한 것이 아니라 어쩔 수 없는 상황에서 억지로 받아들인 것이었다.

그는 담주유배령을 받고 소성 4년(1097) 4월에 혜주에서 담주로 갔는데 이때 그가 광주지주(廣州知州) 왕고(王古)에게 보낸 편지를 보면 당시 그의 심경이 얼마나 처절하고 비장했는지 알 수 있다.

저는 늘그막에 황량한 곳으로 추방되어 다시는 살아서 돌아올 가망이 없습니다. 어제 장남 매와 작별하면서 이미 후사를 처리해 놓았습니다. 이제 해남에 도착하면 무엇보다 먼저 널을 짜고 다음으로 무덤을 만들어야겠습니다. 그리고 여러 아들들에게 죽으면 해남 땅에 묻으라고 유서를 써야겠습니다.(某垂老投荒, 無復生還之望, 昨與長子邁訣, 已處置後事矣. 今到海南, 首當作棺, 次便作墓, 乃留手疏於諸子, 死則葬於海外.)[18]

그는 담주유배가 끝나기 4개월 전인 원부 3년(1100) 1월에 지은 시 〈경진년 인일에 지었다. 당시 황하가 이미 북쪽 물길을 회복했다는 소문을 들었나니 이 늙은 신하가 옛날에 여러 차례 이렇게 해야 한다고 주장했는데 이제야 이 말이 입증된 것이다(庚辰歲人日作. 時聞黃河已復北流, 老臣

---

17) 제7장 주2 참조.
18) 〈왕민중에게(與王敏仲十八首)〉[≪주역본소동파전집(注譯本蘇東坡全集)≫, 3901-3911쪽] 제16수.

舊數論此, 今斯言乃驗〉〉에서 "천애에서 인일 쇠기 이미 몸에 배었건만,
귀문관을 지날지라도 귀향길은 즐겁겠네"[19]라고 했고, 담주에서 염주[廉
州, 지금의 광서장족자치구(廣西壯族自治區) 합포(合浦)]로 유배지를 옮
겨 가는 도중인 원부 3년(1100) 6월에 지은 시 〈6월 20일 밤에 바다를 건너
며(六月二十夜渡海)〉에서 "황량한 남방에서 아홉 번을 죽어도 여한이 없
겠지만, 이번 여행이 내 평생에 가장 멋진 것이로다"[20]라고 했다. 북쪽으
로 돌아가고 싶은 그의 진심이 적나라하게 드러나 있는 말이다.

　그는 "날마다 여지를 삼백 개씩 먹으니, 길이길이 영남 사람 되는 것도
괜찮겠다"[21]라고 했지만 이것은 어찌해 볼 도리가 없는 절망적 상황에서
스스로를 위로하기 위해서 한 말이지 결코 진심이 아니었다. 그는 마지막
순간까지도 '대상야우'와 같은 소시민적 행복을 꿈꾸고 있었던 것이다. 섭
가영(葉嘉瑩)이 지적한 바와 같이 그는 '사람이면서 신선으로 사는 자(人
而仙者)'였던 것이다. 그는 스스로 천명한 것처럼 본래 "다정다감하기에
병도 잘 나는"[22], 지극히 인간적인 사람이었던바, 이제 그동안 추구해 온
신선적인 모습을 포기하고 자기 본연의 모습인 인간으로 돌아간 것이다.
평범한 인간으로 돌아간 그가 이렇게 소시민적 행복을 향유하기 어렵게
된 상황에 처하게 되었으니 여의치 않은 현실이 그의 마음을 무겁게 짓누
르고 있었을 것임에 틀림없고 이러한 불안감과 좌절감이 그의 사풍에 영
향을 끼쳤을 것이다.

　이상과 같은 요인으로 인하여 영주지주로 나간 때로부터 양주지주 및

---

19) 제7장 주29 참조.
20) 제7장 주30 참조.
21) 제7장 주27 참조.
22) 본문 48쪽 〈채상자(采桑子)〉〈多情多感仍多病〉 참조.

정주지주(定州知州)로 재임한 시기와 혜주 및 담주에서 유배 생활을 한 시기의 소식 사에는 완약사풍이 상당한 정도로 부활했다.

제2절 | 호방사풍의 창도(唱導)

소식은 희령 7년(1074) 8월에 항주통판의 임기가 끝나고 밀주지주에 임명되었다. 그해 10월 해주[海州, 지금의 강소성(江蘇省) 연운항(連雲港)]에 이르렀을 때 그는 말 위에서 〈심원춘(沁園春)〉(孤館鐙靑)23)을 지어서 제남(濟南)에 있는 동생에게 보냈다. 당시 밀주는 너무 빈곤한 고을이었기 때문에 다른 사람들은 다들 부임하기 싫어했는데 소식은 동생이 거기서 멀지 않은 제남에 있다는 이유 하나만으로 자청하여 밀주지주가 되었다. 신법파의 핍박으로 인하여 조정을 떠나는 바람에 한창 젊은 시절의 정치적 포부를 펼칠 수가 없게 된 데다 어릴 적부터의 단짝 친구인 동생과도 떨어져 살아야 하는 안타까운 현실에 대한 불만을 스스로 달래 보려는 노력이 엿보이는 만큼 감상적인 분위기가 없지 않지만 "그때는 우리 함께

---

23) 본문 90쪽 참조.

서울 나그네, 갓 상경한 젊은 시절의 육씨 형제 같았지. 붓을 들면 단숨에 천 자를 쓰고, 가슴속엔 만 권의 책이 들어 있었으니, 임금님을 보필하여 요순으로 만드는 것, 이 일이 어떻게 어려울 게 있었으리?' 등의 구절에는 어느 정도 웅혼한 기상이 엿보이기도 한다.

이러한 호방사풍의 싹은 밀주에 있는 동안에 빠른 속도로 자랐다. 그리하여 위의 사를 지은 지 꼭 1년 뒤인 희령 8년(1075) 10월에 마침내 〈강성자(江城子)〉(老夫聊發少年狂)24)와 같은 사를 짓기에 이르렀다. 밀주 교외에 있는 상산(常山)에 가서 제사를 지내고 돌아오는 길에 사냥을 하다가 갑자기 호기로운 애국심이 발동하여 지은 이 사는 사냥개·매·기마병·화살·호랑이 등의 사냥터 이미지와 손권(孫權)·운중(雲中)·천랑성(天狼星) 등 전쟁의 이미지가 어우러진 남성적이고 웅장한 분위기, 조국을 위하여 기꺼이 한 몸을 바치겠다는 불타는 애국심, 지상과 천상을 오가는 광활한 배경 등 호방사의 요건을 잘 갖추고 있다. 그러기에 이 사는 소식 최초의 호방사라고 평가된다.25)

소식의 대표적 호방사 가운데 하나인 〈수조가두(水調歌頭)〉(明月幾時有)26)를 지은 것도 밀주에 있을 때였다. 이 사는 희령 9년(1076) 중추절날 혼자 술을 마시며 동생을 그린 것이다. 동생이 제주장서기(齊州掌書記)로서 밀주에서 가까운 제남(濟南)에 있다는 이유로 자청하여 밀주지주로 부임했지만 막상 명절이 되고 보니 가깝다고 해서 함께 명절을 쉴 수 있는 것은 아니었다. 그리하여 그는 이 사로써 동생에 대한 그리움을 토로함과

---

24) 본문 135쪽 참조.
25) 제3장 주19 참조.
26) 본문 146쪽 및 262쪽 참조.

동시에 스스로를 위로했다. 육친에 대한 애틋한 그리움을 노래한 작품이 면서도 결코 애잔하거나 감상적이지 않은 것은 "일어나서 춤추며 그림자를 희롱하니, 이게 어찌 속세에 사는 것과 같겠나?"라든가 "사람은 슬프다가 기쁘고 헤어졌다가 만나는 것, 달은 찼다가 기울고 흐려졌다가 개는 것, 이 일은 예로부터 온전하기 어려웠으니"와 같은 초탈한 사고방식 및 "바람을 잡아타고 돌아가고 싶건만"과 같이 천상과 지상을 거침없이 왕래하는 장활한 공간이동 때문일 것이다.

그의 호방사풍은 황주유배 시기까지도 이어졌다. 호주지주(湖州知州)로 부임한 지 얼마 안 되었을 때 소식은 신법파 신진 인사들의 모함으로 터무니없이 날조된 오대시안 때문에 억울하게 누명을 쓰고 어사대 감옥에 갇혀 재판을 받고 마침내 황주안치(黃州安置)라는 유배령을 받았다. 개돼지 같은 취급을 받으며[27] 취조를 받은 결과 사형에 처해질 뻔한 위기를 간신히 넘기고 황주유배로 결정된 것이다. 전직 재상인 장방평(張方平)과 범진(范鎭)을 비롯한 원로 대신들은 물론 인종(仁宗)의 황후인 조태후(曹太后)까지 나서서 소식을 위해 적극적으로 구명운동을 전개하고 심지어 당시 조정을 떠나 있던 왕안석마저도 태평성세에 재능 있는 인사를 죽이는 것은 바람직하지 않다고 호소한 덕분이었다. 이처럼 생명의 위협까지 느낀 뒤인 만큼 그의 기개가 많이 좌절되었을 것으로 예상되는데 생각과 달리 황주유배 시기에 지어진 사 중에도 호방사의 비율이 작지 않다. 소식 호방사의 대명사 격인 〈염노교(念奴嬌)〉(大江東去) 역시 이 시기에 지어졌다.

---

27) 송나라 사람 공평중(孔平仲)의 《담원(談苑)》 권1에 "마치 개나 닭을 몰고 가듯 경각지간에 한 태수를 잡아갔다(頃刻之間, 拉一太守, 如驅犬鷄)"라고 당시의 상황을 묘사해 놓았다.

念奴嬌

——赤壁懷古——

大江東去, 浪淘盡, 千古風流人物. 故壘西邊, 人道是·三國周郎赤壁.

亂石穿空, 驚濤拍岸, 捲起千堆雪. 江山如畫, 一時多少豪傑.

遙想公瑾當年, 小喬初嫁了, 雄姿英發. 羽扇綸巾, 談笑間·强虜灰飛煙滅.

故國神遊, 多情應笑我, 早生華髮. 人間如夢, 一尊還酹江月.

염노교

——적벽에서의 옛날 생각——

장강은 동쪽으로 흘러가면서

그 물결이 깡그리

천고의 멋쟁이들을 쓸어 갔도다.

옛날 보루 서쪽은

사람들이 말하기를

삼국시대 주랑의 적벽이란다.

삐죽삐죽한 바윗돌은 하늘을 찌르고

깜짝 놀란 파도는 강 언덕을 두들기며

천 무더기 눈더미를 말아 올린다.

그림 같은 이 강산에

한때에 호걸들이 얼마나 많았을까?

아득히 떠오르는 주공근의 그때 모습

아리따운 소교가 막 시집오고

웅장한 자태에서 영기를 뿜었겠지.
손에는 깃부채 들고 머리엔 관건 쓰고
담소하는 사이에 강인한 적은
재가 되어 날아가고 연기 되어 사라졌겠지.
옛날의 그 나라로 내 마음은 달려가나니
정이 많아 흰 머리가 일찍 났다고
틀림없이 나를 보고 웃어 대겠지.
이 세상은 꿈같은 것
강 속의 달에게 술이나 따르는 게 낫겠지.

   황주에서의 유배 생활이 시작된 지 2년 반이 지난 원풍 5년(1082) 7월
적벽 밑의 장강에서 삼국시대에 있었던 적벽대전을 떠올리며 지은 것이
다. 도도하게 흘러가는 장강, 하늘을 찌르는 삐죽삐죽한 바위, 강 언덕을
두들기는 놀란 파도, 천 무더기의 눈더미처럼 기다란 강 언덕을 따라 솟구
치는 물보라 등의 더없이 장활한 배경과, 옛날의 보루, 영기 넘치는 주유
(周瑜) 장군, 재가 되어 날아가는 강인한 적 등 생동적인 전장의 묘사가
한데 어우러져서 웅장하고 박진감 넘치는 작품세계를 이루고 있다.
   적벽대전의 현장이 어디냐를 놓고 포기(蒲圻) 사람들과 황주 사람들이
서로 자기 고장에 있는 적벽이 적벽대전의 현장이라고 주장하고 있는데[28]
공식적으로는 포기에 있는 적벽을 적벽대전의 현장으로 인정하여 이곳의
적벽을 삼국적벽이라고 하고 황주에 있는 적벽을 동파적벽이라고 한다.

---

28) 호북성(湖北省) 포기현(蒲圻縣) 사람들은 1998년 6월에 지명을 적벽시(赤壁市)로 바
   꾸었을 정도로 자기 고장이 적벽대전의 현장이라는 믿음이 강하다.

황주의 적벽이 적벽대전의 현장이 아니라는 이야기는 소식이 거기서 유배 생활을 하고 있을 당시에도 이미 상당히 널리 퍼져 있었던 듯 그의 〈적벽동혈(赤壁洞穴)〉에 "황주지주의 관사에서 수백 보 떨어진 곳이 바로 적벽인데 삼국시대에 주유가 조조를 물리친 곳이라고 하는 사람도 있지만 과연 그런지는 잘 모르겠다"[29]라고 했다. 이것은 분명히 그가 이 사실을 인지하고 있었음을 뜻한다. 그리고 이 사의 다섯 번째 구절에도 "사람들이 말하기를(人道是)"이라고 함으로써 그곳이 적벽대전의 현장이 아닐 가능성을 충분히 의식하면서 이 사를 지었음을 암시하고 있다. 그는 왜 적벽대전의 현장도 아닌 그곳에서 적벽대전의 호쾌한 장면들을 상상했을까? 아마도 조국을 위하여 침략자들을 무찌르는 데 한몫을 하고 싶은 우국충정을 삭이기 힘들었기 때문일 것이다. 그래서 자기 혼자 머릿속으로 외적을 물리치는 장면을 생각하면서 자아도취에 빠져 보았을 것이다. 그리고 그것은 또 외적을 효율적으로 물리치지 못하는 신법파의 무능에 대한 불만의 표출일 수도 있을 것이다. 그렇다면 그는 황주에서 유배 생활을 하는 동안에도 여전히 기개와 포부가 상당히 컸음을 알 수 있다.

그가 억울한 누명을 쓰고 사형에 처해질 뻔한 위기에서 간신히 벗어난 채 황주로 유배되었을 때 현실에 대한 극도의 실망과 좌절감 때문에 그의 기개가 심하게 꺾였고 따라서 그의 사에도 호방한 기개가 급감했을 것으로 추측된다. 그런데 황주에 유배된 뒤에도 호방사풍이 유지된 것은 무엇 때문일까? 그럼에도 불구하고 국가와 백성을 위하여 헌신하고 싶은 욕망이 여전히 컸기 때문일 것이다. 위에서 언급한 〈염노교(念奴嬌)〉(大江東

---

29) "黃州守居之數百步爲赤壁, 或言卽周瑜破曹公處, 不知果是否."[≪동파지림(東坡志林)≫ 권4, 〈적벽동혈(赤壁洞穴)〉].

去)의 창작 동기를 보아도 알 수 있지만 "이 몸이 내 것 아님을 항상 한탄하거니와, 안달복달하는 생활 언제 벗어나려나?"[30]라고 한 그의 〈임강선(臨江仙)〉(夜飮東坡醒復醉)에서도 그 단서를 찾을 수 있다. 그는 당시에도 아직까지 재기의 희망을 완전히 버리지 않았던 것이다. 그의 사에는 "언제나 공명을 이루어 놓고, 고향으로 돌아가"[31], "어느 날 아침에 공명을 완수하면, 반드시 바닷길 따라 동쪽으로 돌아가려 했다"[32], "공명을 이뤄 놓고 일찌감치 귀향하다"[33]와 같이 공명을 이룬 뒤의 귀전을 노래한 구절이 많거니와 이는 귀전하기 전에 공명 즉, 국가와 백성을 위해 지식인으로서의 사명을 완수하려는 의지가 강했기 때문이다. 이처럼 우국애민의 열정이 누구보다 강해서 쉬이 식지 않았던 데다, 조태후를 비롯하여 장방평·범진 등의 원로 대신은 물론 정적인 왕안석마저도 자신을 위해 구명운동을 하는 것을 본 것도 그가 재기의 희망을 잃지 않은 요인이 되었을 것이다.

그러나 그에게 재기의 희망을 버리지 않게 한 가장 큰 요인은 신종 황제의 변함없는 신망이었을 것이다. 신종 황제는 어사대의 요청을 무시할 수 없는 대간제도(臺諫制度) 때문에 할 수 없이 소식을 황주로 유배 보내기는 했지만 그 뒤로도 늘 그의 재능을 아까워하며 그를 다시 중용하기 위해 노력했다.[34] 예컨대, 소식이 황주에서 유배 생활을 시작한 지 반 년 남짓

---

30) "長恨此身非我有, 何時忘却營營?"[〈임강선(臨江仙)〉(夜飮東坡醒復醉)].
31) "何日功成名遂了, 還鄕."[〈남향자(南鄕子)〉(東武望餘杭)].
32) "一旦功成名遂, 準擬東還海道."[〈수조가두(水調歌頭)〉(安石在東海)].
33) "功成名遂早還鄕."[〈임강선(臨江仙)〉(詩句端來磨我鈍)].
34) 신종의 소식에 대한 신망은 "돌아가신 황제(神宗)는 경(卿, 소식)의 문장을 읽을 때마다 꼭 '기이한 재주로다! 기이한 재주로다!' 하고 탄복했다오(先帝每誦卿文章, 必歎曰: '奇才! 奇才!')"라는 선인태후(宣仁太后)의 말에 잘 압축되어 있다. ≪송사(宋史)·소식전(蘇軾傳)≫참조.

326 소식의 인생 역정과 사풍

지난 원풍 3년(1080) 9월에 그를 다시 중서사인한림학사(中書舍人翰林學士)에 임명하려고 했고,[35] 원풍 4년(1081) 10월에는 그를 저작랑(著作郎)에 임명하려고 했다.[36] 신법파 인사들의 수단을 가리지 않는 방해로 인하여 신종 황제의 뜻이 비록 제때에 관철되지는 않았지만 소식이 이러한 황제의 마음을 간파하지 못했을 리가 없다.

"이 몸이 내 것 아님을 항상 한탄하거니와, 안달복달하는 생활 언제 벗어나려나?"라고 한 그의 〈임강선(臨江仙)〉(夜飮東坡醒復醉)은 원풍 5년(1082) 9월[37] 또는 원풍 6년(1083) 4월경에[38] 황주에서 지은 것으로 추정되고 있는바, 어느 쪽이든 〈염노교(念奴嬌)〉(大江東去)보다 조금 뒤에 황주에서 지은 것임에 틀림없는데 이 사는 전체적으로 보면 귀전의 의지를 노래한 것이지만 위의 두 구절을 보면 황주에서 유배 생활을 한 지 2년가량 된 당시까지도 아직까지 세속적인 욕망 때문에 안달복달하는 생활을 버리지 못하고 있었음을 보여 준다.

다만, 〈염노교(念奴嬌)〉(大江東去)의 끝부분에서 소식은 자신의 나라 걱정을 부질없는 짓으로 치부하고 의기소침해져 버렸거니와 이것을 보면 이 무렵에 이르러 이제는 자신의 무모한 애국심을 거두어야 되겠다는 자

---

35) 송(宋) 주변(朱弁), 《곡유구문(曲洧舊聞)》 권2 참조.
36) 송(宋) 왕공(王鞏), 《문견근록(聞見近錄)》 참조.
37) 청나라 사람 왕문고(王文誥)가 《소문충공시편주집성총안(蘇文忠公詩編註集成總案)》 권21에서 원풍(元豐) 5년(1082) 9월에 지은 것으로 본 이래 주조모(朱祖謀)의 《강촌총서(彊村叢書)》본 《동파악부(東坡樂府)》, 용유생(龍楡生)의 《동파악부전(東坡樂府箋)》, 조수명(曹樹銘)의 《소동파사(蘇東坡詞)》, 설서생(薛瑞生)의 《동파사편년전증(東坡詞編年箋證)》 등이 이 설을 따랐다.
38) 추동경(鄒同慶)·왕종당(王宗堂)의 《소식사편년교주(蘇軾詞編年校註)》에는 원풍(元豐) 6년(1083) 4월에 지은 것이라고 보았고, 석성회(石聲淮)·당영령(唐玲玲)의 《동파악부편년전주(東坡樂府編年箋注)》에는 원풍 6년(1083) 4월 이전에 지어진 것이라고 보았다.

각도 서서히 생기기 시작했음을 짐작할 수 있다. 과연 그 이후의 소식 사
에는 웅혼한 기개가 약화된 대신 세속적인 관심을 떨쳐 버린 초연하고
신선적인 모습이 나타난다.

念奴嬌

——中秋——

憑高眺遠, 見長空萬里, 雲無留迹. 桂魄飛來光射處, 冷浸一天秋碧.

玉宇瓊樓, 乘鸞來去, 人在清涼國. 江山如畫, 望中煙樹歷歷.

我醉拍手狂歌, 擧杯邀月, 對影成三客. 起舞徘徊風露下, 今夕不知何夕.

便欲乘風, 翻然歸去, 何用騎鵬翼. 水晶宮裏, 一聲吹斷橫笛.

염노교

——중추절——

높은 곳에 올라가 먼 곳을 바라보니

머나먼 하늘이 만 리에 뻗었는데

자취도 안 남기고 구름이 지나간다.

계수의 넋이 날아와 빛을 뿌리는

파란 가을 하늘로 냉기가 두루 스며든다.

달나라의 옥 누각엔

선녀들이 난새 타고 왔다 갔다 하련만

이 몸은 청량한 고장에 있어

그림 같은 강산에

안개 속의 나무가 역력하게 보인다.

술에 취해 손뼉 치고 노래하면서
술잔을 들어서 밝은 달을 맞이하고
그림자를 대하니 세 사람이 되었도다.
춤을 추며 맴돌자니 이슬이 내리는데
오늘 밤이 어떠한 밤인지 모르겠다.
이제 곧 바람 타고
훨훨 날아 저곳으로 돌아가려 하나니
붕새의 날개를 탈 것도 없다.
수정궁 안에서
피리 소리 한 가닥이 자꾸만 들려온다.

원풍 5년(1082) 8월 황주에서 중추절을 맞아 달을 바라본 것을 계기로 달나라로 돌아가고 싶다는 생각, 즉 속세에서 벗어나 초연하게 살고 싶다는 생각을 노래한 것이다. 만 리에 뻗은 먼 하늘, 유유히 떠가는 구름, 상상의 날개를 펴고 올라간 달나라의 옥 누각, 난새를 타고 다니는 선녀들, 손뼉을 치면서 미친 듯이 노래하며 달을 향해 술잔을 높이 드는 자신, 바람을 타고 달나라로 돌아가려는 자신 등 넓고 높은 배경과 거침 없는 상상은 있지만 더 이상 불타는 충정이나 장쾌한 웅지는 없다. 황주유배 시기에는 이 이후에도 이런 종류의 호방사가 몇 수 더 있다. 그러나 그가 황주를 떠난 뒤로는 이 정도의 호방사도 찾아보기 힘들다.

소식의 호방사를 10여 수라고 할 때 대부분이 밀주지주 시기에서 황주유배 시기 사이의 약 10년 동안에 지어졌으며, 황주유배 시기 중반에 지어진 〈염노교(念奴嬌)〉(大江東去)를 정점으로 호방한 정도가 점점 약화되어 갔다. 그리고 수적인 면에서 보면 이 시기의 주류를 이룬 사풍은 청광사풍으로 이 시기 전체 작품의 3분의 2에 가깝고, 완약사풍은 4분의 1을 조금 넘으며, 호방사풍은 10분의 1도 채 안 된다.

제3절 │ 청광사풍의 완숙(完熟)

　　항주통판 시기에 이미 싹을 틔운 소식의 청광사풍은 그 뒤로 질적인 면과 양적인 면에서 모두 발전을 거듭하다가 항주지주 시기에 이르러 최고조에 달하고 그 뒤로 다시 약화되는 추세를 보였다.

　　소식 사의 청광사풍은 그가 막 사를 짓기 시작한 항주통판 시기에 이미 3분의 1에 달했다. 항주통판 시기의 청광사 가운데 칠리뢰(七里瀨) 일대의 풍경을 담박하게 묘사한 〈행향자(行香子)〉(一葉舟輕)39)는 맑고 시원스러운 배경과 욕심 없는 자신의 초월의지를 조화롭게 잘 그려냄으로써 청려광달한 사풍을 이루었고, 풍수동이라는 동굴을 묘사한 〈임강선(臨江仙)〉(四大從來都徧滿)40)은 선경만큼이나 서늘하고도 아름다운 풍수동과 그 주변의 풍경을 묘사하고 그 속에서 마치 신선이라도 된 것처럼 느긋하게

---

39) 본문 85쪽 참조.
40) 본문 80쪽 참조.

노니는 자신의 심경을 노래함으로써 청려광달한 사풍을 이루었다.

밀주·서주 시기와 황주유배 시기에는 청광사풍의 사가 3분의 2를 차지한다. 황주에서 지은 〈완계사(浣溪沙)〉(山下蘭芽短浸溪)를 보면 극도로 곤궁한 상황에 처해 있을 때에도 그가 얼마나 초연했는지를 엿볼 수 있다.

浣溪沙
——遊蘄水清泉寺, 寺臨蘭溪, 溪水西流——
山下蘭芽短浸溪. 松間沙路淨無泥. 蕭蕭暮雨子規啼.
誰道人生無再少, 門前流水尚能西. 休將白髮唱黃雞.

완계사
——기수현의 청천사에 가서 노니노라니 절 앞에 난계가 있는데 개울물이
서쪽으로 흐르기에——
산 아래의 난초 싹은 짧아서 개울에 잠기고
솔밭 사이 모랫길은 진흙 한 점 없이 깨끗한데
추적대는 저녁 비에 두견이가 울어 댄다.

인생에 젊음은 다시 안 온다고 누가 말했나?
문 앞의 개울물은 서쪽으로 흐를 줄도 아나니
백발이 되어서 노란 닭이 새벽을 재촉한다 노래하지 마라.[41]

---

41) 당나라 사람 백거이(白居易)의 시 〈기녀 상영롱에게 주는 취가(醉歌, 示妓人商玲瓏)〉에 "새벽이 빨리 오라고 노란 닭은 축시에 울고, 한 해가 빨리 가라고 빛나는 해는 유시 전에 진다(黃雞催曉丑時鳴, 白日催年酉前沒)"라는 구절이 있다.

중국은 서쪽이 높고 동쪽이 낮은 지형이기 때문에 대부분의 강이 서쪽에서 동쪽으로 흐르는데, 소식은 황주에 있을 때 의사 방안상(龐安常)과 함께 청천사에 놀러 갔다가 절 아래에 있는 난계가 동쪽에서 서쪽으로 흐르는 것을 보고 문득 깨달은 바가 있어서 이 사를 지었다.[42] 상편에서 개울물이 때로는 서쪽으로 흐를 수도 있다는 사실에 착안하여 인생에 있어서 청춘이 다시 올 수도 있다는 매우 낙천적인 인생관을 펼쳤다. 그는 해남도에 유배되어 있을 때 중국이 사해 가운데에 있고 따라서 사람이 누구나 섬 가운데에 있음을 깨달아 절해고도(絶海孤島)에 유배된 자신의 고독감을 극복했는데[43] 이 사에서 보여 준 경지 역시 그의 초탈한 인생관의 일단이라 하겠거니와 소식 사의 청광풍격은 그의 이러한 인생철학에 힘입은 바가 큰 것으로 보인다.

---

42) ≪동파지림(東坡志林)≫ 권1 〈사호를 유람하고(游沙湖)〉에 "황주에서 동남쪽으로 30리 되는 곳이 사호인데 나사점이라고도 한다. 나는 그 일대에 농지를 좀 사 두려고 땅을 보러 갔다가 병을 얻었다. 마교 사람 방안상이 병을 잘 고치지만 귀가 어둡다는 말을 듣고 마침내 가서 치료해 달라고 했다.……병이 나은 뒤에 그와 함께 청천사에 가서 노닐었다. 절이 기수의 성문 밖 2리쯤 되는 곳에 있는바 거기에 왕일소(王羲之)가 붓을 씻던 샘이 있는데 물맛이 아주 좋다. 절 아래에는 난계라는 시내가 있는데 시냇물이 서쪽으로 흐른다. 이에 내가 '……'라는 가사를 지었다. 이날 코가 비뚤어지도록 마시고 돌아왔다(黃州東南三十里爲沙湖, 亦曰螺師店. 予買田其間, 因往相田得疾. 聞麻橋人龐安常善醫而聾, 遂往求療.……疾愈, 與之同游淸泉寺. 寺在蘄水郭門外二里許, 有王逸少洗筆泉, 水極甘. 下臨蘭溪, 溪水西流. 余作歌云: '…….' 是日劇飮而歸)"라고 이 사의 창작 동기를 밝혀 놓았다.

43) 송나라 사람 주변(朱弁)의 ≪곡유구문(曲洧舊聞)≫ 권5에 "동파가 담이[지금의 해남성(海南省) 담주시(儋州市) 중화진(中和鎭)]에 있을 때 붓을 놀려 스스로 '내가 처음 남해에 갔을 때 사방을 둘러보니 하늘과 바다가 끝없이 펼쳐져 있는지라 서글픈 마음으로 "언제나 이 섬에서 나갈 수 있을까?"라고 했다. 나중에 생각하니 천지가 물속에 있고 구주가 대해 안에 있으며 중국이 발해(渤海) 안에 있거늘 생명이 있는 것치고 어느 것이 섬에 있지 않겠는가?……'라고 쓴 적이 있다(東坡在儋耳, 因試筆嘗自書云: '吾始至南海, 環視天水無際, 悽然傷之曰: "何時得出此島耶?" 已而思之, 天地在積水中, 九州在大瀛海中, 中國在少海中, 有生孰不在島者?…….')"라고 했다.

황주유배에서 풀려나 다시 도성에서 지내는 동안 그는 숨 가쁠 정도로 초고속 승진을 계속하여 3년 남짓 되는 짧은 기간에 예부낭중(禮部郎中)·기거사인(起居舍人)·중서사인(中書舍人)·한림학사지제고(翰林學士知制誥) 등의 요직을 두루 역임했다. 도성에서 머문 시기에 그는 사를 별로 짓지 않았다. 공무가 바쁘기도 했고 감정의 동요도 별로 없었기 때문일 것으로 추측된다. 그러다가 그는 다시 정쟁에 싫증을 느낀 나머지 두 번째로 지방관을 자청하여 항주지주로 나갔다.

이전에는 초월의 의지나 귀전의 염원을 담은 사가 많았는데 이에 반하여 항주지주 시기에는 오히려 초월의지나 귀전의지를 노래한 사가 거의 없다. 그것은 이 시기의 그의 심리상태가 초월을 추구하고 있는 상태가 아니라 이미 초월의 경지에 도달했음을, 즉 그의 심경이 지극히 초연하고 안정되어 있었음을 뜻하는 것이라고 생각된다. 바꾸어 말하면, 당시에 그는 세속적인 일에 애착을 갖지도 않았지만 그렇다고 굳이 세속을 떠나려고 애쓰지도 않았기 때문이라고 생각된다. 세속을 떠날 수 있으면 떠나도 좋고 떠날 수 없으면 떠나지 않아도 무방하다는 그의 달관한 태도로 미루어 보건대 소식은 이 시기에 진정한 정신적 은일, 즉 자신이 오래 전부터 추구해 오던 중은(中隱)의 경지에 이르렀던 것으로 보인다.

이처럼 이미 정신적으로 세속을 초월해 있었고 그리하여 세상만사를 초연하고 담담한 심경으로 관조할 수 있었기 때문에 이 시기에 지어진 그의 사는 거의 다라고 할 수 있는 90% 정도가 청광한 풍격을 지닌다. 예컨대, 원우 5년(1090) 9월 항주 서호에 배를 띄우고 유유자적하다가 밤이 되어서야 귀가하면서 그때의 초연한 감회를 노래한 〈호사근(好事近)〉(湖上雨晴時)[44]은, 비가 와서 더욱 넓고 깊어진 호수, 계곡에서 불어오는 시원한 바람, 수면 위에 반짝이는 해맑은 달빛, 그것을 즐기다 돌아가는 자신을 태운 채 안개 속에 흔들거리며 떠가는 배 등 광활하고 시원스러운 장면들이 어우러져서 청광한 풍격을 이루고 있다.

시간의 흐름에 대한 감회를 노래한 절서사는 감정의 동요가 비교적 큰 것이 상례인데, 이 시기의 소식 사는 절서사도 별로 감상적인 정조를 띠고 있지 않다. 〈남가자(南歌子)〉〈古岸開靑葑)45)가 그 예이다. 소식이 항주지주로 재임할 당시 서호는 퇴적물이 너무 많이 쌓여서 호수의 바닥이 높아진 데다 호수 바닥에 줄뿌리마저 잔뜩 뻗어 있어서 저수량이 극히 적었기 때문에 툭하면 범람하곤 했다. 이에 소식은 원우 5년(1090) 4월부터 그해 8월까지 서호준설 공사를 시행했다. 〈남가자(南歌子)〉〈古岸開靑葑)는 공사가 한창 진행 중이던 그해 5월 5일 단오절 연회에서 준설된 뒤의 서호 풍경을 상상하면서 그 속에서 마음 편하게 살고 싶은 염원을 노래한 것이다. 이 사에는 깔끔하게 준설된 서호와 그 주변의 산뜻한 풍경을 즐기며 세속적인 욕심을 버리고 초연하게 살고 싶어 하는 그의 초월의지가 잘 드러나 있어서 풍격을 더욱 청광하게 한다.

헤어지는 아쉬움을 노래한 송별사는 감상적인 정조에서 벗어나기가 더욱 어렵다. 그러나 이 시기의 소식 사는 송별사조차도 지극히 담담하다. 원우 6년(1091) 봄에 친구 전협(錢勰)을 전송하며 지은 〈임강선(臨江仙)〉〈一別都門三改火)46)을 통하여 사람들이 만나고 헤어지는 일을 일상다반사로 생각하는 그의 태도를 확인할 수 있다. 특히 "인생이란 여관 같고,

---

44) 본문 225쪽 참조.
45) 본문 232쪽 참조.
46) 본문 212쪽 및 254쪽 참조.

우리 또한 잠시 묵는 행인이지요"라는 마지막 두 구절은 자신의 인생철학을 담고 있다고 해도 과언이 아닐 것 같다.

항주지주 시기의 소식 사는 이처럼 청광한 사풍을 지닌 것이 대부분이고 호방사와 완약사는 거의 없다. 객관적인 사물의 아름다움을 노래하는 영물사나 서경사는 작품에서 사인의 감정을 배제하기 쉽지만 이별의 아쉬움을 노래하는 송별사나 시간의 흐름에 대한 감회를 노래하는 절서사는 감정의 동요를 배제하기가 어려운데 이 시기의 소식 사는 영물사와 서경사에 자신의 감정이 개재해 있지 않음은 물론 송별사와 절서사마저도 별로 감상적인 정조를 띠고 있지 않다. 그러므로 이 시기는 소식의 청광사풍이 완숙의 경지에 이른 시기라고 할 수 있다.

그리고 영주지주와 양주지주로 재임한 시기와 혜주와 담주로 유배된 시기에는 다시 청광사풍이 조금 약화되어 각각 절반 정도를 차지하며, 청광한 정도도 이전보다 좀 약해졌다고 할 수 있다. 먼저 양주지주로 재임할 때 지은 〈감자목란화(減字木蘭花)〉(回風落景)[47]를 다시 한 번 살펴보자.

減字木蘭花
——五月二十四日, 會於无咎之隨齋, 主人汲泉置大盆中, 漬白芙蓉,
坐客翛然無復有病暑意.——
回風落景. 散亂東牆疏竹影. 滿座淸微. 入袖寒泉不濕衣.
夢回酒醒. 百尺飛瀾鳴碧井. 雪灑冰麾. 散落佳人白玉肌.

---

47) 본문 246쪽 참조.

감자목란화

——5월 24일 조무구의 수재에서 모였는데 주인이 샘물을 길어
큰 동이에 붓고 거기에 흰색 부용을 담가 놓으니 좌객들이 금방 더 이상
더위를 못 견뎌 하는 마음을 갖지 않게 되었다.——
　　해거름 무렵에 회오리바람 불어와
　　엉성한 대 그림자 동쪽 담에 어지럽다.
　　　온 좌중이 시원하게
　　찬 샘물이 옷도 안 적시고 소매를 파고든다.

　　　꿈도 깨고 술도 깨니
　　백 자나 되는 높은 파도가 우물 속을 울린다.
　　하얀 눈이 얼어붙은 깃발 위에 뿌리고
　　흩날려서 고운 이의 백옥 살결에 떨어진다.

　이 사는 원우 7년(1092) 5월 친구들과 함께 양주에 있는 조보지[晁補之,
자(字): 무구(无咎)]의 집에서 샘물을 길어 큰 대야에 붓고 거기에 흰색
부용을 담가 놓는 방법으로 더위를 잊은 일을 노래한 것으로, 매우 시원스
럽고 운치 있는 분위기를 조성한다. 특히, "회오리바람(回風)"·"엉성한 대
그림자(疏竹影)"·"소매를 파고드는 찬 샘물(入袖寒泉)"·"백 자나 되는 높
은 파도(百尺飛瀾)"·"하얀 눈이 뿌리는 얼어붙은 깃발(雪灑冰麾)" 등의
표현이 청려광달한 느낌을 많이 자아낸다. 그러나, 배경이 광활하지도 않
고 공간이나 시간의 이동도 작을 뿐만 아니라 깃들여져 있는 생각이나
감정도 그다지 활달하다고 생각되지는 않는다.

浣溪沙

幾共査梨到雪霜. 一經題品便生光. 木奴何處避雌黃.

北客有來初未識, 南金無價喜新嘗. 含滋嚼句齒牙香.

완계사

몇 번이나 돌배와 함께 눈서리를 맞았나?

품평을 한 번 거치고 나면 더욱 빛이 나는데

목노라는 이름이야 어디서 자황을 면하려나?[48]

북방 사람은 여기 와서도 처음엔 못 알아보았는데

남방 황금의 진귀한 맛을 흐뭇하게 보다가

진미를 물고 시구를 씹으니 이가 향긋하구나.

송나라 사람 한언직(韓彦直)의 ≪귤록(橘錄)·진감(眞柑)≫에 "진감은 온갖 과일 가운데 가장 귀하고 값진 것이다.……처음 서리가 내린 날 아침에 정원사가 진감을 따 왔는데 그 생김새가 좌중을 훤하게 비추더니 그것

48) 배송지(裴松之)의 ≪삼국지주(三國志註)≫에 인용된 진(晉)나라 습착치(習鑿齒)의 ≪양양기(襄陽記)≫에 의하면 이형(李衡)은 가산을 좀 마련하려고 했으나 아내가 말을 듣지 않아 나중에 몰래 사람을 보내 무릉(武陵) 용양(龍陽)의 범주(泛洲)에 집을 지은 다음 거기에 감귤 천 그루를 심게 하고는 죽기 전에 아들에게 "네 어머니가 내가 가산을 좀 마련하는 것을 싫어하여 이처럼 가난하게 되었다. 그러나 우리 고을에 나무 노비 천 명이 있는데 너에게 옷과 음식을 달라고 하지도 않고 해마다 비단을 한 필씩 바칠 것이니 이것만 해도 쓰기에 모자람이 없을 것이다"라고 했다고 한다. 자황(雌黃)은 황과 비소의 화합물로 만든 황색 안료로 시문을 첨삭할 때 많이 사용했기 때문에 시문에 대한 비판과 수정을 가리키는 말로 쓰였다. 이 구절은 '목노(木奴)'를 글자대로 풀이하면 '나무 노비'라는 뜻이기 때문에 감귤을 목노라고 부르는 것이 적절치 않다는 말이다.

을 쪼개니 안에서 향긋한 안개가 뿜어져 나왔다. 북방 사람들 가운데 그것을 몰랐던 사람이 한 번 보고는 그것이 진감인 줄 알았다"[49]라고 한 바와 같이, 감귤은 남방에서 나는 과일이기 때문에 북방 사람들은 한 번도 못 본 사람이 많았다. 이 사는 소식이 혜주유배령을 받고 혜주로 옮겨 가는 도중이던 소성 원년(1094) 9월 광주(廣州)에서 처음으로 이렇듯 진귀한 감귤을 보았을 뿐만 아니라 먹어 보기까지 한 감회를 노래한 것이다. 말로만 들었을 뿐 한 번도 본 적이 없는 감귤을 먹어 본, 특별하고도 경이로운 경험을 흐뭇한 마음으로 표현한 청광사라고 할 수 있다. 그러나, 이 사 역시 광활한 배경도 없고 초탈한 사상도 깃들여져 있지 않으므로 청광한 정도가 크지는 않다고 하겠다.

소식의 청광사는 그가 본격적으로 사를 짓기 시작한 항주통판 시기에 이미 약 3분의 1을 차지했고, 그 뒤 점점 비중이 커져 밀주·서주의 지주로 재임한 시기에는 약 3분의 2에 달했으며, 항주지주 시기에는 90% 이상이 청광사에 해당될 정도였다. 영주·양주의 지주로 재임한 시기와 영해유배 시기의 사는 청광 사풍이 절반으로 줄어들었지만 전체적으로 볼 때 소식 사의 주된 풍격은 청광사풍이라고 할 수 있다. 그러니 소식 사 중에서 유독 청광사 한 수가 고려 시대에 우리나라에 전해져 우리 선조들의 애호를 받은 것이 결코 우연이 아닐 것이다.

行香子

──述懷──

---

49) "眞柑在品類中最貴可珍.……始霜之旦, 園丁採以獻, 風味照座, 擘之則香霧噀人. 北人未之識者, 一見而知其爲眞柑矣."

清夜無塵. 月色如銀. 酒斟時·須滿十分. 浮名浮利, 虛苦勞神.

歡隙中駒, 石中火, 夢中身.

雖抱文章, 開口誰親. 且陶陶·樂盡天眞. 幾時歸去, 作箇閑人. 對一張琴,

一壺酒, 一溪雲.

행향자

——술회——

티 없이 맑은 밤

은 같은 달빛

술을 따를 때에는

모름지기 한 잔 가득 채워야 한다.

부질없는 명예와 하찮은 이익

고생해야 소용없고 마음만 고달프다.

한스럽게도 인생은 문틈으로 보이는 망아지요

부싯돌 사이에서 번쩍이는 불이요

깨고 나면 사라지는 꿈속의 몸이로다.

가슴속에 문장을 품고 있으나

내가 입을 열어 본들 그 누가 좋아하리?

잠시나마 도도하게

천진이나 만끽하리.

언제나 돌아가서

한가한 사람 되어

거문고 하나 안고

술 한 병 앞에 놓고

계곡에 가득한 구름을 보며 살리?

이 사는 인생무상에 대한 깨달음을 바탕으로 세속적인 일에의 집착을 끊고 자연에 귀의하려는 의지를 강하게 드러내고 있어 그야말로 "티 없이 맑은 밤(淸夜無塵)"과 같은 청려광달한 분위기를 자아내는 작품이다. 이것은 조수명의 ≪소동파사≫에는 수록되어 있지 않지만 남송 부간(傅幹)의 ≪주파사(注坡詞)≫, 원대의 연우본(延祐本) ≪동파악부(東坡樂府)≫, 명대의 급고각본(汲古閣本) ≪동파사(東坡詞)≫ 등 주요 판본에 다 수록되어 있으므로 소식의 작품임에 틀림없는데, ≪고려사(高麗史)≫ 권71 〈악지(樂志)〉 당악조(唐樂條)에 〈금전악만(金殿樂慢)〉이라는 다른 제목으로 수록되어 있다.[50] ≪고려사≫에 수록되어 있는 사는 송나라에서 널리 애창되었음은 물론 고려에서도 상당히 애창된 것이라고 할 수 있을 텐데 소식의 사로는 유일하게 이 사가 ≪고려사≫에 수록되어 있으니 청광풍격이 소식 사의 주된 풍격임을 말해 주는 또 하나의 증거라고 하겠다.

---

50) 차주환(車柱環), ≪고려당악(高麗唐樂)의 연구(硏究)≫, 서울: 동화출판공사(同和出版公社), 1983, 47쪽 및 242쪽 참조.

제4절 | 소결(小結)

　지금까지 완약사풍·청광사풍·호방사풍의 삼분법에 의거하여 인생 역
정에 따른 소식의 사풍 변천 양상을 구체적으로 살펴보았는데 개괄하자면
그의 사풍은 다음과 같은 네 단계의 발전 과정을 거쳤다고 할 수 있다.

　첫 번째 단계는 항주통판 시기이다. 이 시기는 소식이 막 사를 짓기
시작한 때인 만큼 이 시기에는 아직까지 소식 고유의 사풍을 제대로 형성
하지 못했다. 이 시기에는 완약사풍이 주류를 이루는 가운데 청광사풍이
조금씩 싹을 틔우고 있었다. 이 시기는 완약사풍의 답습기라고 할 수 있다.

　두 번째 단계는 밀주·서주 시기 및 황주유배 시기이다. 이 시기에는
호방사풍이 조금씩 발전하여 〈염노교(念奴嬌)〉(大江東去)에 이르러 정점
을 이루었고, 그 뒤로도 호방한 정도가 조금씩 약화되기는 했지만 여전히
호방사가 지어졌다. 소식의 호방사 10여 수가 거의 다 이 시기에 지어졌다
는 사실은 주목할 만한 일이다. 이때는 한창 혈기가 왕성하던 젊은 시절로

웅혼한 기상이 어느 때보다 컸기 때문일 것이다. 이 시기는 호방사풍의 창도기라고 할 수 있다. 이것은 소식이 이전의 다른 사인들에게서는 찾아보기 힘들었던 호방사를 상당수 지었다는 뜻이고, 소식 자신의 사 중에서도 다른 시기에 비해 이 시기에 호방사가 많다는 뜻이지, 호방사가 이 시기 소식 사의 주류를 이루었다는 뜻은 아니다. 소식의 호방사는 통틀어서 10여 수밖에 안 되기 때문에 어느 시기에도 주류를 이룰 수는 없었다. 이 시기에도 양적인 면에서는 청광사풍이 주류를 이루었다.

세 번째 단계는 항주지주 시기이다. 이 시기에는 뜻밖에도 초월의지나 귀전의지를 노래한 사가 거의 없다. 이전에는 초월의 의지나 귀전의 염원을 담은 사가 많았는데 이 시기에는 그런 사가 거의 없다는 것은 이 시기에 이르러 그가 세속적인 일에 대한 애착을 완전히 버렸기 때문일 것으로 생각된다. 즉, 이전에는 의식적으로 초월의 경지를 추구하고 있있다면 이 시기에는 진정으로 세속적인 욕망을 버리고 초연해졌기 때문이라고 생각된다. 그 결과 이 시기의 소식 사는 대부분이 청광사풍을 지니고 있다. 이 시기는 청광사풍의 완숙기(完熟期)라고 할 수 있다.

네 번째 단계는 영주·양주 시기 및 영해유배 시기이다. 이 시기에 지어진 소식의 사는 청광사풍과 완약사풍이 각각 반반씩을 차지한다. 바로 이전 시기에 청광사풍이 대부분을 차지했던 것과 비교해 보면 다소 의외라는 생각이 든다. 극도의 염량세태와 인간성 붕괴의 현장을 목격한 허탈감에다 가까운 사람들과 오순도순 정겹게 살고 싶은 소시민적 행복의 추구가 불가능해진 것에 대한 절망감이 그 원인이었을 것으로 생각된다. 이 시기는 완약사풍의 부활기라고 할 수 있다.

요컨대, 소식의 완약사풍은 초기인 항주통판 시기에는 상당히 강했으나 차츰 약화되어 항주지주 시기에 이르러서는 거의 소멸되었다가 영주·양주 시기 및 영해유배 시기에 상당한 정도로 부활했고, 청광사풍은 항주통판 시기에 이미 조짐을 보이기 시작하여 발전을 거듭한 끝에 항주지주 시기에 절정에 달하고 영주지주 시기 이후에는 상당히 약화되었으며, 호방사풍은 항주통판 시기 말에 살짝 싹을 내민 다음 밀주·서주 시기의 발전 과정을 거쳐 황주유배 시기까지 지속되었다고 할 수 있다.

참고문헌

≪강촌총서(彊村叢書)≫, 청(淸) 주조모(朱祖謀)

≪개존재논사잡저(介存齋論詞雜著)≫, 청(淸) 주제(周濟)

≪경진동파문집사략(經進東坡文集事略)≫, 송(宋) 소식(蘇軾)

≪고금사문유취(古今事文類聚)≫, 송(宋) 축목(祝穆)

≪고려당악(高麗唐樂)의 연구(硏究)≫, 차주환(車柱環), 서울: 동화출판공사(同和
　　出版公社), 1983

≪곡유구문(曲洧舊聞)≫, 송(宋) 주변(朱弁)

≪구당서(舊唐書)≫, 후진(後晉) 유후(劉昫)

≪국어(國語)≫, 삼국(三國) 오(吳) 위소(韋昭) 주(注)

≪금연집(金淵集)≫, 원(元) 구원(仇遠)

≪난성집(欒城集)≫, 송(宋) 소철(蘇轍)

≪남사(南史)≫, 당(唐) 이연수(李延壽)

≪남제서(南齊書)≫, 양(梁) 소자현(蕭子顯)

≪논어의 문법적 이해≫, 류종목, 서울: 문학과지성사, 2000

≪담원(談苑)≫, 송(宋) 공평중(孔平仲)

≪당송문학논집(唐宋文學論集)≫, 왕수조(王水照), 제남(濟南): 제로서사(齊魯書
　　社), 1984

≪당송사 감상(唐宋詞欣賞)≫, 하승도(夏承燾), 천진(天津): 백화문예출판사(百花
　　文藝出版社), 1981

≪당송사통론(唐宋詞通論)≫, 오웅화(吳熊和), 항주(杭州): 절강고적출판사(浙江

古籍出版社), 1985

≪도기산장집(賭棋山莊集)≫, 청(淸) 사장정(謝章鋌)

≪독사방여기요(讀史方輿紀要)≫, 청(淸) 고조우(顧祖禹)

≪동도사략(東都事略)≫, 송(宋) 왕칭(王稱)

≪동파기년록(東坡紀年錄)≫, 송(宋) 부조(傅藻)

≪동파사(東坡詞)≫, 명(明) 모진(毛晉) ≪송육십명가사(宋六十名家詞)≫본

≪동파사편년전증(東坡詞編年箋證)≫, 설서생(薛瑞生) 전증(箋證), 서안(西安):
　　삼진출판사(三秦出版社), 1998

≪동파악부(東坡樂府)≫, 원(元) 연우본(延祐本)

≪동파악부(東坡樂府)≫, 청(淸) 주조모(朱祖謀) ≪강촌총서(彊村叢書)≫본

≪동파악부전(東坡樂府箋)≫, 용유생(龍楡生), 대북(臺北): 화정서국(華正書局),
　　1983

≪동파악부편년전주(東坡樂府編年箋注)≫, 석성회(石聲淮)·당영령(唐玲玲), 무
　　한(武漢): 화중사범대학출판사(華中師範大學出版社), 1990

≪동파제발(東坡題跋)≫, 송(宋) 소식(蘇軾)

≪동파지림(東坡志林)≫, 조학지(趙學智) 교주(校注), 서안(西安): 삼진출판사(三
　　秦出版社), 2004

≪문견근록(聞見近錄)≫, 송(宋) 왕공(王鞏)

≪문선(文選)≫, 양(梁) 소통(蕭統) 편(編)/당(唐) 이선(李善) 주(注)

≪문충집(文忠集)≫, 송(宋) 구양수(歐陽修)

≪문헌통고(文獻通考)≫, 원(元) 마단림(馬端臨)

≪반당미간고(半塘未刊稿)≫, 청(淸) 왕붕운(王鵬運)

≪백씨장경집(白氏長慶集)≫, 당(唐) 백거이(白居易)

≪백우재사화(白雨齋詞話)≫, 청(淸) 진정작(陳廷焯)

≪벽계만지(碧鷄漫志)≫, 송(宋) 왕작(王灼)

≪본사시(本事詩)≫, 당(唐) 맹계(孟棨)

≪부간주파사(傅幹注坡詞)≫, 송(宋) 부간(傅幹) 주(注)/유상영(劉尙榮) 교증(校證), 성도(成都): 파촉서사(巴蜀書社), 1993

≪북사(北史)≫, 당(唐) 이연수(李延壽)

≪사론(詞論)≫, 유영제(劉永濟), 상해(上海): 상해고적출판사(上海古籍出版社), 1981

≪사림기사(詞林紀事)≫, 청(淸) 장종숙(張宗橚)

≪사원(詞源)≫, 송(宋) 장염(張炎)

≪사학집성(詞學集成)≫, 청(淸) 강순이(江順詒)

≪사학통론(詞學通論)≫, 오매(吳梅), 대북(臺北): 대만상무인서관(臺灣商務印書館), 1977

≪사화총편(詞話叢編)≫, 당규장(唐圭璋), 대북(臺北): 광문서국(廣文書局), 1980

≪사화총편(詞話叢編)≫, 당규장(唐圭璋), 북경(北京): 중화서국(中華書局), 1990

≪삼국지(三國志)≫, 진(晉) 진수(陳壽)

≪서호유람지여(西湖遊覽志餘)≫, 명(明) 전여성(田汝成)

≪석병시집(石屛詩集)≫, 송(宋) 대복고(戴復古)

≪세설신어(世說新語)≫, 송(宋) 유의경(劉義慶)

≪소동파문집도독(蘇東坡文集導讀)≫, 서중옥(徐中玉), 성도(成都): 파촉서사(巴蜀書社), 1990

≪소동파 문학의 배경≫, 홍우흠(洪瑀欽), 경산(慶山): 영남대학교출판부(嶺南大學校出版部), 1983

≪소동파사(蘇東坡詞)≫, 조수명(曹樹銘) 교편(校編), 대북(臺北): 대만상무인서

관(臺灣商務印書館), 1983

≪소동파신전(蘇東坡新傳)≫, 이일빙(李一冰), 대북(臺北): 연경출판사업공사(聯經出版事業公司), 1985

≪소동파전집(蘇東坡全集)≫, 양가락(楊家駱) 주편(主編), 대북(臺北): 세계서국(世界書局), 1985

≪소문충공시집(蘇文忠公詩集)≫, 청(淸) 기윤(紀昀) 평점(評點)

≪소문충공시편주집성총안(蘇文忠公詩編注集成總案)≫, 청(淸) 왕문고(王文誥)

≪소식사편년교주(蘇軾詞編年校註)≫, 추동경(鄒同慶)·왕종당(王宗堂) 교주(校註), 북경(北京): 중화서국(中華書局), 2002

≪소식시집(蘇軾詩集)≫, 청(淸) 왕문고(王文誥) 집주(輯註)/공범례(孔凡禮) 점교(點校), 북경(北京): 중화서국(中華書局), 1987

≪소식평전(蘇軾評傳)≫, 유유숭(劉維崇), 대북(臺北): 여명문화사업공사(黎明文化事業公司), 1978

≪송사(宋史)≫, 원(元) 탁극탁(托克托)

≪송사산론(宋詞散論)≫, 첨안태(詹安泰), 광주(廣州): 광동인민출판사(廣東人民出版社), 1982

≪송사연구(宋詞研究)≫, 촌상철견(村上哲見), 동경(東京): 창문사(創文社), 1976

≪송인제발(宋人題跋)≫, 양가락(楊家駱), 대북(臺北): 세계서국(世界書局), 1974

≪시사곡어사회석(詩詞曲語辭匯釋)≫, 장상(張相), 대북(對北): 대만중화서국(臺灣中華書局), 1980

≪시여도보(詩餘圖譜)≫, 명(明) 장연(張綖)

≪시인옥설(詩人玉屑)≫, 송(宋) 위경지(魏慶之)

≪악부여론(樂府餘論)≫, 청(淸) 송상봉(宋翔鳳)

≪어선역대시여(御選歷代詩餘)≫, 청(淸) 왕혁청(王奕淸)

≪어정전당시(御定全唐詩)≫, 청(淸) 팽정구(彭定求)

≪엄주사부고(弇州四部稿)≫, 명(明) 왕세정(王世貞)

≪역대사평(歷代詞評)≫, 요종운(廖從雲), 대북(臺北): 대만상무인서관(臺灣商務
印書館), 1981

≪역대호방사선(歷代豪放詞選)≫, 왕쌍계(王雙啓) 등(等), 귀양(貴陽): 귀주인민
출판사(貴州人民出版社), 1984

≪연자거사화(蓮子居詞話)≫, 청(淸) 오형조(吳衡照)

≪영분관사화(靈芬館詞話)≫, 청(淸) 곽인(郭麐)

≪예개(藝槪)≫, 청(淸) 유희재(劉熙載)

≪예문유취(藝文類聚)≫, 당(唐) 구양순(歐陽詢)

≪오백가주창려문집(五百家注昌黎文集)≫, 송(宋) 위중거(魏仲擧) 편(編)

≪우정집(羽庭集)≫, 원(元) 유인본(劉仁本)

≪원원사화(爰園詞話)≫, 명(明) 유언(兪彦)

≪위소주집(韋蘇州集)≫, 당(唐) 위응물(韋應物)

≪유빈객문집(劉賓客文集)≫, 당(唐) 유우석(劉禹錫)

≪유산집(遺山集)≫, 금(金) 원호문(元好問)

≪인간사화(人間詞話)≫, 청(淸) 왕국유(王國維)

≪장자(莊子)≫, 전국(戰國) 장주(莊周)

≪전송사(全宋詞)≫, 당규장(唐圭璋), 대북(臺北): 세계서국(世界書局), 1976

≪주역본소동파전집(注譯本蘇東坡全集)≫, 단서위(段書偉)·이지량(李之亮)·
모덕부(毛德富) 주편(主編), 북경(北京): 북경연산출판사(北京燕山出版社), 1998

≪주파사(注坡詞)≫, 송(宋) 부간(傅幹)

≪중국시사(中國詩史)≫, 육간여(陸侃如) · 풍원군(馮沅君), 북경(北京): 작가출판
　　사(作家出版社), 1956

≪중국역사지명대사전(中國歷史地名大辭典)≫, 위숭산(魏嵩山), 광주(廣州): 광
　　동교육출판사(廣東敎育出版社), 1995

≪진고(眞誥)≫, 양(梁) 도홍경(陶弘景)

≪진서(晉書)≫, 당(唐) 방현령(房玄齡)

≪초계어은총화(苕溪漁隱叢話)≫, 송(宋) 호자(胡仔)

≪초사보주(楚辭補註)≫, 송(宋) 홍흥조(洪興祖)

≪태평어람(太平御覽), 송(宋) 이방(李昉)

≪한서(漢書)≫, 한(漢) 반고(班固)

≪한위육조백삼가집(漢魏六朝百三家集)≫, 명(明) 장부(張溥)

≪함순임안지(咸淳臨安志)≫, 송(宋) 잠열우(潛說友)

≪화초몽습(花草蒙拾)≫, 청(淸) 왕사정(王士禎)

≪후산시화(後山詩話)≫, 송(宋) 진사도(陳師道)

≪후정록(侯鯖錄)≫, 송(宋) 조영치(趙令畤)

≪후한서(後漢書)≫, 남조(南朝) 송(宋) 범엽(范曄)

〈동파 사 중의 조운(東坡詞中的朝雲)〉, 증조장(曾棗莊)[≪동파사논총(東坡詞論
　　叢)≫, 소식연구학회(蘇軾硏究學會), 성도(成都): 사천인민출판사(四川人民
　　出版社), 1982]

〈동파악부서(東坡樂府序)〉, 청(淸) 풍후(馮煦)[청(淸) 주조모(朱祖謀), ≪강촌총서
　　彊村叢書)≫본 ≪동파악부(東坡樂府≫]

〈동파악부종론(東坡樂府綜論)〉, 용목훈(龍沐勛)[≪사학계간(詞學季刊)≫ 제2권
　　제3호, 1935]

〈동파의 초기 송별사(東坡の初期の送別詞)〉, 서기소(西紀昭)[≪중국중세문학연구(中國中世文學研究)≫7, 1968.8.]

〈사체 혁명을 촉진한 소식의 '이시위사'(蘇軾'以詩爲詞'促成詞體革命)〉, 주정화(朱靖華)[≪동파사논총(東坡詞論叢)≫, 소식연구학회(蘇軾硏究學會), 성도(成都): 사천인민출판사(四川人民出版社), 1982]

〈사학 이론의 종합적 고찰(詞學理論綜考)〉(하편), 양영기(梁榮基)[≪국립편역관관간(國立編譯館館刊)≫ 제8권 제2기, 대북(臺北): 국립편역관(國立編譯館), 1979.12.]

〈소동파의 사에 대한 천견(淺談蘇東坡的詞)〉, 이소(李素)[≪해란(海瀾)≫ 제10기, 홍콩, 1956.8.]

〈소식의 완약사(蘇軾的婉約詞)〉, 증조장(曾棗莊)[≪문학평론(文學評論)≫ 1981년 제5기, 중국사회과학출판사(中國社會科學出版社), 1981.10.]

〈송사 발전의 몇 단계(宋詞發展的幾個階段)〉, 용유생(龍楡生)[≪사학연구논문집(詞學硏究論文集)≫, 화동사범대학중문계고전문학연구실(華東師範大學中文系古典文學硏究室)]

【ㅎ】

저자 **류종목** (柳種睦)

서울대학교 중어중문학과를 졸업하고 동 대학원에서 문학박사 학위를 취득했으며, 대구대학교 중어중문학과 교수를 거쳐 현재 서울대학교 중어중문학과 교수로 재직 중이다. 주요 저서 및 역서로 ≪소식사연구(蘇軾詞研究)≫, ≪당송사사(唐宋詞史)≫, ≪여산진면목(廬山眞面目)≫, ≪논어의 문법적 이해≫, ≪송시선(宋詩選)≫, ≪한국의 학술 연구-인문사회과학편 제2집≫, ≪범성대시선(范成大詩選)≫, ≪팔방미인 소동파≫, ≪육유시선(陸游詩選)≫, ≪소동파시선≫, ≪소동파사선(蘇東坡詞選)≫, ≪소동파사(蘇東坡詞)≫, ≪당시삼백수(唐詩三百首) 1·2≫, ≪중국고전문학정선-시가 1·2≫, ≪정본 완역 소동파시집 1·2·3≫, ≪중국고전문학정선-시경 초사≫, ≪소동파 산문선≫, ≪중국고전문학정선-사곡(詞曲)≫, ≪소동파 문학의 현장 속으로 1·2≫, ≪송사삼백수 천줄읽기≫, ≪유종원시선(柳宗元詩選)≫ 등이 있다.

소식(蘇軾)의 인생 역정과 사풍(詞風)

초판인쇄 2017년 11월 13일
초판발행 2017년 11월 22일

저   자 류종목
발 행 인 윤석현
책임편집 안지윤
발 행 처 도서출판 박문사
주   소 서울시 도봉구 우이천로 353 성주빌딩 3F
전   화 (02) 992-3253(대)
전   송 (02) 991-1285
전자우편 bakmunsa@hanmail.net
홈페이지 http://jnc.jncbms.co.kr
등록번호 제2009-11호

ISBN 979-11-87425-54-0 93820   정가 27,000원